내 인생의 영화

미국편

내 인생의 영화 미국편

미국을 이끈 76인의
인생을 바꾼 영화 이야기

THE MOVIE

THAT CHANGED

MY LIFE

씨네21북스

"여기 소개하는 작품들은 역사상 가장 위대한 영화들이 아니다. 보기에 따라서는 가장 영향력 있는 영화가 될 '수도' 있는 작품들이다."

원서의 서문은 그렇게 끝을 맺는다. 책의 의도와 관점을 간명하면서도 적확하게 서술한 문장이다. 요컨대 이 책은, 제목에서도 알 수 있다시피, 영화의 사적史的 가치가 아니라 사적私的 의미에 관심이 있다. 다시금 원문을 인용하자면, "어떤 젊은이가 〈시민 케인〉과 〈점원들〉을 보고 영감을 받아 영화배우나 감독이 되었다면, 다른 경우 예컨대, 〈록키〉나 〈비욘드 랭군〉이나 〈티파니에서 아침을〉 같은 영화를 본 누군가는 운동선수나 환경주의자나 패션지 편집자가 되겠다고 결심했을 수도 있지 않을까?"라는 편집자의 호기심에 스스로 값하기 위한 것이다. 그래서 책은 묻는다. "당신의 인생을 바꿔놓은 영화는 무엇입니까?"

이 책은 2007년 1월부터 미국의 연예전문지 〈버라이어티〉의 지면에 게재되었던 인터뷰 기사들을 한데 묶어낸 것이다. "연예산업의 바이블"로 통하는 100년 전통의 잡지 〈버라이어티〉는 흥미롭게도, 당초 연예업계 외부의 인물들만을 대상으로 '인생의 영화'를 묻는다는 취지로 기사를 기획했는데, 연재물의 인기에 힘입어 결국 모든 영역을 망라한 명사들에게 질문을 던지는 것으로 외연을 확장시켰다. 그 결과 여기에는 배우와 감독은 물론이고 정치가, 경영자, 법률가, 사회운동가, 작가, 예술가, 디자이너 등 다양한 분야를 망라한 인물들이 한데 모였고, 그들은 각자 자신의 인생과 영화에 얽힌 추억을 담소했다.

기획 의도가 그렇듯, 인터뷰이들은 영화 자체에 대해 자세히 논하기보다 영화가 자신의 인생에 미친 크고 작은 영향을 이야기하는 데 집중한다. 그리고 바로 거기에 이 책의 재미가 있다. 예를 들어, 뼛속까지 진보주의자인 하워드 딘, 글로리아 올레드, 그리고 로버트 케네디 주니어는 변호사 아티쿠스 핀치의 캐릭터에서 중대한 영향을 받았다며 〈앵무새 죽이기〉를 결정적인 영화로 언급했다. 반면에 보수주의자들은 전쟁영화를 엄청나게 즐겨보는 경향을 나타냈다. 상원의원 존 매케인과 하원의장을 역임했던 뉴트 깅그리치는 전쟁영화들의 긴 목록과 함께 〈유황도의 모래〉를 언급했다. 그런가 하면, 정치적으로 철저하게 대척점에 있는 낙태반대주의자 매케인과 전미여성기구의 킴 갠디는 공히 어린 시절 디즈니의 애니메이션 영화 〈밤비〉를 보고 비슷한 정신적 내상을 입었다며 이구동성으로 얘기하기도 했다. 하나의 영화가 개별적인 인생에 공감의 연대를 형성하는 매개가 될 수도 있다는 사실을 발견할 수 있는 것이다.

반면에, 같은 영화를 두고 서로 다른 시각을 형성한 사례도 만날 수 있다. 이 책에서 가장 자주 거론된 작품들, 예를 들어 〈2001 스페이스 오디세이〉나 〈악마는 프라다를 입는다〉 혹은 〈시카고〉에 대한 개인 적인 관점들을 통해 독자는 그들 각각의 인생을 요령껏 반추해볼 수 도 있는 것이다. 편집자의 말마따나, "우리는 모두 같은 영화를 본다. 그러나 우리 누구도 같은 영화를 보는 게 아니"기 때문이다. 적어도, 인생을 바꿔놓은 영화라면 아마 그럴 것이다.

그렇게 이 책은 모두가 공감하는 영화사의 걸작에 대한 논의가 아 니라 자신만이 간직하는 개인사의 역작에 대한 술회를, 때로 길티 플 레저의 고백과 함께, 풀어놓음으로써 당사자의 맨 얼굴을 드러낸다. 영화가 세상을 담는 방식과 개인이 세상을 보는 방식이 어떻게 만나 고 분기하는지, 그 행간에 자리한 개인의 인생과 철학 혹은 인생철학 을 유추하고 음미함으로써 독자는 이미 봤던 영화를 다시 떠올리게 되거나 아직 보지 못한 영화에 새삼 관심을 갖게 되는 것이다. 실제로 나는 책의 내용을 확인하기 위해 영화를 참고하려다가 정작 글쓰기 는 제쳐두고 화면에만 몰입한 일이 허다했다. 새로운 관점에서 영화 를 바라본 흥미로운 경험이었다.

그런 측면에서 이 책은 얼핏, 눈밝은 독자나 발넓은 영화광이라면 누구나 짐작할 수 있다시피, 영화주간지 〈씨네21〉에 절찬리 연재되 었으며 뒤에 한 권의 책으로 묶여 나오기도 했던 《내 인생의 영화》씨 네21, 2005와 많이 닮았다. 각계각층의 명사들을 상대로 자신의 인생에 각인된 영화를 고백 혹은 독백하도록 열어놓은 장으로서 독자의 관

6

심을 끄는 형식이 그렇다. 물론, 차이점도 분명하다. 앞서 언급했다시피, 이 책은 명사에게 글을 맡기는 대신 명사를 인터뷰하는 방식을 취했다는 점에서 〈씨네21〉의 기획과 다르다. 덕분에 분위기가 훨씬 분방하다. 예컨대, 콕 집어 하나의 영화가 아니라 여러 편을 두루 언급한 경우가 많다는 점이 그렇고, 인터뷰이마다 내용의 분량이 들쑥날쑥 하다는 점도 그렇다. 그런 탓에 〈씨네21〉 버전의 《내 인생의 영화》와 좋은 대조를 이룬다. 비교해서 읽어봐도 좋을 일이다.

끝으로 덧붙일 것은, 이 책이 원서의 전문을 담아내지는 못했다는 사실이다. 일단은 분량이 넘쳤던 데다가 국내에 생소한 인터뷰이들이 있기도 해서, 그에 대한 내용을 누락함으로써 분량을 축소한 것이다. 기왕 전문을 번역한 입장에서는 모든 내용이 실리기를 바랐지만, 편집은 출판사의 권한이고 출판사마다 편집기조가 있으므로 합리적인 편딘이었으리라 짐작할 따름이나. 독사 여러분의 양해를 구한다. 더불어, 대중음악 비평가가 영화 관련 도서를 번역한 것에 생소함을 느낄지도 모를 독자께는 이 책의 특성이 그렇다는 변명에 가까운 부연을 드리고 싶다. 이건 사실 영화만큼이나 인생에 관한 책이고, 세상에 인생에 대한 전문가란 없기 때문이다.

박은석

목 차

Chapter <u>01</u>
판 타 지 를 현 실 로 만 든 낭 만 주 의 자

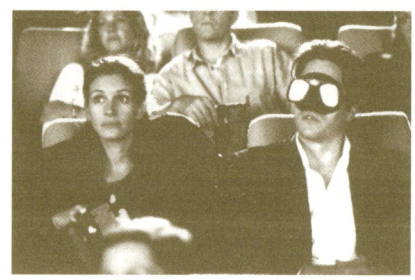

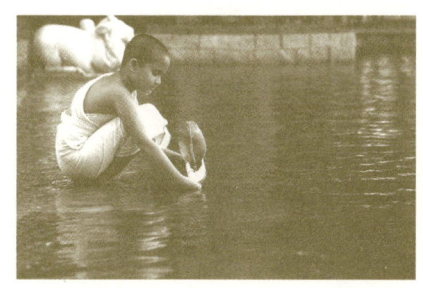

Chapter 02

사회를 변화시킨 행동가

Chapter <u>03</u>

웃음을 만들어내는 희극인

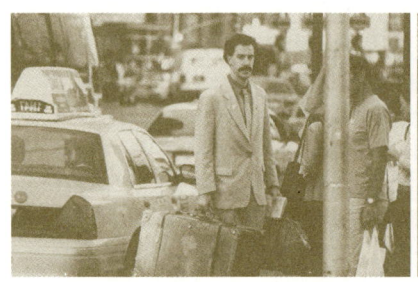
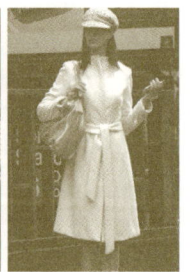

Chapter <u>04</u>

전 세계 패션을 선도하는 패셔니스타

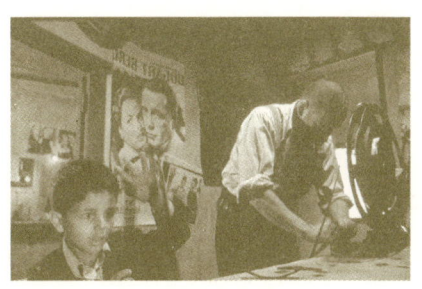

Chapter 05

꿈을 이룬 할리우드 키드

Chapter 06

무대를 빛내는 아티스트

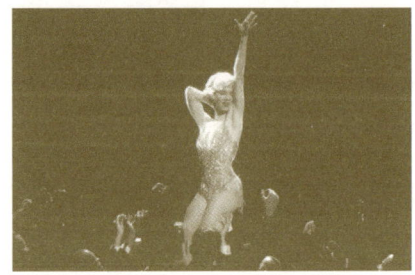

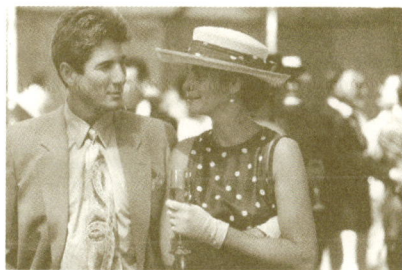
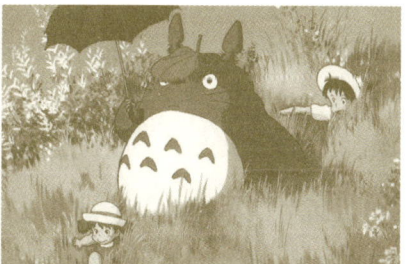

판타지를
현실로 만든

Chapter 01

낭만주의자

"⟨E.T.⟩는 사랑하는 이를 보살피겠다는 약속에 관한 영화입니다.
이 영화를 보고 나면 스스로 더 나은 사람이 된 것 같죠."
하비에르 바르뎀

배우. 명문 스탠퍼드대학을 중퇴하고 연기에 투신했다. 〈금발이 너무해〉의 성공으로 '제2의 멕 라이 언'이라는 평을 들으며 스타덤에 올랐고, 전설적인 컨트리 뮤지션 조니 캐시의 전기영화 〈앙코르〉에 서의 호연으로 2006년 아카데미 최우수 여우주연상을 수상했다.

리 즈 위 더 스 푼
Reese Witherspoon

"나탈리 우드를 사랑해요.
〈초원의 빛〉은 제가 가장 좋아하는 영화지요."

리즈 위더스푼은 〈앙코르Walk The Line〉에서 조니 캐시와 사랑에 빠졌고, 오스카 여우주연상을 수상했다. 하지만 극장에서 그녀의 눈은 오직 다른 여배우만을 향해 있었다.

"저는 나탈리 우드를 사랑해요! 〈초원의 빛Splendor in the Grass〉은 제가 가장 좋아하는 영화지요." 나탈리 우드를 스크린 안팎에서 워렌 비티와 열광적이고 열정적인 사랑에 빠뜨렸던 로맨스 영화에 대해 위더스푼이 얘기했다. "이 영화의 엔딩은 언제나 저를 사로잡아요. 나탈리 우드가 새하얀 드레스와 새하얀 장갑과 새하얀 모자로 치장하고 농장을 찾는 영화의 마지막 부분 말이에요." 위더스푼은 이 장면에 깊은 인상을 받았다. 그것은 감독인 엘리아 카잔도 마찬가지로 그는 〈초원의 빛〉의 마지막 릴*을 가리켜 "완벽하게 완벽하다"고 자찬했다.

카잔과 위더스푼을 흥분시킨 그 장면. 나탈리 우드가 연기한 디니 루미스는 몇 년 동안 정신병원에서 요양한 뒤, 앞서 언급한 순백의 의상으로 치장하고 첫사랑 버드워렌 비티를 만나기 위해 고향 캔자스로 돌아온다. 그는 이미 안젤리나조라 램퍼트와 결혼해 가정을 꾸렸고, 안젤리나는 둘째 아이를 임신한 상태였다. 주방에서 놀고 있는 버드의 아들을 잠시 안아 든 디니는 깨닫는다. 다시 돌아갈 수 없기에, 어쩌면 그때 일어날 수도 있었던 일은 이제 결코 일어날 수 없는 일이 돼버렸다는 것을. 이어서 우리는 그녀가 떨리지만 단호한 목소리로 읊조리는 워즈워스의 시를 듣는다. "초원의 빛이여, 꽃의 영광이여/그 시간을 되돌릴 수 없을지라도/우린 서러워하기보다/그 뒤에 남은 힘을 찾으리라."••

"디니 루미스. 비극의 디니." 1981년 카달리나 섬에서 보트 사고로 세상을 떠난 우드의 영혼과 교감이라도 하듯, 리즈 위더스푼은 나직이 속삭였다. 그러고는 욕조 속에 몸을 담그고 있는 딸에게 "버드와 어디까지 간 거냐?"고 캐묻던 디니 어머니 역의 오드리 크리스티를 놀랍게 재연해냈다. 그런 어머니 앞에서 나탈리 우드는 벌거벗은 몸을 욕조 속으로 가라앉혔다가 다시 벌떡 일으키며 어린애처럼 울부짖는다. "아니에요, 엄마. 전 정숙한 아이였어요. 전 순결하

• 영화용 필름의 길이를 나타내는 단위.

•• 윌리엄 워즈워스의 이 시는 '초원의 빛'이라는 제목으로 흔히 알려져 있으나, 원제는 '어린 시절을 회상하며 영원불멸을 깨달음Ode: Intimations of Immortality from Recollections of Early Childhood'이다. 전공자의 자문을 받아 역자가 직접 번역했다.

다고요!"

위더스푼은 나탈리 우드를 기억하며 감탄하듯 말했다. "아! 그녀는 정말 대단했어요!" 잠시 후, 위더스푼은 다시 그 '완벽하게 완벽한' 마지막 릴로 되돌아갔다. "평상복을 입고 있던 버드의 임신한 아내가 마치 '내 몰골 좀 봐' 하는 표정으로 자신의 옷을 바라보며 부끄러워해요. 그때 버드는 디니와 밖으로 나가죠. 두 사람은 이제 다시 함께할 수 없다는 사실을 알고 있었어요. 그렇지만…… 잘 모르겠어요. 거기엔 아주 개인적이고도 현실적인 뭔가가 있으니까요. 모든 영화가 늘 그러리란 법은 없지만, 그래도 이 영화는 해피엔딩이라고 할 수 있지 않을까요? 그런 리얼리티가 감동적이에요."

성인잡지 〈플레이보이〉의 설립자이자 발행인. 1953년 12월 마릴린 먼로를 표지에 내건 창간호가 성공을 거둔 후로 거의 모든 미디어 영역에 '플레이보이' 제국을 건설했다. 1978년에는 마운트 리의 할리우드 사인 보존 기금 마련을 주도하기도 했다.

휴 헤프너

Hugh Hefner

*"제 낭만적인 꿈을 부채질한 건
버스비 버클리의 뮤지컬이었어요."*

휴 헤프너는 마운트 리의 할리우드 사인을 가리켜 "우리의 에펠탑"이라 불렀고 그 보존에 앞장섰다. 이유는 분명했다. 성인잡지 〈플레이보이Playboy〉의 설립자인 그는 영화 속의 '드라마와 판타지' 같은 세계처럼 좀더 나은 세상을 향해 스스로를 채찍질한 덕분에 가혹했던 대공황기의 소년 시절을 버틸 수 있었던 것이다.

"제 낭만적인 꿈을 부채질한 건 프레드 아스테어, 진저 로저스, 앨리스 페이, 베티 그레이블, 그리고 버스비 버클리의 뮤지컬이었어요. 직접적인 대화 속에서는 할 수 없는 얘기를 노래를 통해서는 할 수 있었어요. 거기엔 현실 도피의 경이로움이 있었죠."

하지만 그가 가장 좋아하는 음악은 뮤지컬 곡이 아니라, 〈카사블랑카Casablanca〉에서 잉그리드 버그만이 험프리 보가트의 당혹감에도 아랑곳하지 않고 둘리 윌슨에게 불러달라고 한 〈애즈 타임 고즈 바이As Time Goes By〉이다. "이 작품은 모든 걸 갖췄어요. 이뤄지지 못한 사랑, 소외, 애국주의, 유머, 우정, 최고의 대본과 음악. 진정한 영화 중의 영화예요."

마이클 커티즈 감독의 1942년 오스카상 수상작을 높게 평가한 헤프너는 플레이보이 맨션의 주말 저녁을 '카사블랑카의 밤'이라고 부를 정도다. 여기서 그는 1930, 40년대의 고전들을 상영한다. "세상이 사랑하는 미국은 영화에서 나온 겁니다. 절대 워싱턴 D.C.에서 나온 게 아니에요. 개인적이고 정치적인 자유를 찾아 온 이민자들의 꿈에서 생겨난 거죠."

그런 점에서 정치적 진보주의자인 헤프너가 정치적 보수주의자였던 제임스 스튜어트를 대면할 일은 없었을 것이다. 그럼에도 그가 스튜어트의 영화를 좋아하는 것만은 분명하다. 〈스미스 씨 워싱턴에 가다Mr. Smith Goes to Washington〉를 가장 좋아하는 정치영화로 꼽았으니 말이다.

〈플레이보이〉의 설립자로서 헤프너는 고전에 찬사를 보내면서도 심의와 검열이 할리우드 황금기의 영화작가들을 제약했던 것에 대해서는 가차없이 비판했다. 헤프너는 살벌한 프로덕션 코드* 시대의 도래를 생생하게 기억하고 있었다. "1934년 검열이 시작되었을 때 저는 한창 자라는 나이의 아이였어요. 그런데 어느 날부턴가 갑자기 타잔과 제인이 점잖은 의상을 걸치고 나오고, 〈씬맨The Thin Man〉의 주인공 부부 닉과 노라가 트윈 베드에서 각자 잠자리에 드는 걸 보게 됐죠. 검열 때문이란 걸 알게 된 저는 그걸 제 유년기와 연관시켰습니다. 부모한테 애정을 못 받고 자랐기 때문이었죠. 그건 동시에 〈플레이보이〉의 또 다른 측면을 설명해주는 단서이기도 해요.”

영화가 없었다면 미국 남성들은 에어브러시 처리한 센터폴드•• 나 알베르토 바르가스가 그려낸 팬티와 레이스 차림의 아리따운 아가씨들의 일러스트를 아예 경험하지 못했을 수도 있다. 헤프너는 의심의 여지가 없다고 했다. “〈42번가42nd Street〉, 〈풋라이트 퍼레이드Footlight Parade〉를 제작한 버스비 버클리 감독과 2차 세계대전 당시 영화 속의 핀업•••, 그리고 〈플레이보이〉 사이에는 직접적인 연관성이 있으니까요.” 〈플레이보이〉 창간호의 표지모델이었던 마릴린 먼로는 그 모든 것에 거대한 그림자를 드리운 존재이다. “〈뜨거운 것이 좋아Some Like It Hot〉에서 그녀는 최고였어요. 〈신사는 금발을 좋아해Gentlemen Prefer Blonde〉에서도 역시 대단했죠.”

다행히 플레이보이 맨션에서 언제나 고전만 틀어대는 것은 아니다. ‘카사블랑카의 밤’에 더해 헤프너는 최근작들의 상영회를 열기도 한다. “〈디파티드The Departed〉는 최고의 영화예요. 직선적이죠.” 레오나르도 디카프리오와 맷 데이먼을 출연시킨 마틴 스콜세지의 2006년 오스카상 수상작에 대한 헤프너의 평이다. 에드워드 노튼이 사랑에 빠진 마술사로 출연한 닐 버거 감독의 〈일루셔니스트 The Illusionist〉는 그에 따르면 구식 로맨스를 스크린에 되살려놓은 영

● 1922년에 발족한 미국영화협회는 1930년 영화제작 강령Motion Picture Production Code을 제정, 대본의 사전검열 등을 통해 지나친 성적 표현이나 폭력 묘사를 자율 규제했다.
●● 잡지 한 가운데에 접어 넣은 페이지로, 보통 누드 사진이 게재된다.
●●● 섹시한 미녀들의 육체가 일부 노출된 전신 사진이나 그림.

"〈카사블랑카〉는 모든 걸 갖췄어요.
 이뤄지지 못한 사랑, 소외, 애국주의, 유머, 우정,
 최고의 대본과 음악. 진정한 영화 중의 영화예요."

카사블랑카 Casablanca | 1942 | 102분

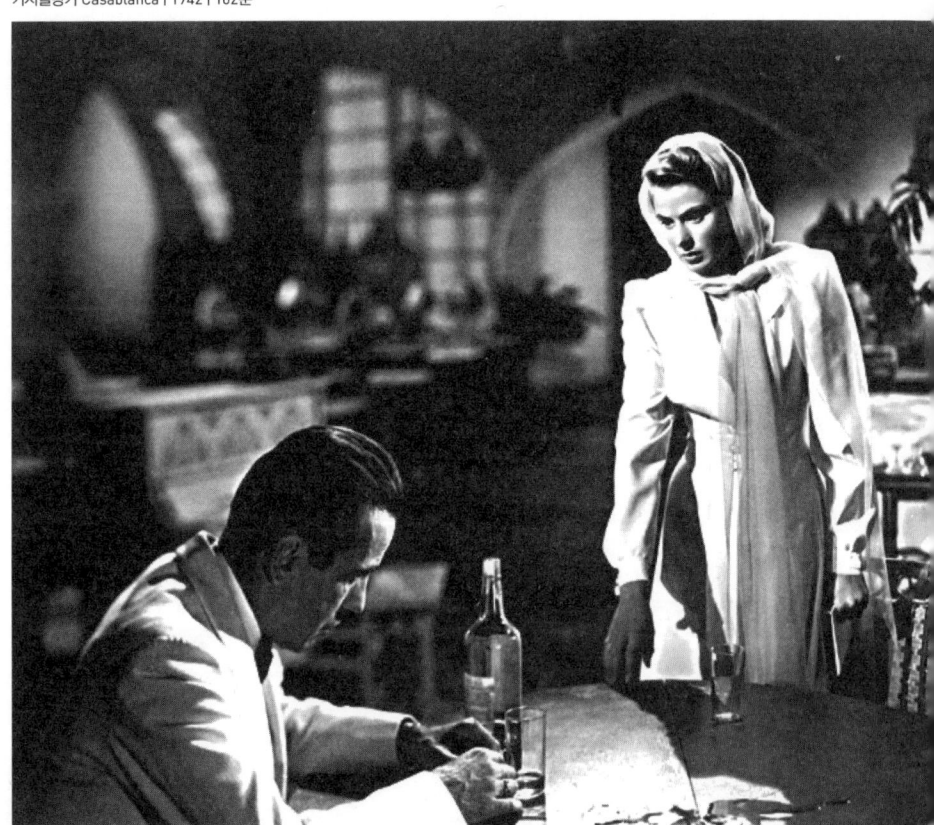

화다. 수많은 '본드걸'을 발굴해낸 이 남자는 〈카지노 로얄The Casino Royale〉에서 다니엘 크레이그가 보여준 007의 원대 복귀에 대단히 흡족해하기도 했다. "새로운 본드가 마음에 듭니다. 007 시리즈의 원작자 이언 플레밍은 〈플레이보이〉에 기고하기도 했죠. 그래서인지 영화가 본래의 뿌리로 돌아가는 걸 보니 즐겁더군요. 잘 만들었어요."

배우. 스페인 출신으로 6살 무렵부터 연기를 시작했다. 1992년 〈하몽 하몽〉으로 자국에서 스타덤에 올랐으며, 1997년 〈프레디타〉를 통해 미국 시장에 진출했다. 〈노인을 위한 나라는 없다〉에서 냉혈한 살인마를 연기해 아카데미와 골든 글로브 남우조연상을 휩쓸었다.

하 비 에 르   바 르 뎀

Javier Bardem

> "〈E.T.〉는 오늘 다시 본다 해도
> 제 마음 깊은 곳을 두드릴 작품이에요."

하비에르 바르뎀에게 영화 감상은 배우라는 현재의 직업과도 코언 형제의 〈노인을 위한 나라는 없다No Country for Old Men〉에서 살인마 역할로 수상한 아카데미 트로피와도 아무 상관이 없다. "우리 가족 모두 연기를 했어요. 제가 원했던 건 아닙니다. 저는 원래 그림을 그렸어요. 제가 연기를 발견했다기보다는 연기가 저를 발견했다고 할 수 있지요."

실제로 그는 연기자로서의 운명을 타고났다. 오스카상 시상식이 열린 코닥 극장 무대 위에서 수상소감을 발표하던 바르뎀이 스페인어로 말을 건넨 대상은 바로 그의 어머니이자 배우인 필라르 바르뎀이었으며, 그때 그가 한 말은 사람들에게 아주 깊은 인상을 남겼다. 할아버지 라파엘 바르뎀 역시 배우였다. 그리고 바르뎀은 6살 때, 이미 TV 드라마 〈엘 피카로El Picaro〉에서 연기를 펼친 바 있다.

그러나 바르뎀이 어린 시절 출연했던 작품이나 가까운 친인척들이 만든 100여 편의 영화 대신 유년기에 경험한 잊을 수 없는 기억으로 꼽은 것은 미국인들이 만든 영화 〈E.T.E.T.: The Extra-Terrestrial〉였다. 바르뎀은 스티븐 스필버그가 1982년에 제작한 이 SF 영화를 다른 어떤 작품보다 많이 봤다. "열한 살 때였는데, 이 영화를 스무 번이나 봤어요. 그것도 내리 말이죠. 오후 2시에 한 번 보고, 4시, 6시, 8시에 다시 보는 식이었죠. 영화의 아름다움에 압도당한 느낌이었습니다. 오늘 다시 본다 해도 제 마음 깊은 곳을 두드릴 작품이에요. 언제나 절 눈물짓게 하지요."

이유가 뭘까? '사랑' 때문이라고 바르뎀은 말했다. "이 영화는 한 꼬마와 이론상 대단히 위험한 존재인 외계인 사이에 싹튼 그지없이 아름다운 사랑 이야기입니다. 신뢰와 관계가 있지요. 다른 사람들이 자신에게 강요하는 무엇이 아니라, 자신의 사랑을 믿고 자신의 본능을 따르는 강렬한 의식으로서의 신뢰 말이에요. 〈E.T.〉는 사랑하는 이를 보살피겠다는 약속에 관한 영화입니다. 이 영화를 보고 나면 스스로 더 나은 사람이 된 것 같죠."

소설가. 연애소설의 대가로 1973년 등단하여 지금까지 80여 편의 소설을 펴냈다. 그의 소설은 전세계 47개국 28개 언어로 번역 출판됐다. 1989년에는 최고 권위의 〈뉴욕타임스〉 베스트셀러 리스트에 가장 오랜 기간 연속 등재된 소설가로 기네스북에 오르기도 했다.

다 니 엘   스 틸

Danielle Steel

"대가족을 두고 웃음거리 삼고
난장판으로 묘사하는 영화는 좋아하지 않아요."

연애소설을 5억 부 이상 팔아 치웠음에도 불구하고, 다니엘 스틸은 사랑이라는 주제에 관한 어떤 전문지식도 직접 활용하려 들지 않는다. "데이트해본 지가 하도 오래돼서 이젠 그게 뭔지도 모르겠다니까요." 스틸은 아홉 명의 아이를 키우고 있는 싱글맘의 입장에서 얘기했다. 그렇다고 물론 이 작가가 영화를 좋아하지 않는다는 얘기는 아니다.

스틸은 고전 로맨스 영화 가운데 필립 배리의 원작을 영화화한 조지 큐커 감독의 〈필라델피아 스토리Philadelphia〉를 가장 먼저 꼽았다. 이유는 명확했다. "해피엔딩이 좋아요. 그리고 캐서린 헵번을 사랑해요. 그녀는 세련되고 화려하고 귀족적인 것의 화신이었죠. 최근 그녀의 의상이 경매에 나온 적이 있었는데, 모자 두 개를 샀어요."

또 다른 햅번, 오드리 역시 다니엘 스틸에게 깊은 인상을 남긴 배우다. "그녀의 얼굴과 의상 모두 좋아해요. 하지만 그녀의 영화는 그다지 좋아하지 않았어요." 1950년대 프랑스에서 성장한 스틸은 당시 미국영화를 거의 보지 못했다고 한다. "레슬리 카론과 멜 페러가 출연한 〈릴리Lili〉를 본 기억은 나요. 전 그때 멜 페러한테 홀딱 빠져 있었거든요. 줄거리는 생각나지 않지만." 그보다는 〈거상의 길 Elephant Walk〉이 좀더 분명한 인상을 남긴 듯 보였다. 1954년작인 이 영화에는 엘리자베스 테일러와 피터 핀치가 영국의 식민지 실론現在의스리랑카에서 코끼리의 습격으로부터 밭을 지키려 분투하며 차를 재배하는 부부로 등장한다. "그 코끼리들이 너무 무서웠어요. 평생 두려움으로 남았을 정도니까요."

그녀는 줄리아 로버츠와 휴 그랜트가 주연한 1999년 히트작 〈노딩 힐Notting Hill〉에서 특별한 의미를 찾았다. 스틸은 줄리아 로버츠가 연기한 스타 영화배우 캐릭터 안나 스콧을 거론했다. "영화를 저와 동일시하며 봤어요. 그녀도 유명하고 저도 유명하니까요. 명성이란 건 애정 생활에 어떤 부담을 강요하게 마련이에요. 프라이버시가 없으니까요. 모두가 유명인의 결별과 이혼에 대해 알고 싶어합니다. 스타에게 사생활이란 없고, 사람들은 스타의 상심을 즐기죠." 〈노팅 힐〉의 다음과 같은 대사는 특히 스틸에게 의미심장했다. "아, 내가 실연할 때마다 신문들은 그게 마치 오락거리라도 되는 양 대서특필해대죠." 줄리아 로버츠는 진정 확신을 담아 대사를 전달했고, 스틸 또한 그랬다.

이 소설가가 좋아하지 않는 건 가족영화다. "아무도 가족을 있는 그대로 보여주지 않아요." 예외가 있다면 루실 볼과 헨리 폰다가 주연한 1968년의 오리지널 〈나, 너 그리고 우리Yours, Mine, and Ours〉이다. "2005년에 리메이크한 건 별로 재미 없더군요." 르네 루소와 데니스 퀘이드가 주연한 영화를 가리켜 그녀가 말했다. "대가족을 두고 웃음거리 삼고 난장판으로 묘사하는 영화는 좋아하지 않아요. 스티브 마틴이 출연한 〈열두 명의 웬수들Cheaper by the Dozen〉은 절 분노하게 만들었다니까요. 대가족에는 경이로운 면이 있어요. 놀라울 정도로 정연하죠. 아이는 둘을 키우는 것보다 아홉을 키우는 게 더 쉬워요. 싸우지 않고 서로 돕거든요. 영화에서 대가족을 나쁘게 묘사하는 걸 보면 화가 치밀어요. 대가족이 실제로 얼마나 '쿨'한지 보여주기는커녕 그걸 마치 농담거리 장치로나 써먹다니 말이에요."

스틸은 요즘 아이들과 동행하는 게 아니면 아예 극장에 가지 않는다. "혼자서는 안 가요." 그렇지만 가족이 언제나 신뢰할 만한 영화 비평가는 아니다. "우리 아이들은 내가 〈보랏Borat〉을 좋아하지 않을 거라고 했지만, 전 그 영화를 보며 배꼽이 빠지도록 웃어댔거든요."

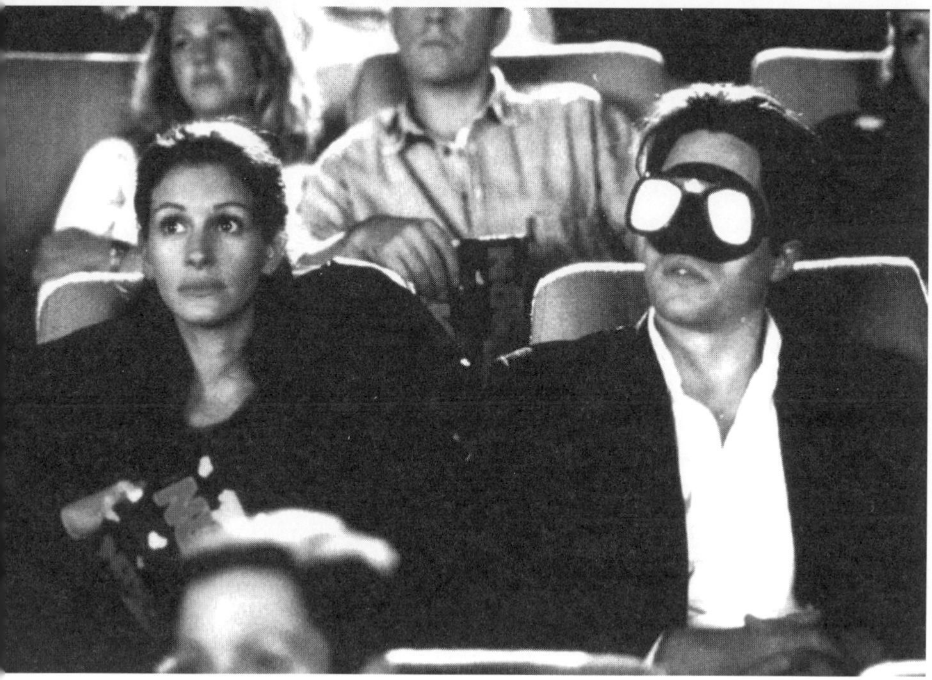

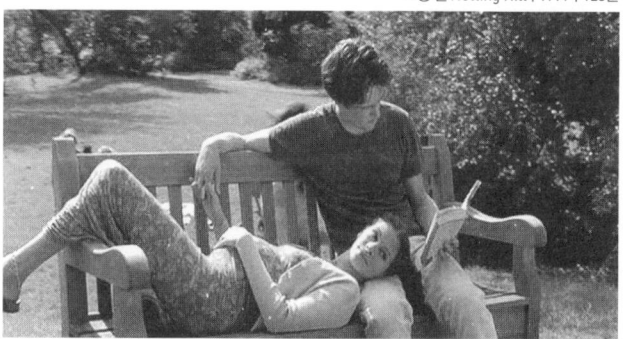

"영화를 저와 동일시하며 봤어요. 그녀도 유명하고 저도 유명하니까요.
명성이라는 건 애정생활에 어떤 부담을 강요하게 마련이에요."

노팅 힐 Notting Hill | 1999 | 123분

잡지 편집인. 기네스북으로부터 세계 최대의 소비자 잡지로 꼽히기도 한 웨딩매거진 〈브라이즈〉의 편집장으로 1994년부터 재직해오고 있다. 컨디나스 출판그룹 산하 〈마드모아젤〉의 편집자로 시작해 현재에 이르렀으며, 미국잡지편집자협회 임원을 지내기도 했다.

밀 리 마 티 니 브 래 튼
Millie Martini Bratten

> "〈앤티 맘〉은 열정적으로 인생을 개척하도록
> 영감을 준 작품이에요."

밀리 마티니 브래튼은 웨딩매거진 〈브라이즈Brides〉외에도 컨디나스Condé Nast 출판그룹이 발행하는 여러 잡지의 책임편집자로 일하며, 연간 1,600억 달러 규모에 달하는 관련 업계를 주도하고 있다. 결혼의 모든 선택사항에 대한 최고 결정권자답게 그녀는 영화 속 결혼식에 대해서도 예리한 안목을 가졌다.

"결혼식 날의 감정 기복과 불안을 잘 다뤘다는 점에서 〈네 번의 결혼식과 한 번의 장례식Four Weddings and a Funeral〉을 좋아해요. 이 영화는 결혼식에서 벌어지는 일들을 빠짐없이 보여줍니다. 사랑의 촉매에 관한 모든 것이라고 할 수 있죠." 마이크 뉴웰 감독의 이 영화는 영국 출신의 휴 그랜트를 세계적인 코미디 전문 배우로 자리매김시킨 작품이다. 마티니 브래튼의 이력에 가장 큰 영향을 미친 로맨틱 코미디는 줄리아 로버츠가 주연한 영화 두 편이다.

"〈내 남자 친구의 결혼식My Best Friend's Wedding〉에서 그녀는 제가 본 가장 아름다운 들러리였어요. 그녀의 보라색 드레스는 눈부시게 아름다웠죠. 그땐 나이트가운 스타일의 들러리 드레스가 유행하기 전이었는데, 줄리아는 그걸 멋지게 소화해냈어요. 1997년, 영화가 개봉한 직후부터 들러리 드레스의 스타일이 바뀌기 시작하는 걸 목격했습니다. 그 드레스에 대한 문의 전화도 엄청 받았고요. 입은 사람 때문에 드레스가 더욱더 빛을 발한 대표적 사례였지요."

그로부터 2년 후, 게리 마셜 감독의 〈런어웨이 브라이드Runaway Bride〉가 개봉했다. 1991년 키퍼 서덜랜드와 결혼을 취소하고 제이슨 패트릭과 도피행각을 벌인 줄리아 로버츠의 실제 이야기에서 일부를 차용한 영화였다. 마티니 브래튼은 1999년작인 이 영화에서 줄리아 로버츠가 입고 나온 '구튀르 드레스'가 다시 한 번 패션계를 뒤흔들어놓았다고 했다. "〈런어웨이 브라이드〉에서 로버츠는 대단히 로맨틱한 드레스를 입고 나왔습니다. 어깨를 드러낸 오프 더 숄더, 몸에 딱 달라붙는 피티드 보디스, 그리고 말 등에 올라탄 상징적인 사진에서 그녀가 입고 있는 튤 스커트 같은 것들 말이죠. 아직도 그 드레스에 대한 문의 전화가 올 정도예요."

마티니 브래튼은 로버츠가 두 번째 남편 다니엘 모더와의 결혼식에서 입었던 웨딩드레스를 영화 속의 한 장면과 연관시키기도 했다. "모더와의 결혼식에서도 로버츠는 로맨틱한 스타일이었어요. 가슴에 수를 놓은 홀터 네크라인 드레스에 어깨에는 숄을 걸쳤죠. 스크린 밖에서는 아주 자연스런 스타일이지만, 마음만 먹으면 줄리

아는 정말 화려한 여자가 됩니다."

마티니 브래튼은 정작 자신의 인생과 경력에서는 로맨틱한 경향이 덜하다. 그녀는 로사린드 러셀이 출연했던 고전에서 가장 독창적인 여성상에 대한 특별한 영감을 받았다. "〈앤티 맘Auntie Mame〉은 유행을 따르면서도 관습을 거부하는 독특한 작품입니다. 원하는 일을 추구하고 열정적으로 인생을 개척하도록 영감을 준 작품이에요." 물론 그처럼 독립적인 여성 데니스조차 영화의 후반부에선 결혼식을 올린다. "제가 결혼식을 좋아하는 건 아름다운 의상과 황홀한 음악, 그리고 넘치는 감성과 낭만과 스타일 때문이에요. 그야말로 우아한 삶이죠."

작가. 프리랜서 저널리스트로 활동하던 중 〈뉴욕 옵저버〉에 연재한 칼럼 '섹스 앤 더 시티'가 케이블 채널 HBO의 드라마 시리즈로 제작되면서 폭발적인 인기를 누리기 시작했다. 젊은 여성에 의한, 젊은 여성을 위한 문학 장르를 뜻하는 '칙릿'의 선구자로 꼽힌다.

캔 디 스   부 시 넬

Candace Bushnell

"〈애니 홀〉에서 연인은 사람이 아니라
뉴욕이라는 도시예요."

〈섹스 앤 더 시티 Sex and the City〉와 〈립스틱 정글 Lipstick Jungle〉의 원작자 캔디스 부시넬은 '극장도 없는 조그만 마을'에서 성장했다. DVD도 케이블도 없던 1960년대에 그녀는 TV에서 이따금 방영하던 〈쓰리 스투지스〉와 제리 루이스의 코미디 영화를 보기 위해 브라운관 앞에 꼭 붙어 있었다.

"제가 가장 좋아하는 영화는 〈매드 매드 대소동 It's a Mad, Mad, Mad, Mad World〉이에요." 그녀는 보드빌* 시대의 거의 모든 코미디 스타들이 출연한 스탠리 크레이머 감독의 1963년 오락물을 얘기했다. "요즘도 가끔 빌려보는데 그때마다 이 영화의 순수한 바보스러움에 큰

● 노래, 춤, 촌극 등을 엮은 오락 연예.

소리로 웃게 돼요."

막상 부시넬 자신의 글쓰기는 코미디와 로맨스 사이에 모호하게 걸쳐 있다. 그 둘을 통합하는 건 어려운 일이라고 말하면서 그녀는 "로맨틱 코미디 영화를 골라내는 건 더더욱 까다로운 일"이라고 덧붙였다. 그녀의 목록은 다음과 같다. "〈아기 양육Bringing Up Baby〉과 〈필라델피아 스토리Philadelphia〉는 황금률이지요. 그리고 〈졸업The Graduate〉, 〈해리가 샐리를 만났을 때When Harry Met Sally〉, 〈프리티 우먼Pretty Woman〉, 〈네 번의 결혼식과 한 번의 장례식〉, 〈굿바이 콜럼버스Goodbye, Columbus〉 등 한결같이 전통적인 관습에 얽매이거나 혹은 그것에 어긋나는 지점에서 드러나는 남녀 간의 불편한 관계의 시대정서를 포착해낸 영화들이죠. 〈굿바이 콜럼버스〉는 그리 대단한 영화로 꼽히지는 않지만, 연인이 결합하는 마지막 장면과 알리 맥그로의 완벽하지 않은 연기가 마음에 들어요."

그리고 우디 앨런의 1977년 오스카상 수상작 〈애니 홀Annie Hall〉. 부시넬은 이 영화를 이른바 에로스의 지옥으로부터 분리하여 그것만의 독자적인 판테온에 위치시켰다. "이 영화에서 연인은 사람이 아니라 뉴욕이라는 도시예요. 그곳에서 사람들은 타인이 아니라 자신과 인간관계를 맺죠. 여타 수많은 로맨틱 코미디들이 잡아내지 못한 걸 〈애니 홀〉은 아름답게 담아냈습니다. 우리가 기대하는 방식으로의 사랑이 아니라, 있는 그대로의 사랑을 포착해낸 거죠. 그리고 그런 사랑도 나름대로 괜찮다고 얘기합니다."

그녀는 자신의 성공에 우디 앨런이 많은 비중을 차지한다는 평가를 경계했다. "정말 솔직히, 한 편의 영화가 내 인생을 바꿨다고는 생각하지 못하겠어요. 영화란 저마다 세상 보는 시야를 풍성하게 해줄 수 있는 관점이며 시각이라고 봅니다. 난 스토리텔링 테크닉에 대한 영감을 얻기 위해 영화를 보는 쪽이에요."

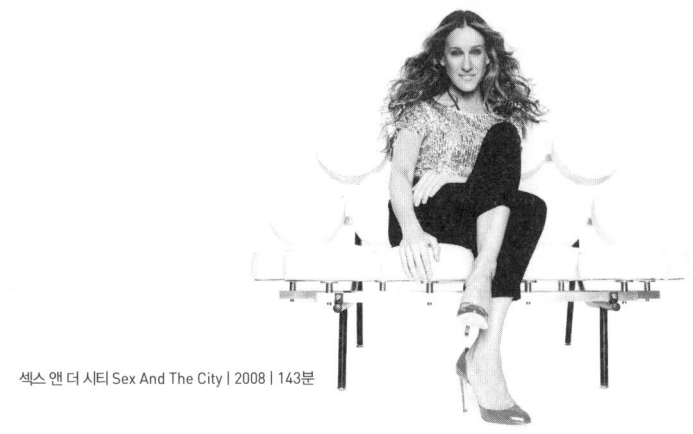

섹스 앤 더 시티 Sex And The City | 2008 | 143분

사회를
변화시킨

Chapter <u>02</u>

행동가

변호사. 미국의 정치 명문가 출신으로 로버트 케네디 법무장관의 아들이자 존 F. 케네디 대통령의 조카이다. 1983년 허드슨 강의 오염 문제를 놓고 법적 공방을 벌이던 민간단체를 도움으로써 이후 환경문제 전문 변호사로 거듭나는 전기를 마련했다.

로 버 트 F . 케 네 디 주 니 어
Robert F. Kennedy Jr.

> *"〈불편한 진실〉은 이제껏 만들어진 영화 중*
> *가장 영향력 있는 환경영화입니다."*

저명한 환경문제 전문 변호사인 로버트 F. 케네디 주니어는 스티븐 개건의 CIA 첩보영화 〈시리아나Syriana〉를 극찬했다. 조지 클루니에게 오스카 남우조연상을 안겨준 바로 그 작품이다. "환경문제를 많이 거론하지 않았음에도 뛰어난 환경영화예요. 대신 권력과 자본이 환경 및 에너지 정책과 민주주의를 어떻게 부패시키는지 보여줍니다. 석유에 대한 의존이 우리의 가치를 어떻게 타락시키는지를 보여주는 훌륭한 삽화라고 할 수 있죠."

케네디가 직설적인 다큐멘터리 영화 두어 편을 더불어 추천한 것도 놀랄 일은 아니다. "앨 고어의 〈불편한 진실An Inconvenient Truth〉은 이제껏 만들어진 영화 중 가장 영향력 있는 환경영화입니다. 지구온난화 문제를 티핑 포인트까지 밀어붙였죠. 그리고 〈누가 전기자동차를 죽였나?Who Killed the Electric Car?〉라는 영화가 있습니다." 그는 디트로이트 자동차 업계를 폭로한 크리스 페인의 영화에 대해 얘기했다. "이 작품은 훨씬 저렴하고 친환경적인 이동수단을 파기해버리기 위해 자동차 업계와 여타 권력 실세들이 어떤 음모를 꾸몄는지 보여줍니다. 최악의 음모론자조차 이성적인 사람으로 보이게 만드는 영화예요." 거대 음모설에 관해서도 케네디는 타협의 여지를 두지 않았다. 2006년, 음악전문지 〈롤링 스톤Rolling Stone〉* 에 게재된 '2004년 대선은 도둑맞은 것일까?'라는 제호의 기사에서 그는 '그렇다'는 대답을 효과적으로 웅변한 바 있다.

인권변호사가 되겠다는 케네디의 결심에 영향을 미친 영화는 하퍼 리의 원작소설을 각색한 1962년작 〈앵무새 죽이기To Kill a Mocking Bird〉다. 로버트 멀리건이 연출한 이 영화에서 그레고리 펙은 할리우드 역사상 가장 헌신적인 변호사를 연기했다. 그 열연에 힘입어 오스카상을 수상하던 밤, 그는 하퍼 리의 부친이 들고다니던 회중시계를 손에 쥐고 있었다. "〈앵무새 죽이기〉를 본 게 아마 열 살이나 열두 살쯤이었을 거예요. 부모님이 극장에 데려갔죠. 그 영화는 정의에 대한, 그리고 미국의 민주주의를 제대로 작동시키기에 충분한 용기와 고집을 가진 남자에 대한 이야기였습니다."

● 1967년 창간한 미국 최대 발행부수의 격주간지. 음악전문지임에도 매호 시사문제를 다룬 피처 기사를 게재해 호평을 받고 있다.

정치가. 1991년부터 2002년까지 버몬트 주지사를 지냈다. 2004년 민주당 대선후보 지명선거에 나섰으나, 초반 선전에도 불구하고 존 케리 상원의원에게 밀려 낙선했다.

하 워 드   딘

Howard Dean

> "사회적 정의에 대한 제 책임감은 상당 부분
> 〈앵무새 죽이기〉와 관련이 있지요."

내과의사에서 정치가로 변신한 하워드 딘은 뉴욕 이스트 햄튼에서 성장했다. 디즈니 애니메이션 〈판타지아Fantasia〉를 통해 처음 영화의 추억을 만든 것도 그곳이었다. 〈판타지아〉는 박스오피스 실패작으로 최초 개봉 당시 디즈니의 대차대조표에 전혀 기여하지 못했다. 하지만 이 영화는 뒷날 버몬트의 주지사가 될 딘에게는 각성제 역할을 했다. "기억하기로 제가 본 첫 번째 영화였습니다. 재미있었지만, 한편으론 빗자루들의 행진이 무섭기도 했죠." 미키 마우스가 집안일의 악몽을 경험하는 '마법사의 견습생Sorcerer's Apprentice' 편을 가리켜 하워드 딘이 말했다.

미키 마우스보다 더 좋아하는 건 험프리 보가트라고 말했다. 특히 1940년대의 고전 〈시에라 마드레의 보물The Treasures of the Sierra

Madre〉과 〈카사블랑카〉는 '가장 많이 본 영화'로 숭배했다. 그러나 그의 인생을 바꾼 영화는 전적으로 사회적 불의를 다룬 작품들이다. "1962년에 열세 살이었는데, 그때 〈앵무새 죽이기〉를 봤습니다. 처음 보는 인종적 불의에 관한 영화였죠. 그레고리 펙의 연기는 정말 대단했습니다. 그의 딸로 등장한 메리 배드햄 또한 그랬고요. 원작도 좋습니다만, 영화가 원작을 능가한 극소수의 사례 가운데 하나라고 할 수 있습니다. 사회적 정의에 대한 제 책임감은 상당 부분이 영화와 관련이 있지요."

2004년 민주당 대선후보 경선에서 실패했음에도 불구하고 정치에 대한 딘의 관심은 조금도 사그라지지 않았는데, 그와 맞닿은 최근 작품들에 대해서도 언급했다. "〈굿 나잇 앤 굿 럭Good Night, and Good Luck〉을 좋아합니다." 그는 조지 클루니가 연출한 매카시즘 시대의 방송인 에드워드 머로의 전기영화를 언급했다. "뉴스 제작자의 관점에서 바라본 정치 프로세스라고 할 수 있어요." 로저 도널드슨 감독의 스릴러 〈D-13 Thirteen Days〉에도 찬사를 보냈는데, 이것은 1962년의 쿠바 미사일 위기를 다룬 케빈 코스트너 주연의 영화로 많이 알려진 작품은 아니다. "영화가 정확한 사실을 다뤘는지 그 내막은 잘 모르겠어요. 하지만 케네디 대통령이 전쟁을 주장하는 장군들을 어떻게 굴복시키는지 묘사한 장면은 대단히 흥미로워요."

변호사. 대중의 이목이 쏠린 사안들과 논쟁적인 사건들을 맡으며 널리 알려졌고, 특히 사회적으로 관성화된 성차별 문제에 집중하는 페미니스트 인권변호사로 유명하다. 방송 출연을 통해 일반인에게도 친숙하다.

글 로 리 아 올 레 드

Gloria Allred

> "〈아쉬람〉은 존재하는지도 몰랐던 사실을
> 깨닫게 해준 감동적인 영화입니다."

글로리아 올레드는 '강인하고 대담한 여성들', 예컨대 조안 크로포드, 로잘린드 러셀, 베티 데이비스, 캐서린 헵번 등이 출연한 영화를 보면서 성장했다. 하지만 그녀가 페미니스트이자 인권변호사가 되고자 고민하기 시작한 것은 대학 시절 〈앵무새 죽이기〉를 보고 난 다음이었다. "전 여전히 지성인이라는 보호막 안에 있었어요. 어린 나이에 결혼했고 눈코 뜰 새 없이 바빴죠. 그러던 때 이 영화가 제게 선연한 자취를 남긴 거예요. 그런 수준의 인종차별을 이전에는 전혀 몰랐어요. 그런데 이 영화에는 부당하게 기소당한 흑인 남성을 변론하기 위해 위험을 무릅쓰고 여론에 맞서는 멋진 법조인 애티커스 핀치가 등장하죠."

이후 오랫동안 올레드는 미국 보이스카우트연맹, 프라이스 클럽,

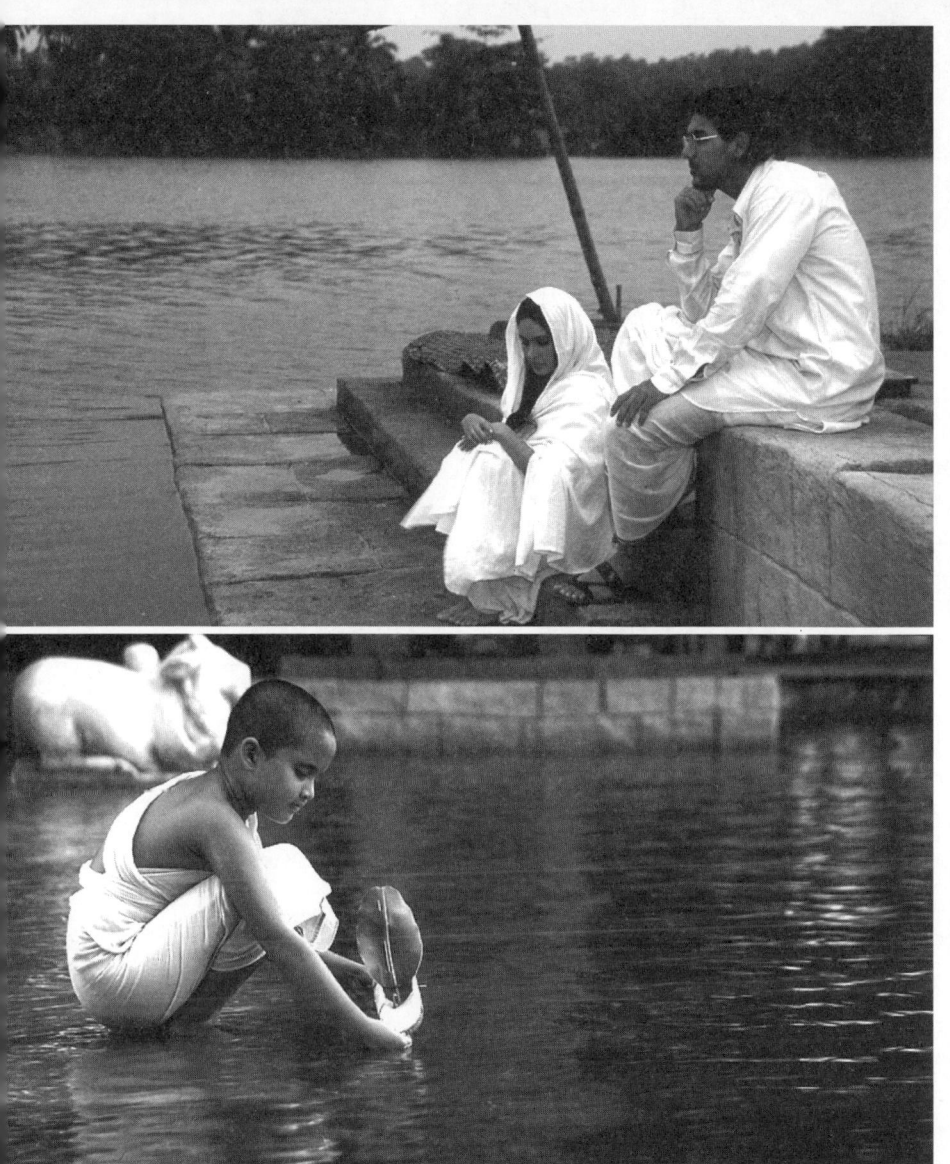

아쉬람 Water | 2005 | 114분

K-마트 등을 상대로 각종 차별행위에 대한 소송을 이끌어왔고, O. J. 심슨 사건에서는 피살자인 니콜 브라운 심슨의 가족을 대변하기도 했다. 당당한 진보주의자 올레드는 "젊은이들에게 영화가 미치는 영향력은 과소평가될 수 없다"고 주장한다. 그녀는 손자들을 데리고 자신에게 커다란 영향을 준 디파 메타의 영화 〈아쉬람Water〉을 관람했다고 한다. "1938년을 배경으로, 어린 나이에 결혼한 인도의 소녀들이 과부가 되면서 겪는 일을 다룬 영화예요. 오늘날에도 존재하는 문제지요. 그들은 스스로 목숨을 끊거나 남편의 어린 동생과 재혼하거나, 아니면 수절을 할 수밖에 없어요. 존재하는지도 몰랐던 사실을 깨닫게 해준 감동적인 영화입니다."

배우. 1977년 영화 〈미스터 굿바를 찾아서〉로 두각을 나타내기 시작했고, 1980년 〈아메리칸 지골로〉를 통해 당대의 섹스 심벌로 등극했다. 연기 외에 다양한 사회활동을 펼치는 것으로도 유명한데, 달라이 라마를 돕기 위한 자선활동에 특히 열성을 보였다.

리 처 드 기 어

Richard Gere

"〈더 훅스〉는 작은 거짓말이 어떻게
거대한 거짓말로 이어지는가를 보여주죠."

리처드 기이는 달라이 라마를 옹호하며 20년 넘게 그를 위해 싸워왔다. 기어는 유배된 티베트 지도자의 평화주의에 대해 변함없이 깊고 굳게 지지하는데, 비폭력의 긍정적인 힘에 대한 그의 믿음은 영화에서 기인했다. "아버지와 함께 〈지상 최대의 작전The Longest Day〉을 봤습니다. 어느 멋진 토요일 오후였던 걸로 기억해요. 아주 따뜻한 경험 중 하나였어요. 아버지가 2차 세계대전에 참전했다는 이유로 아마 더욱 특별했을 겁니다. 그날 아버지와 정서적인 친밀감 같은 걸 느꼈죠." 이 작품은 2차 세계대전 영화로는 상당히 절제된 편이라고 말할 수 있지만, 기어는 노르망디 상륙작전에 대한 영화의 묘사에서 전쟁의 공포를 보았다. 그는 1962년 그날 극장에 같이 간 아버지에게도 자신의 그런 생각을 이야기했다.

"아버지는 제게 엄청난 영향을 미쳤습니다. 꽤 독특한 분이었고, 진정 관대한 영혼의 소유자였죠. 몇 년 전이었는데, 아버지가 제가 고등학교 시절에 썼던 글을 주시더군요. 비폭력에 관한 내용이었는데 까맣게 잊고 있었어요. 그걸 다시 읽고 제가 거의 변하지 않았다는 걸 알았지요." 증명이라도 하려는 듯 그는 자신의 가슴을 가리켰다. "한번은 펜타곤까지 행진한 적이 있는데, 그때 경찰의 곤봉에 맞아 부러진 갈비뼈가 저는 아주 자랑스러워요." 기어는 젊은 시절 베트남전 반대 시위에 참여했던 기억을 떠올렸다.

리처드 기어의 반전활동은 그것으로 완전히 소멸된 게 아니었다. 구체적으로 말하면, 한 편의 영화가 지난날의 기억을 생생한 세밀화처럼 되살려냈다. 오스카상을 수상한 데보라 셰퍼의 다큐멘터리 〈전쟁의 증인Witness to War〉이 그것으로, 베트남전 참전 비행사에서 의사로 변신한 찰리 클레멘츠 박사에 대한 영화였다. "클레멘츠는 살리나스 계곡의 농장 인부들을 치료하기 시작했는데, 대부분의 환자들이 손가락이나 젖가슴이 없었습니다. 알고 보니 그들 대다수는 엘살바도르 출신으로, 미국의 물자와 자금을 지원받은 그곳 경비대의 폭행과 고문에 유린당한 사람들이었어요. 클레멘츠와 전 좋은 친구가 됐습니다. 중앙 아메리카 전역을 함께 여행하기도 했죠. 책임감이라는 게 분명히 다시 깨어났어요."

기어는 클리포드 어빙의 원작을 영화화한 〈더 혹스The Hoax〉에서의 연기로 2007년 가을 '할리우드 필름 페스티발'에서 '올해의 배우'로 선정됐다. 그는 같은 시기에 달라이 라마가 미국의 '의회명예훈장'을 받는 것을 지켜봤다. "엄청난 일이죠. 지난 20년간 이 문제를 얘기해오면서 커다란 변화를 목격했습니다. 달라이 라마가 누군지 이제는 모두 알게 됐으니까요."

정치 관련 영화를 만드는 데 특별한 관심이 있는 건 아니라면서도, 기어는 조지 W. 부시를 연기할 가능성까지 배제하지는 않았다. "그의 모든 광기와 모순을 그려낼 수 있다면 해야지요." 행동하는 배우인 그에 따르면, 거의 모든 영화는 정치를 함의하고 있다. 라세 할스트롬이 연출한 〈더 혹스〉를 보자. "이 영화는 작은 거짓말이 어떻게 거대한 거짓말로 이어지는가를 보여주죠. 거짓말한 대통령과 그 거짓말에서 시작된 전쟁, 그리고 그것들이 오늘 명백하게 반향하는 방식과 연계되는 거죠." 1970년대 초반에 벌어진 사건을 다룬 〈더 혹스〉는 기어가 적절히 말했듯 '닉슨, 베트남전, 그리고 워터게이트와 더불어 공명하는' 영화다.

기어는 자신이 가장 좋아하는 '정치적' 영화를 떠올리기도 했다. "최근에 〈대통령의 음모All the President's Men〉를 다시 봤습니다. 얼마나 굉장한 영화인지. 정말 대단해요. 캐릭터는 물론 이야기 전개도 흠잡을 데가 없어요. 이런 영화는 쉽게 볼 수 없습니다."

정치가. 1979년부터 1999년까지 미국 하원의원으로 재직했다. 1994년 '미국과의 계약'이라는 보수주의적 공약을 주도하여 중간선거에서 승리하는 데 크게 기여함으로써 공화당 의원으로는 40년 만에 하원의장 자리에 올랐다. 정계 은퇴 후에는 정치분석가이자 작가로 왕성하게 활동하고 있다.

뉴 트   깅 그 리 치
Newt Gingrich

"동시상영관에서 관람한 〈트레이더 혼〉에서,
정치가로서 제 모든 이력이 촉발됐습니다."

"8월의 어느 따뜻한 날, 해리스버그의 동시상영관에서 관람한 영화에서, 정치가로서 제 모든 이력이 촉발됐습니다." 실제로 장차 정치가가 될 이 소년은 그 영화 중 아프리카가 배경인 〈트레이더 혼Trader Horn〉에 심취한 나머지 바로 해리스버그 시청을 찾아가 공립동물원 설립을 요구했을 정도였다. 그의 민원은 마침내 지역신문의 1면을 장식했고, 군인으로 한국에 주둔 중이던 아버지는 "아이 간수 좀 잘하시오!"라며 어머니에게 편지를 보내기도 했다.

군인이었던 부친은 아들이 영화를 선택하는 데 커다란 영향을 미쳤고, 어린 깅그리치가 지역의 극장주와 가까워지는 데 역할을 하기도 했다. "처음에는 영화감독이 되고 싶었어요. 많은 영화들을 공짜로 봤습니다. 가장 기억에 남는 건 존 포드의 3부작 〈아파치 요새

Fort Apache〉, 〈황색 리본을 한 여자She Wore a Yellow Ribbon〉, 〈리오 그란
데Rio Grande〉예요." 그의 지적처럼 모두 기병대 영화다. "전 병영의
아이였습니다. 영화 속 군대문화의 양식은 제게 엄청난 위력을 발
휘했지요. 단순히 명령에 복종하는 것을 넘어 의무와 정체성을 가
르쳐줬습니다. 우리는 군인이 '되'는 것이지 군인을 '하'는 것이 아
니라는 걸 말이죠."

군에 대한 열렬한 관심에도 불구하고 그는 입대를 자원하거나
실제로 군에 복무하지 않았다. 대신 그는 작가 윌리엄 R. 포르스첸
과 함께 군 관련 글쓰기에 천착하여《그랜트 장군, 동부로 진격하다
Grant Goes East》를 비롯한 몇 편의 소설을 썼다. 정치가에서 작가로 변
신한 그가 군대라는 주제를 다루면서 중요하게 언급한 것은 대단히
영향력 있는 두 편의 영화, 에드워드 즈윅의 〈글로리Glory〉와 로널드
F. 맥스웰의 〈게티스버그Gettysburg〉였다.

남북전쟁을 영화 혹은 글로 다루는 일에 관해 그는 "상충하는 두 가
지의 지적 압박이 있다"고 말했다. "〈존 휴스톤의 전사의 용기Red Badge
of Courage〉의 경우 전쟁은 비겁한 자들을 따라다니고 사람들을 중압
감에 무너지게 하는 끔찍한 것이라고 사유합니다." 그런가 하면 낭
만적인 버전도 있다고 한다. "목표를 이루기 위해 죽음도 불사해야
한다거나, 한 용감한 무리가 자신들이 중대한 변화를 만들어낼 수
있다고 결단을 내리는 순간들이 있습니다. 〈글로리〉와 〈게티스버
그〉는 바로 그 두 번째 전통을 따릅니다. 남북전쟁은 흑인 노예를
해방시키기 위한 것이었고, 그 명분을 위해 일군의 숭고한 보스턴
출신 엘리트들이 기꺼이 죽음을 각오했다는 것이지요." 깅그리치는

〈게티스버그〉에서 제프 다니얼스가 연기한 조슈아 챔벌레인 대령이 북부연합군 병사들에게 행한 연설을 중요하게 여겼다. "그것이야말로 미국적 애국주의에 관한 최상의 모범입니다. 엄청난 참상에도 불구하고 북부연합군을 결속시킨 정신이 무엇인지 보여준 아주 특별한 사례예요."

남북전쟁 영화의 최고봉으로 일컬어지는 작품은 깅그리치에게도 물론 위력을 행사했다. 다만 아주 난해한 방식이었다고 그는 믿었다. 데이비드 O. 셀즈닉의 〈바람과 함께 사라지다Gone With the Wind〉를 반복해서 본 끝에 그는 루디 벨머가 쓴 《데이비드 O. 셀즈닉의 메모Memo from David O. Selznick》를 읽기에 이르렀다. 그것은 독재적인 제작자 셀즈닉이 배우들, 감독들그 가운데는 앨프리드 히치콕도 포함되어 있다과 주고받은 방대한 문건을 바탕으로 한 책이다. 깅그리치는 여기서 한 인터뷰어가 히치콕에게 셀즈닉의 메모에 대해 어떻게 생각하는지 질문한 내용을 언급했다. 히치콕은 "거기에 무슨 내용이 담겼는지 늘 궁금했어요"라고 답했다 한다. 그게 무슨 의미냐고? 깅그리치가 말했다. "메모를 보낼 수는 있습니다. 그러나 그걸 따르도록 만드는 건 또 다른 일이죠."

정치적 보수주의자에게 종교는 종종 전쟁의 배면背面이거나, 깅그리치의 설명처럼 '어떤 믿음을 위해 죽을 수 있는 정신의 상태'를 뜻한다. 머빈 르로이의 〈쿼 바디스Quo Vadis〉에 등장하는 기독교 순교자들은 처음 영화를 본 1951년이나 지금이나 변함없이 깅그리치에게 감명을 준다. "대부분의 성인들은 기쁜 마음으로 순교했습니다."

깅그리치는 윌리엄 와일러 감독의 1959년 오스카상 수상작에도 축복을 보냈다. "〈벤허Ben-Hur〉는 그리스도를 반증하기 위해 쓰기 시작했으나 그리스도를 증언하는 책을 쓰고 말았던 루 월러스의 정신에 놀랍도록 충실한 작품입니다. 믿음의 서약으로서 〈벤허〉의 마지막 장면은 역사상 어느 영화보다 강력하지요. 찰턴 헤스턴이 그걸 제대로 소화해냈어요."

더불어, 또 다른 할리우드의 보수주의자 또한 존경할 만한 기독교적 사역을 수행했노라고 깅그리치는 말했다. "멜 깁슨의 〈패션 오브 크라이스트The Passion of the Christ〉는 예수의 인간적인 측면과 교감합니다. 십자가에 처형되는 과정과 관련한 고통의 단계가 강렬하게 제시돼 있어요. 하느님이 우리의 죄를 대속하기 위해 얼마나 큰 희생을 치렀는지 보여주는 것이죠."

정치가. 변호사 출신으로 비영리 소비자단체 '퍼블릭 시티즌'의 설립자이기도 하다. 환경 및 소비자 주권 등의 사안을 중심으로 급진적인 시민운동을 주도하여 '미국의 십자군'이라는 별명을 얻었다. 1996년부터 내리 네 번 대통령 선거에 나서기도 했다.

랠 프　네 이 더

Ralph Nader

"영화는 메시지를 확장시킵니다."

가장 좋아하는 영화를 말해 달라고 하자, '미국의 십자군'은 정말 뜻밖의 한 편과 기대에 부응하는 두 편을 골랐다. "〈차이나 신드롬The China Syndrome〉은 핵발전소의 위험을 다룬 최초의 영화였습니다." 랠프 네이더는 제인 폰다, 잭 레먼, 그리고 마이클 더글러스가 주연한 영화를 꼭 집어 말했다.

제임스 브리지스가 연출한 이 영화는, 펜실베이니아의 스리마일 섬 핵발전소에서 실제 원자로 용융사고가 발생하며 현실의 모사가 될 뻔했다. 레먼과 더글러스는 영화가 사고를 이용하는 것처럼 보일까 두려워 홍보활동을 중단했다. 반대로 네이더와 폰다는 그런 위기를 오히려 메시지 전파의 도구로 활용했다. "사고가 났을 때 우리는 반핵 투쟁의 한가운데 있었습니다. 덕분에 더 많은 관객에게

다가갈 수 있었어요."

"〈노마 레이Norma Rae〉와 노동문제 또한 마찬가지였어요." 네이더는 〈차이나 신드롬〉이 개봉한 바로 그 해 샐리 필드에게 첫 번째 오스카 트로피를 안겨준 마틴 리트 감독의 영화를 언급했다.

"영화는 메시지를 확장시킵니다." 네이더는 영화가 당대의 주요 현안에 대한 자신의 견해에 영향을 주었다고 믿지 않는다는 뜻이다. 그리고 그는 영화가 자신의 다양한 관심사에 작용했는지에 관해서도 "측정할 방법이 없다"는 견해를 제시했다. "모든 게 직감입니다. 다만, 한 가지 말할 수 있는 건 영화가 사회운동을 후퇴시키지는 않았다는 겁니다. 각각의 영역에서 운동을 조직하는 사람들의 사기를 진작시킬 수는 있을 겁니다. 조직의 운영자가 해당 주제에 익숙하지 않은 사람들에게 말을 붙일 수 있는 전환점을 마련해줄 수도 있지요. 예컨대, 사람들에게 핵빌진에 대해 설명하려 할 때 '혹시 〈차이나 신드롬〉 보셨나요?'라고 얘기할 수 있다는 측면에서는 도움이 된다는 겁니다. 그건 정보의 흐름을 확장시키는 것과 비슷합니다. 하지만 영화가 인생을 바꿀 수 있다고 말할 수 있을지는…… 글쎄요."

네이더에 따르면 메시지를 담은 영화는 현안을 표면에 내세우지 않는 작품들을 포함하여, 가능한 모든 다양성의 형태로 나타난다. 그가 예상 밖의 작품을 세 번째 영화로 고른 것도 그런 맥락에서다. "〈시민 케인Citizen Kane〉은 보이는 그대로 미디어 재벌의 영향력에 대한 영화입니다. 제법 잘 만들었어요."

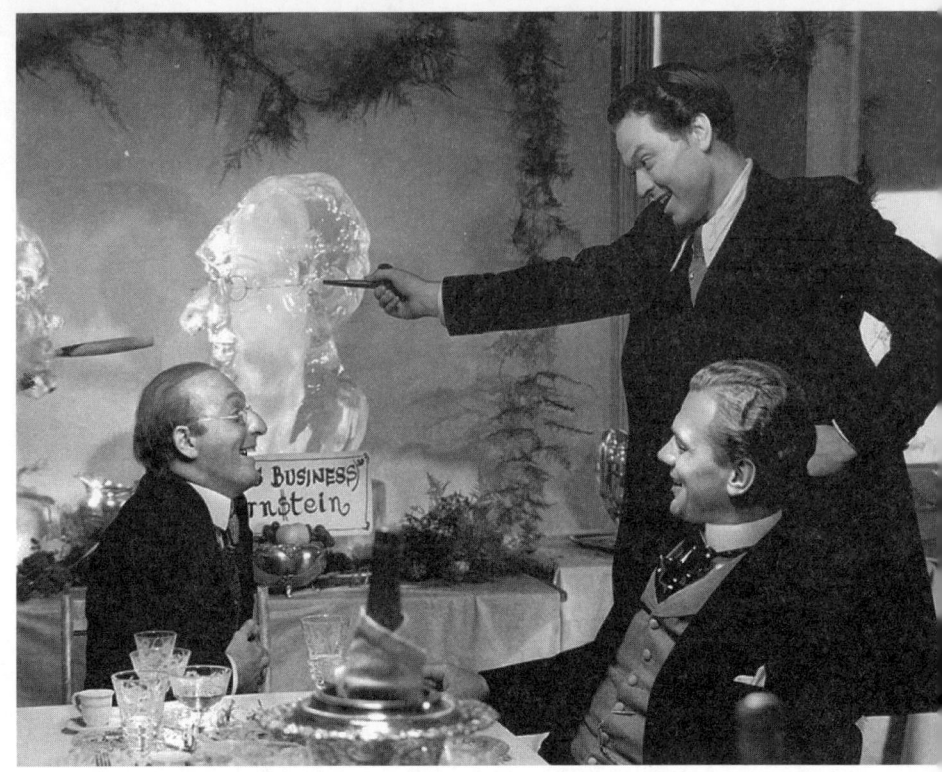

시민 케인 Citizen Kane | 1941 | 119분

"〈시민 케인〉은 보이는 그대로 미디어 재벌의 영향력에 대한 영화입니다.
제법 잘 만들었어요."

사회활동가. 1973년 미국 최대의 여성단체 '나우'에 가입한 이래 페미니즘 운동가로 활동해왔으며,
2001년부터 2009년까지 같은 단체의 회장을 지냈다. 2008년 민주당 대선 후보 경선에서 힐러리 클
린턴 지지 활동을 펼치기도 했다.

킴 갠디

Kim Gandy

"영화에 대한 가장 오래된 기억은
밤비의 어미가 죽임을 당하는 장면입니다."

"전 대단한 영화 팬은 아니에요." 미국 최대의 여성단체 나우
N.O.W.의 수장 킴 갠디. 영화가 어린 시절 그녀에게 남긴 인상을 생각
하면 이 말을 쉽게 이해할 수 있다.

"영화에 대한 가장 오래된 기억은 밤비의 어미가 죽임을 당하는
장면입니다. 〈밤비Bambi〉가 제 인격 형성기에 어떤 영향을 주었는지
는 잘 모르겠지만, 이 영화가 45년 동안이나 제 기억 속에 박혀 있었
다는 건 분명해요. 전 충격을 받았고, 슬펐어요."

불행히도 9살 때는 그녀에게 〈밤비〉보다 훨씬 더한 외상을 남긴
영화를 보게 된다. 존 웨인의 열렬한 팬이었던 어머니가 고향 루이
지애나 보시어에서 갠디를 이끌고 〈매클린톡!McLintock!〉을 보러 갔던
것이다.

갠디는 존 웨인과 모린 오하라가 주연한 영화를 떠올리며 기억을 더듬었다. "존 웨인이 사람들 앞에서 그녀의 엉덩이를 때리는 거였어요!" 여기서 듀크존 웨인의 애칭는 오하라뿐만 아니라 자신을 길들이려는 농장 관리인들을 상대로 한바탕 다툼을 벌여야 하는 축산업계의 거물로 등장한다. 딥 사우스* 출신의 보수적인 소녀였음에도 갠디는 '말괄량이 길들이기' 서부극 〈매클린톡!〉에 반감을 느꼈다. "완전히 기겁하고 말았죠. 엄마는 어째서 경악하지 않는지도 이해하지 못했어요. 세상에 친구들 앞에서 엉덩이를 맞고 싶은 사람이 어디 있겠어요. 그건 잘못된 거죠."

1963년 당시에는 오로지 소수의 페미니스트 그룹만이 가정폭력 문제를 사소하게 취급한 이 영화에 항의했다. "그런 반대 움직임 가운데 어떤 것도 제 고향 루이지애나까지는 도달하지 못했던 게 분명해요. 대학에 진학할 때까지도 전 여성운동에 대해 전혀 몰랐으니까요."

〈매클린톡!〉이 씨앗을 뿌리는 역할을 한 것은 분명하다. "모린 오하라와 저를 동일시했어요. 그녀는 소위 '여장부'로 불렸죠. 자기정체성을 가진 여성이었던 거예요. 그녀에게 공감하면서 속상해했던 것도 그 때문이었어요. 저 같으면 절대로 존 웨인에게 돌아가지 않았을 거예요. 도대체 뭐가 문제였을까요?"

● 미국 동남부의 앨라배마, 조지아, 루이지애나, 미시시피, 사우스캐롤라이나 등을 일컫는 말로, 흔히 보수 정서가 강한 남부 지역의 전통과 연관하여 사용된다.

사회활동가. 여성이면서도 페미니즘 운동에 정면으로 반하는 사회운동을 펼쳐온 인물로, 보수주의 이익단체 '이글 포럼'의 설립자이다. 1964년 미국 대통령 선거에서 공화당 후보로 나선 배리 골드워터 측이 그녀의 저서 《반복이 아니라 선택이다》를 홍보자료로 배포하면서 유명해졌다.

필 리 스 슐 라 플 리

Phyllis Schlafly

"〈바람과 함께 사라지다〉는 생존에 관한 이야기입니다.
이 영화는 미국에 경이로운 충격을 주었어요."

'단호한 개인주의'라는 구호는 배리 골드워디의 1964년 대신 패배와 함께 호감을 잃었다. 그래도 문제는 없다. 그의 가장 충실한 지지자 가운데 한 사람이 여전히 그 모토의 생존 가능성을 찾고 있으니까. 필리스 슐라플리의 표현에 따르면, "현대의 의미론이 그걸 폄하하기 위해 애써왔음"에도 불구하고 말이다.

《반복이 아니라 선택이다A Choice, Not an Echo》를 쓴, 미래 우익 작가로 성장하는 소녀 슐라플리는 〈바람과 함께 사라지다〉를 최초 개봉 당시에 관람했다. 1939년 오스카상을 휩쓴 이 작품을 그녀는 교훈 영화라고 불렀다. "이 영화는 생존에 관한 이야기입니다. 마거릿 미첼의 원작 소설과 함께 이 영화는 미국에 경이로운 충격을 주었어요. 막 대공황에서 빠져나오고 있었던 우리에게는 생존이야말로 관건이었거든요."

미연방헌법의 평등권 수정조항에 대한 반대운동을 이끈 슐라플리는 그것을 제임스 스튜어트가 주연한 찰스 린드버그의 전기영화 〈저것이 파리의 등불이다The Spirit of St. Louis〉와 관련지었다. "이 영화는 한 개인이 이룩한 업적에 대한 경이로운 이야기입니다. 오늘날과는 완전히 다르죠. 요즘 비행사들과 우주인들에게는 모든 게 완비돼 있거든요. 그들은 엄청난 인원을 동원해 준비해놓은 것에 올라탈 뿐이죠. 하지만 린드버그는 홀로 비행했어요." 슐라플리는 〈저것이 파리의 등불이다〉가 2차 세계대전 전야에 보도된 린드버그의 히틀러 동조 발언에 대해 아무런 언급도 하지 않음으로써, 그의 영웅적 이미지를 훼손하지 않은 것에 특히 만족해했다.

2006년 슐라플리는 저서《법률지상주의자The Supremacists》를 발간했다. 하지만 이번에는 멀티플렉스로부터 아무런 영감도 얻지 못했다. "제가 좋아하는 영화 중에는 판사가 등장한 적이 없었던 것 같아요."

배우. 프랑스 출신으로 〈라비앙 로즈〉에서 전설적인 샹송 가수 에디트 피아프 역을 맡아 프랑스어권 인물로는 최초로 아카데미 여우주연상을 수상했다. 이후 〈퍼블릭 에너미〉, 〈인셉션〉 등 할리우드 블록버스터에 연이어 출연하며 입지를 공고히 했다.

마 리 옹   코 티 야 르
Marion Cotillard

> "〈비욘드 랭군〉이 제 눈을 뜨게 해줬어요.
> 그것이 제 행동주의의 시작이었죠."

할리우드에서 얻은 새로운 명성에 대해 얘기하면서 오스카상 수상자 마리옹 코티야르는 로스앤젤레스, 특히 그곳 주변 환경과의 첫 만남이 무엇보다 인상적이었다고 했다. "〈라비앙 로즈La Vie en Rose〉의 마지막 촬영을 말리부 해변에서 했어요. 거기서 우린 어미 고래와 새끼 고래가 바다에 떠 있는 모습을 보았죠. 이 도시에 대한 첫인상은 그래서 정말 좋았어요." 열성적인 환경보호단체 '그린피스'의 활동가로, 파리에 있는 자신의 아파트에서 집회를 여는 것으로도 알려진 여배우의 말이다.

이 배우가 할리우드에서 어떤 행보를 보일지는 여전히 의문이다. "처음 여기 왔을 때는 조금 두렵기도 했어요. 전 운전을 즐기지 않거든요. 그건 생태학적인 문제랍니다." 반드시 필요한 경우가 아니라면 환경 파괴를 피하겠다는 뜻이다. 하지만 그 너머에 영화가 있다. "전 영화를 사랑해요. 찰리 채플린은 영감의 원천이죠. 그리고 이곳은 거의 전적으로 영화에 헌신한 도시잖아요. 그렇지 않나요? 거리 이름마저 '성좌와 별들의 가로Constellation and Avenue of the Stars'라고 불리잖아요." 코티야르가 말한 센추리 시티 지역 거리의 별칭은 사실 최초의 우주비행사가 등장했던 그 시대에서 영감을 얻은 것이었다. 설명을 듣고, 그녀는 자신의 작은 실수를 숙련된 프랑스식 태평함으로 웃어 넘기며 덧붙였다. "덕분에 하나 배웠네요."

그러나 코티야르는 그린피스와의 협력작업에 대해서는 무서울 정도로 진지했다. 행동주의는 집안의 내력이기도 했다. "환경운동 속에서 태어났어요. 부모님 모두 환경주의자였고, 조부님은 정원사였어요." 영화는 코티야르의 행동주의에도 결정적인 역할을 했다. 그녀가 첫 번째로 꼽은 매우 명백한 선택이라 해야 할 영화는 〈불편한 진실An Inconvenient Truth〉이다. 그녀는 "이 영화는 재미있고 편하게 볼 수 있고 깨끗한 영화예요. 앨 고어에게 축배를!"이라며 갈채를 보냈다.

그러나 코티야르에게 결정적인 역할을 한 것은 존 부어만 감독의 영화였다. "〈비욘드 랭군Beyond Rangoon〉이 제 눈을 뜨게 해줬어요. 엄청나게 감동받은 나머지 제 자신에게 말했죠. 이 세계에서 벌어지는 일들에 결코 눈감지 않겠다고. 그것이 제 행동주의의 시작이었죠." 독재 치하 버마를 그린 이 영화는 직접적으로 환경문제를 다루지는 않는다. 그러나 억압적인 정치체제와 그것이 국가에 미치는 영향에 대한 내용은 코티야르를 각성시키기에 충분했다.

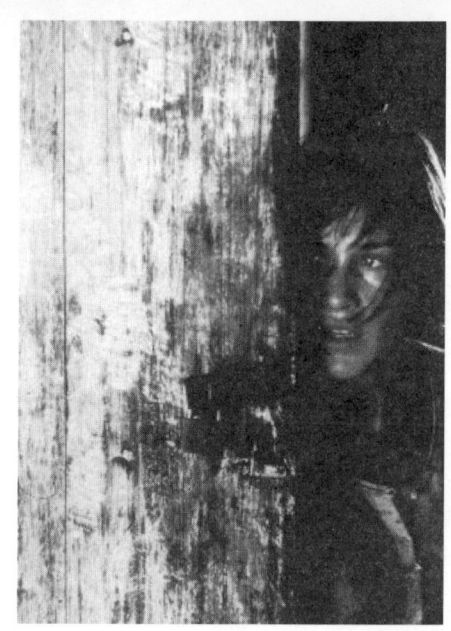

비욘드 랭군 Beyond Rangoon | 1995 | 100분

"〈비욘드 랭군〉이 제 눈을 뜨게 해줬어요.
그것이 제 행동주의의 시작이었죠."

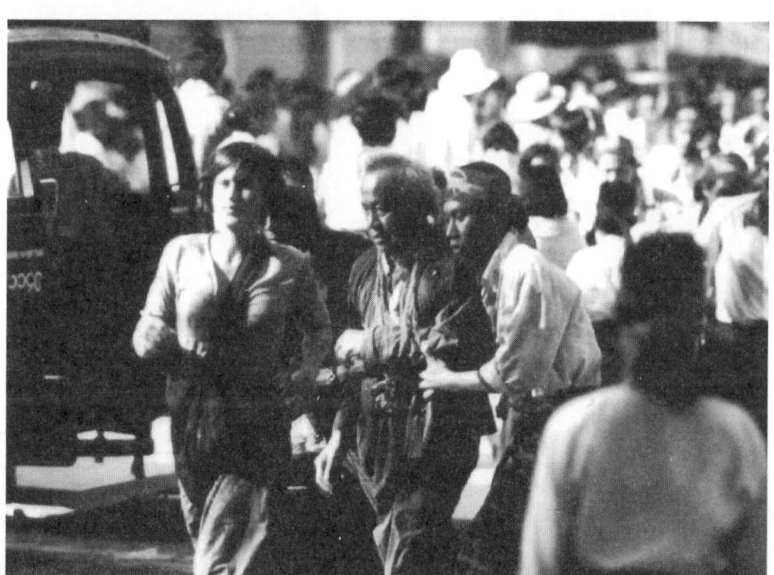

"이 영화를 보기 전까지 버마에 대해 아무것도 아는 게 없었어요. 로라 보맨패트리샤 아퀘트이란 여행객이 버마에서 여권을 분실하고 태국으로 탈출해야 하는 상황에서 민족민주동맹National League for Democracy의 지도자로 군부와 싸우던 아웅산 수치 여사를 만나죠. 전 이 여성이 영웅이라는 사실, 그리고 그녀가 수감되었을 때 아무도 관심을 갖지 않았다는 사실을 알고는 충격에 빠졌어요." 수치 여사는 1991년 노벨평화상을 수상했다. 이 버마 지도자와 전혀 닮지 않았음에도 코티야르는 "수치 여사 역할을 해보는 게 꿈"이라고 말했다. "그렇다 해도 프랑스 여자가 수치 여사를 연기한다는 건 옳지 않겠죠."

코티야르에 따르면 모든 사회정치적 운동들은 서로 연관되어 있다. "모든 게 연결돼 있지요. 환경을 돌보지 않는 건 사람을 돌보지 않는 것과 다름없으니까요." 환경주의자 부모와 〈비욘드 랭군〉이 정치적으로 그녀를 만들었다면, 그녀에게 연기의 영감을 불어넣은 것은 또 다른 영화였다. "제 어린 시절의 중요한 영화는 존 휴스턴 감독의 〈애니Annie〉였어요." 코티야르가 가리킨 것은 브로드웨이에서 할리우드로 옮겨 간 뮤지컬이었다. 이 영화는 1989년 미국 개봉 당시 비평적 찬사를 거의 받지 못했지만 그녀는 그런 평가 따위 아랑곳하지 않는다는 듯, 삽입곡 〈투모로우Tomorrow〉를 끝까지 부를 수도 있다고 했다. "제 꿈은 뮤지컬에 출연하는 거예요. 〈애니〉의 음악과 탭댄스에 완전히 사로잡혔지요. 어린 시절에는 애니 역을 하고 싶었어요. 제 영웅이었으니까요. 전 아직도 이 영화를 사랑합니다. 이따금 다시 보곤 해요."

〈애니〉에 대한 긍정적인 인상은 프랑스 TV에서 줄기차게 재방송된 〈사랑은 비를 타고Singin' in the Rain〉를 통해 더욱 강화되었다. "솔직히 말해서 이 영화는 보고, 또 보고, 또다시 반복해서 보면서 안무를 익혔어요. TV 앞에서 고스란히 따라 하곤 했지요." 환경운동가가 아닌, 배우 코티야르의 말이었다.

해양생물학자. 1970년대 중반 연구 목적의 오픈-워터 다이빙을 개척한 최초의 인물 가운데 한 명으로, 현재 비영리 해양 연구 및 교육단체 'WHOI' 산하의 해양생물교육원에 연구책임자로 재직하고 있다. 근년에는 남극해 수중탐사를 수행하기도 했다.

래 리 매 딘

Larry Madin

> "〈죠스〉는 사람들의 의식 속에 백상아리와
> 거대 해양 생명체에 대한 관심을 불러일으켰습니다."

스티븐 스필버그의 〈죠스Jaws〉가 그의 인생을 바꿔놓지 않았다면, 래리 매딘의 전공 분야에 대한 세간의 인식도 달라졌을 것이다. 매딘이 가장 잘 아는 건 바로 물고기다. "이 영화는 상어에 대한 지대한 관심뿐만 아니라 커다란 공포까지 만들어냈습니다. 〈죠스〉가 개봉한 이래 우리는 개념이 역전하는 걸 목격했어요. 사람들은 이제 상어가 인간에게 저지를 짓보다, 인간이 상어에게 훨씬 더 나쁜 적이라는 사실을 이해해요. 해양과학 분야에서 일하는 우리 같은 사람들에게는 인간이 상어의 개체수를 파괴해왔다는 게 그 반대의 경우보다 훨씬 더 큰 걱정거리입니다. 심지어 피터 벤츨리조차도 나중에는 자신의 관점을 송두리째 바꿨어요." 피터 벤츨리는 〈죠스〉의 원작자다.

매딘은 1975년에 개봉한 이 영화의 가벼운 유행상품적 속성도 짚어냈다. "현실에 살아 있는 생명체를 괴수영화에 담아낸 것이죠. 제가 알기론 전례가 없었습니다. 사람들로 하여금 대양에는 거대하고 흉포한 어류가 존재한다는 사실을 체감하게 만들었던 것이죠."

〈죠스〉는 마서즈 비니어드 섬 앞바다에서 촬영되었다. 이 영화에는 상당 부분 매딘을 연상시키는 맷 후퍼라는 인물이 등장한다. "리처드 드레이퍼스가 연기한 해양생물학자의 캐릭터는 성격 구축이라는 측면에서 현실과 크게 동떨어져 있지는 않습니다. 해양생물학자는 흰 실험실 가운을 걸친 종류의 인간이 아니에요. 선상에서 번잡하고 축축하고 더러운 일들을 처리하며 시간을 보내는 데다, 때로는 조잡스러운 인상을 주기도 하죠. 어떤 면에선, 그런 식의 영화적 묘사를 보는 게 즐겁기도 했습니다. 단추를 꼭꼭 채운 과학자의 상무직인 모습과는 달랐으니까요. 사실 당시에 상어 같은 대형 어류를 연구하는 프랭크 캐리라는 과학자가 있었는데 딱 그런 스타일이었죠. 정말 산전수전 다 겪은 선장처럼 생긴 사람이었어요. 그런 모습을 스크린에서 볼 수 있다는 게 아주 좋았습니다."

매딘은 비록 스필버그의 영화가 상어에게 부당한 혐의를 뒤집어씌우긴 했지만, 그 여파가 모두 부정적이었다고 생각지는 않는다. "〈죠스〉는 사람들의 의식 속에 백상아리와 거대 해양 생명체에 대한 관심을 불러일으켰습니다. 바다에서 벌어지는 일들에 대해 감탄을 자아내는 데 일조한 것이죠. 대양은 지구에서 생명체가 살아가는 가장 광활한 장소입니다. 그런데 거기 무엇이 있는지 우린 많이 알지 못하죠." 매딘은 엄중히 경고하고 있는 것이다. "우리를 잡아먹는 존재들에 관해서라면 바다는 그리 위험하지 않습니다. 정작 위험은 우리가 바다를 보살피지 않는 데 있어요. 우리가 바다를 더 잘 돌보지 않는다면 해양이 우리에게 등을 돌리고 우리를 물어뜯을 지도 모르니까요."

정치가. 보수주의 시민단체 '아메리칸 밸류'의 회장으로, 레이건 행정부에서 교육부 차관을 지냈으며 2000년 공화당 대선 후보 경선에 출마했다. 복음주의 기독교 단체와 연계하여 낙태 및 동성결혼 반대운동 등을 주도했다.

개 리 L. 바 우 어

Gary L. Bauer

> "〈패밀리맨〉은 사람이란 은행계좌 이상의
> 무엇이라고 얘기하고 있습니다."

개리 L. 바우어는 빈곤한 노동계급 가정에서 성장했다. 아버지는 알코올중독자였고 가족 가운데 고등학교를 마친 사람은 한 명도 없었다. "어린 시절 저는 언제나 영감을 찾고 있었어요. 개별적인 인간도 무언가를 성취할 수 있다는 계시 같은 것 말입니다." 바로 그 지점에서 어린 바우어는 TV에서 본 프랑크 카프라의 영화 두 편에서 위안을 찾았다.

"7학년 즈음에 〈스미스 씨 워싱턴에 가다〉를 봤을 거예요. 정부와 정치에 대해 생각하게 만들어준 그 영화가 결국엔 저를 법학대학원과 워싱턴 D.C.로까지 이끌었습니다." 제임스 스튜어트가 연기한, 헌신적이지만 순진한 상원의원 제퍼슨 스미스에 대한 치열한 동일시의 소산으로, 바우어는 낙태, 동성결혼, 체세포 연구 등에 반대하고, 학교 장학금 제도와 학내 기도시간 허용 등을 옹호하는 정치행동 그룹 '아메리칸 밸류American Values'를 설립했다.

'개인이 세상을 바꾼다'는 일맥상통의 메시지를 담고 있는 카프라의 크리스마스 고전 〈멋진 인생It's a Wonderful Life〉을 통해서도 바우어는 잠시나마 현실로부터 숨 돌릴 틈을 발견할 수 있었다. 그런데 최근 케이블에서 이 영화를 다시 본 그는 잠시 생각할 시간이 필요했다. "라이오넬 배리모어가 연기한 악당 미스터 포터를 기억하시죠? 포터는 주인공 조지 베일리의 마을금고에 대해 불평을 늘어놓습니다. 자신이라면 결코 돈을 빌려주지 않을 사람들, 당장 내일 어떻게 살아야 할지 대책이 없는 사람들에게까지 그들이 서브프라임 모기지를 대출해주고 있다는 비판이었어요. 요즘 신문의 헤드라인을 장식하는 내용 그대롭니다."

바우어는 최근 할리우드 영화에는 대체로 불만이지만, 그렇다고 모조리 싫어하는 것은 아니다. "언어의 경계가 늘어나긴 했어도 여전히 몇몇 영화에서는 훌륭한 교훈을 느낄 수 있습니다." 브렛 래트너 감독의 〈패밀리 맨The Family Man〉이 그 예로, 독신의 월스트리트 브로커 니콜라스 케이지가 성탄절 아침에 깨어나 자신에게 갑자기 아내와 가족이 생겼음을 발견한다는 이야기다. 바우어에 따르면 이 영화의 교훈은 이렇다. "가족들과 관계를 유지하는 것보다 재산을 늘리는 일이 갈수록 더 중요해지는 게 요즘 추세지요. 〈패밀리 맨〉은 사람이란 은행계좌 이상의 무엇이라고 얘기하고 있습니다."

사회활동가. 2005년부터 2009년까지 성소수자들의 인권을 옹호하기 위한 미디어 감시단체 '글래드' 의 회장으로 재임했으며, 그 이전 1994년부터 2004년까지는 애리조나 주 템피의 시장을 네 번 연임 했다.

닐 G. 줄리아노

Neil G. Giuliano

"〈브로크백 마운틴〉은 두 남자의 사랑스러운
관계를 스포트라이트 속으로 끌어들였습니다."

애리조나 주 템피의 시장으로 선출되기 전인 1982년, 닐 G. 줄리아
노는 고향 마을에서 아는 사람과 마주치지 않길 바라며 혼자 극장
에 갔다. 해리 햄린과 마이클 온키언이 연인으로 출연한 아더 힐러
감독의 〈두 남자Making Love〉를 보기 위해서였다. "그건 일종의 금기
였어요. 언론의 호들갑 속에 논쟁에 휘말린 상태이기도 했지요. 저
는 말을 잃을 정도로 감동했고 급기야 그 영화에 압도당하고 말았
어요."

동성애자 인권단체 글래드GLAAD의 회장으로 재임한 줄리아노는
어느 때보다 영화의 중요성을 깨닫고 있다. "스크린에서 보여주는
것이 사람들의 감정과 이성을 바꾸거든요. 저는 분명히 그랬습니다.
두 남자가 사랑에 빠지고 키스하는 영화를 보면서 게이로서 스스로

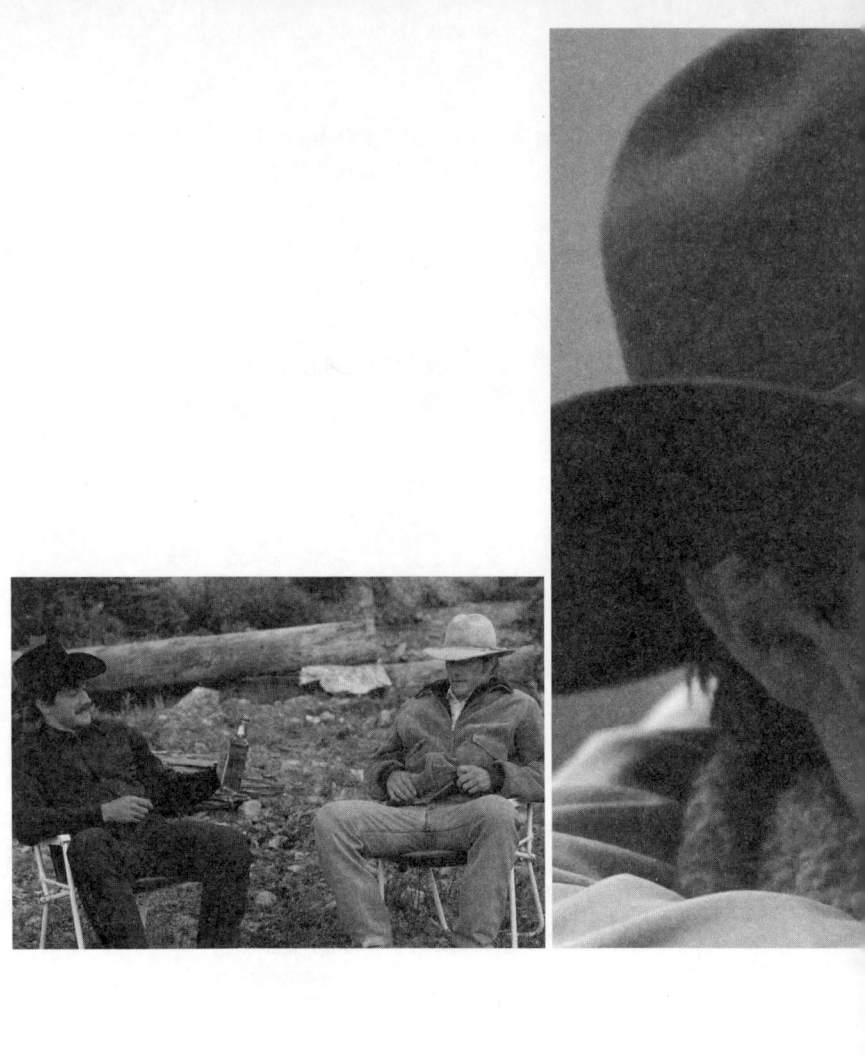

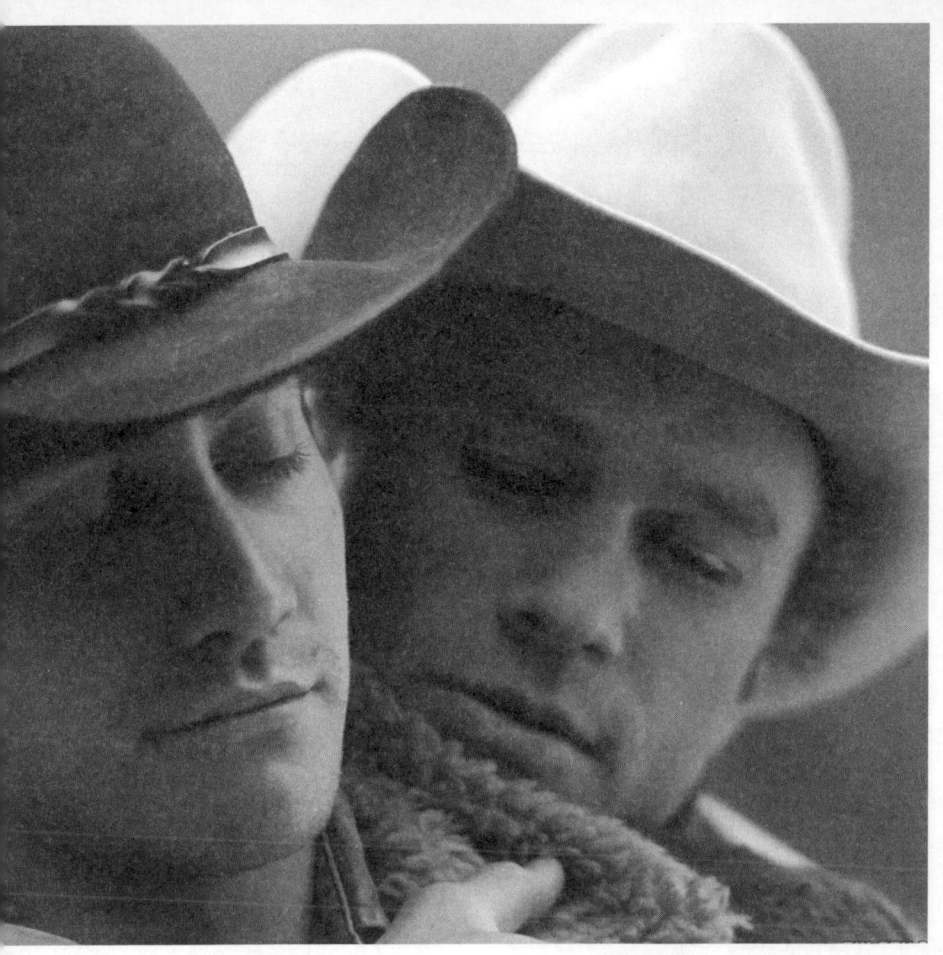

브로크백 마운틴 Brokeback Mountain ㅣ2005ㅣ133분

"〈브로크백 마운틴〉은 두 남자의 사랑스러운 관계를
스포트라이트 속으로 끌여들였고,
성적소수자 커뮤니티에 대한 보편적인 지지를
확인시켜주었습니다."

를 대하는 제 사고방식을 바꿨으니까요." 줄리아노는 〈두 남자〉를 7번 관람했다. "티켓 부스에 앉아 있던 남자는 아마 내가 미쳤다고 생각했을 거예요." 그는 갈등하는 유부남 의사의 캐릭터에 깊이 공감한 나머지 온키언이 영화에서 입은 것과 비슷한 스웨터를 구입했을 정도였다.

2005년 겨울, 줄리아노에게 이안 감독의 〈브로크백 마운틴 Brokeback Mountain〉은 〈두 남자〉가 만들어냈던 현상의 재연이었다. "동성애를 전국적으로 인지시킨 영화지요. 한마디로 대단해요. 동성애를 다룬 영화가 그렇게 강렬하고도 포괄적인 반향을 다시 불러일으키기까지 25년이나 걸렸다는 사실이 불행하게 느껴질 정도니까요." 줄리아노는 동성애를 주제로 한 두 영화에 대한 관객의 반응이 상전벽해와 같이 바뀌었다는 사실을 지적했다. "〈두 남자〉를 볼 당시엔 극장 안이 쥐 죽은 듯 조용했어요. 충격으로 침묵했다기보다는 차라리, 관객들이 영화의 전개를 고스란히 빨아들이려는 것처럼 보였다고 하는 게 맞을 거예요. 제겐 분명한 인상으로 남았죠. 상점가의 조그만 극장에서 상영되었던 것도 기억합니다. 도심의 대형 극장들은 한 군데도 상영하지 않았어요.

〈브로크백 마운틴〉은 처음부터 대형극장에 걸렸지요. 25년 전에 〈두 남자〉를 본 곳과는 하늘과 땅 차이였어요! 잭제이크 질렌할과 에니스히스 레저가 텐트에서 처음으로 하나가 되었을 때, 남자와 여자, 동성애자와 이성애자가 뒤섞인 객석에서는 말 그대로 환호성이 터졌습니다. 완전히 다른 세대인 거죠. 관객들 가운데 있던 동성애자들은 공개적이고 솔직하게 살아가는 이들입니다. 게이 캐릭터가 포함

된 영화에 대한 그들의 지지가 완전히 다른 세상을 만들어낸 거예요. 〈두 남자〉는 우리가 그늘 속에서 살아가던 무렵에 만들어졌죠. 관객들의 반응은 그런 현실의 반영이었고요. 〈브로크백 마운틴〉은 두 남자의 사랑스러운 관계를 스포트라이트 속으로 끌어들였고, 건강한 관객들과 연이은 호평이 성적소수자 커뮤니티에 대한 보편적인 지지를 확인시켜주었습니다."

사회활동가. 9·11 테러에 대한 비군사적 해결을 청원하는 서명운동을 펼쳐 주목받기 시작했으며, 현재는 진보적 비영리단체 '무브온'의 회장직을 맡고 있다. '무브온'은 2008년 미국 대통령 선거에서 버락 오바마 후보를 당선시키는 데 결정적인 역할을 한 민간조직이다.

엘리 패리서
Eli Pariser

"〈로저와 나〉는 대기업 문화의
부정적 이면에 대한 훌륭한 입문서였습니다."

〈뉴욕타임스〉가 '미국 역사상 가장 빠른 속도로 성장하는 저항운동단체'라고 언급하기도 했던 '무브온moveon'의 핵심 설계자인 이 진보적 행동가는 일찌감치 멀티플렉스의 부름을 받았다.

　1989년을 돌아보며 엘리 패리서는 메인 주 시골에서 성장한 자신이 대단한 '영화광'은 아니었다고 했다. "그런데 아홉 살이 되던 해, 어머니가 동생과 저를 집에서 차로 두 시간 거리에 있는 극장에 데리고 가서 마이클 무어 감독의 〈로저와 나Roger and Me〉를 보여주셨어요. 우리는 무슨 영화를 보는지도 모르고 따라갔죠. 그전에 봤던 영화는 아마 〈101마리 달마시안101 Dalmations〉이었을 거예요. 아무튼 영화를 본 후 우리는 미시간 주 플린트에서 토끼를 식용으로 팔아 생계를 꾸리는 여자에 대한 악몽을 꿨을 겁니다. 하지만 플린

74

트의 선량한 노동자들이 경영자의 탐욕으로 인해 고통받는 모습을 본 건 건설적인 경험이었어요. 대기업문화의 부정적 이면에 대한 훌륭한 입문서였거든요. 당시 제 나이에 이해하기에는 조금 어렵기도 했지만."

패리서는 가난한 광산촌의 노조 설립 투쟁을 다룬 존 세일즈 감독의 〈메이트원Matewan〉 또한 훌륭하다고 생각한다. "미국 역사에 심대한 영향을 미친 노조운동 이야기가 대중에게는 거의 알려지지 않았다는 사실이 놀라워요. 범퍼 스티커에도 쓰여 있듯이 노동자들이야말로 우리에게 주말을 가져다 준 사람들입니다. 그런데도 우리의 문화적 기억력은 그것을 쟁취하기 위해 분투했고 노동계급의 합당한 처우를 위해 자신의 인생과 가족을 전선에 내놓았던 평범한 사람들의 서사시를 잊고 있어요. 노조 캠페인에 대한 당시의 야만적이고 폭력적인 진압은 기억해둘 가치가 있습니다. 궁극적으로 노동자들이 거둔 승리도 그렇고요."

고전영화들을 언급하던 패리서는 고등학교 시절에 본 스탠리 큐브릭의 〈닥터 스트레인지러브Dr. Strangelove〉가 자신의 정치적 취향을 형성하는 데 도움을 주었다고 했다. "이 영화를 좋아할 이유는 아주 많습니다. 사악할 정도의 냉소와 과장된 캐릭터들, 그리고 무엇보다 당황스러운 것은 억지스러워 보여야 당연할 사건들이 전혀 그렇게 보이지 않았다는 거예요. 보다 높은 가치를 추구하는 데, 아무도 스스로 책임지려 하지 않을 때 벌어지는 일을 이보다 잘 담아낸 영화는 많지 않을 겁니다."

"제가 정치에 몸담게 된 이유가 거기 있어요. 사실입니다. 직무를

유기하거나 혹은 남용하는 권력에 대해, 공공의 이익을 생각하는
사람들조차 나서서 발언하지 않는다면 우리는 재앙적 결과에 직면
할 테니까요."

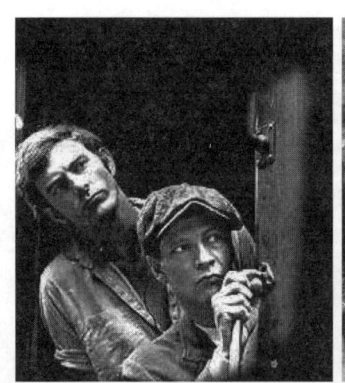
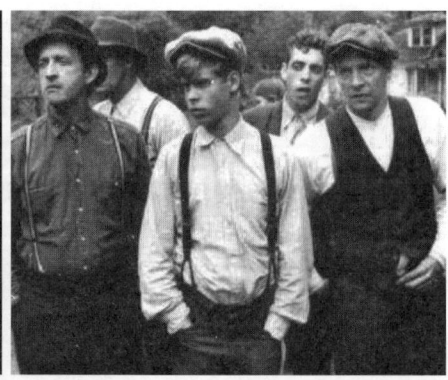

목사. 마틴 루서 킹 목사를 도와 1960년대부터 인권운동에 앞장섰던 진보적 종교인으로, 사회정의를 목표로 하는 비영리 민간단체 '레인보우 푸시'의 설립자이다. 1980년대 이후 전 세계 분쟁지역을 다니며 인질 석방 및 인권 수호의 민간 외교관으로서 큰 역할을 했다.

제 시 잭 슨
Jesse Jackson

"〈슬픔은 그대 가슴에〉는 더 큰 사회 속에 수용되고자 하는 사람의 갈등을 효과적으로 보여주지요."

"영화를 보면서 울었습니다." 〈슬픔은 그대 가슴에 Imitation of Life〉에 대한 제시 잭슨 목사의 이야기다. 더글라스 서크 감독의 이 최루성 멜로 영화는 라나 터너의 경력을 되살린 작품이기도 하다. 터너의 딸 셰릴 크레인이 당시 터너의 애인이자 건달인 조니 스톰파나토를 찔러 죽인 사건으로 그녀의 입지가 흔들리던 차에 영화가 성공을 거둔 것이다. 그러나 잭슨 목사가 〈슬픔은 그대 가슴에〉에서 느낀 감동은 라나 터너와는 거의 상관이 없다. 그는 수잔 코너가 연기한, 백인이 되고 싶어하는 흑인 소녀의 캐릭터에 주목했다. 잭슨 목사가 볼 때 영화의 인종적 서브플롯은 성서의 에스더 이야기를 연상케 했다.

"흑인 소녀는 잘못된 판단을 합니다. 그러나 영화는 그녀의 내적 혼돈이 어떤 것인지, 그리고 그것이 얼마나 난해한지를 보여줬습니다. 〈슬픔은 그대 가슴에〉는 더 큰 사회 속에 수용되고자 하는 사람의 갈등과 딸에게 부모라는 사실조차 거부당하는 엄마주아니타 무어의 애절함을 효과적으로 보여주지요. 억압받는 사람이 억압하는 사람을 내면화하면서, 그들이 무엇을 좋아하고 싫어하는지에 집착하는 건 흔히 벌어지는 일입니다. 그녀는 갈등했고 결국 자신의 어머니가 아니라 모조품 인생을 선택했지요."

1960년대 마틴 루서 킹 목사와 함께 일하던 당시, 잭슨 목사는 시드니 포이티어가 출연한 영화를 특별히 즐겨 봤다. 〈들판의 백합 Lilies of the Field〉에서 오스카상 수상 연기를 펼친 그를 가리켜 '엄청난 사회적 활력과 예술적 표현으로 인종 장벽을 뚫은 돌파구'로 평가했다. 동시에, 그를 권투 선수 조 루이스와 흑인으로서 최초로 메이저리그에 입성한 야구 선수 재키 로빈슨 같은 스포츠 스타들과 나란히 놓으며 그들이야말로 '백인우월주의를 패퇴시킨' 인물이라고 말하기도 했다. "그들은 인종주의적 선동선전의 부담을 짊어지고 있었어요."

보다 근년의 작품으로 잭슨 목사는 〈아키라 앤 더 비Akeelah and the Bee〉를 거론했다. "정말 오랜만에 보는 대단히 의미심장한 영화입니다." 영화는 로스앤젤레스 남부를 배경으로 어린 흑인 여학생 키키 팰머이 사려 깊은 교육자로렌스 피시번의 지도를 받아 철자 암기대회에서 우승하는 이야기다. 혹은, 잭슨 목사가 설명하듯 "가정 내의 난맥과 싸우고 다른 모든 난관과 맞선 끝에 챔피언으로 등극하는" 인물의 이야기다. 극중 캐릭터의 인내가 어떤 식으로든 잭슨 목사로 하여금 실존 인물들인 포이티어, 로빈슨, 루이스의 이력을 떠올리게 했던 것이다. "그런 역경을 극복하고 흑인이 챔피언이 됐을 때, 그는 흑인의 챔피언이 아니라 세계의 챔피언입니다."

또한 잭슨 목사는 세실 B. 데밀 감독의 〈십계The Ten Command-ments〉를 처음 봤을 때를 떠올렸다. "홍해가 갈라지는 장면은 흥미진진했어요." 그러나 이 작품이, 혹은 다른 어떤 영화든 그에게 종교에 대해 가르쳐준 게 있을까? "전혀 없습니다." 그의 대답이다.

경영자. 1970년 배우로 데뷔했다가 관리직으로 전환하여, 1980년 35세의 나이에 여성으로는 처음으로 할리우드 메이저 영화사의 최고경영자 자리에 오른 입지전적 인물이다. 파라마운트 픽처스 재임 중에는 〈포레스트 검프〉, 〈타이타닉〉 등의 대작들을 히트시켜 엄청난 성공을 거뒀다.

셰 리   랜 싱
Sherry Lansing

"제가 영화에 끌렸던 이유는 그것이
가장 강력한 소통수단이라고 생각했기 때문이에요."

셰리 랜싱은 1980년 20세기 폭스의 제작 담당 사장으로 부임하면서 할리우드의 유리천장을 박살냈고, 2년 후에는 파라마운트 픽처스의 최고경영자로 영전하여 12년 동안 재임했다. 현재 랜싱은 암연구와 로스앤젤레스의 공립학교 시스템에 대한 교육지원 계획을 목적으로 설립한 자선단체를 이끌고 있다.

"제가 영화에 끌렸던 이유 가운데 하나는 그것이 가장 강력한 소통수단이라고 생각했기 때문이에요." 배우에서 경영자로 변신에 성공한 그녀의 말이다. "저는 영화가 사람들의 생각을 바꾸고 사회적 입법에 영향을 준다고 생각했어요." 랜싱은 자신의 사회적 인식을 형성하는 데 결정적인 역할을 한 영화들로 반유대주의와 인종주의를 다룬 4작품을 꼽았다. 〈신사협정 Gentleman's Agreement〉, 〈전당포The

Pawnbroker〉, 〈밤의 열기 속으로In the Heat of the Night〉, 그리고 〈앵무새 죽이기〉.

"그리고 〈슬픔은 그대 가슴에〉도 있지요. 비록 앞의 네 작품처럼 걸작은 아니지만. 아홉 살에 이 영화를 봤어요. 인종적 편견을 다룬 주제의식에 감동받았죠. 하지만 그거 알아요? 무엇보다 이 영화들은 하나같이 재미있었다는 거예요. 영화가 치료약이 될 수는 없습니다. 하지만 진지한 대화의 시발점이 될 수는 있지요."

랜싱은 제목조차 기억 속에서 사라져버린, 잘 알려지지 않은 한 영화가 준 감성적 충격을 이야기했다. "그 영화를 본 건 아마 고등학교 혹은 대학교 시절이었을 거예요. 꼭 다시 봐야겠다고 남편영화감독 윌리엄 프리드킨에게 얘기했던 기억이 나요. 영화의 마지막 장면을 절대 잊지 못합니다. 1960년대가 배경이었어요. 흑인과 백인 커플이 자신들의 아이를 빼앗기는데, 멀어져가는 차 안에서 아이가 손을 흔들며 작별 인사를 하지요. 어떤 대사보다도 강렬한 그 장면을 결코 잊을 수가 없어요. 영화는 서로 다른 인종 간의 결혼에 대한 기념비적인 판결*이 내려질 즈음 개봉했습니다. 요즘으로 치자면 인권의 마지막 보루인 동성 간의 결혼을 허용한 기념비적 법안에 비할 수 있겠죠."

동성애를 다룬 영화 〈두 남자〉가 개봉했을 당시 20세기 폭스의 사장이 바로 랜싱이었다. "우린 그 영화를 만든 덕분에 글래드로부터 공로상을 받았어요. 사람들이 사회적 메시지를 찾을 수 있기를

● 러빙 대 버지니아 주Loving vs. Virginia 사건에 대한 판결. 서로 다른 인종 간의 결혼을 금지한 버지니아 주 법에 대해 1967년 미국연방대법원이 위헌이라 판결했다. 인권운동의 역사에서 중요한 판결 가운데 하나로 꼽는다.

늘 바라야 합니다. 그래야 영화가 살 수 있어요. 물론 다시 한번 말하지만 영화는 재미있게 만들어야 합니다. 안 그러면 사람들이 보러 오질 않거든요." 12년이라는 긴 시간 동안 파라마운트의 최고경영자 자리를 지킬 수 있었던 구체적 이유를 실증이라도 하듯 그녀가 말했다.

참고로, 랜싱이 반드시 다시 보겠다고 다짐했던 작품은 1964년 공개된 래리 피어스 감독의 저예산 독립영화 〈원 포테이토, 투 포테이토One Potato, Two Potato〉다. 흑인 남편버니 해밀튼과 그와 재혼한 백인 부인바버라 배리 커플이, 흑백 인종이 뒤섞인 가정은 아이를 기르기에 적합하지 않은 환경이라 주장하며 법정 공세를 펼친 전남편에게 자신들의 아이를 빼앗기는 이야기다.

정치가. 애리조나의 현직 상원의원으로 4선이다. 해군사관학교를 졸업하고 전투기 조종사로 베트남전에 참전했다. 1967년 작전 중 전쟁포로로 수감되었다. 1973년 풀려나 전쟁영웅으로 귀환했다. 2008년 미국 대통령 선거에서 공화당 후보로 출마하기도 했다.

존 매 케 인
John McCain

"우리 가족은 매년 크리스마스 때마다
〈멋진 인생〉을 봅니다."

애리조니 주의 상원의원 존 매게인은 팝콘을 쩝쩝거리며 입장권을 구매할 만큼 진짜배기 영화광이다. 매케인은 평생 영화를 즐겨온 관객답게 느긋함과 열성으로 영화에 대해 자유롭게 이야기했다. 영화의 장면들을 회상하면서 자신이 기억하는 멋진 대사들을 배우의 성대모사와 함께 수없이 인용했다. 배역과 연출에 대해 비판하다가도 매케인은 제작 비화를 언급하면서 너털웃음을 짓기도 했다.

"전 영화를 사랑합니다. 아내와 함께 극장에 가는 걸 즐겨요. 꽤 자주 가죠." 매케인 부부는 가족 중심의 보수적 관객들 취향에 맞는 '연소자 관람가'의 보편적 양식만 섭취하는 게 아니라, 훨씬 다양한 취향까지도 섭렵한다.

매케인은 정치 영화 가운데서도 논쟁적인 작품을 먼저 손꼽았다.

"〈맨츄리안 켄디데이트The Manchurian Candidate〉의 두 버전, 1962년작과 2004년작 모두 재미있게 봤습니다만 특히, 첫 번째 버전에서 안젤라 랜스베리가 보여준 연기는 정말 경이적이었죠." 존 프랑켄하이머 감독의 1962년 오리지널을 떠올리며 그가 말했다.

"요즘 대부분의 미국인들은 한국전쟁의 미군 포로 가운데 30여 명이 본국으로 송환되는 대신 중국에서 살고 싶었했다는 사실을 알지 못합니다. 결국 그들 모두가 귀국하기는 했지만 말이에요. 그들이 공산주의 국가인 중국에서 살고 싶어했다는 사실에 당시 온 미국인들이 충격을 받았죠."

매케인은 프랑켄하이머의 스릴러가 전제한 내용이 전적으로 신뢰할 만하다고 생각했다. "지금보다는 당시의 상황에 훨씬 잘 들어맞긴 하겠죠. '세뇌'라는 표현 자체가 한국전 미군 포로들에게 중국이 가했던 집중적인 주입교육에서 유래한 것이었으니까요. 그러므로 누군가를 세뇌하여 미국으로 돌려보내고 그에게 방아쇠를 당기게 한다는 것은 아주 그럴듯한 설정이었어요. 당시 케네디 대통령이 암살된 뒤 〈맨츄리안 켄디데이트〉가 극장에서 자취를 감춰버렸는데, 그건 바로 이 영화가 얼마나 설득력 있었는지를 보여주는 증거였죠."

매케인이 꼽은 최고의 영화 가운데 또 다른 하나는 브로데릭 크로포드가 광기에 사로잡힌 남부의 정치가로 출연한 로버트 로즌 감독의 1949년 오스카상 수상작 〈모두가 왕의 부하들All the King's Men〉이다.

"가장 좋아하는 영화 가운데 하나예요. 이 영화에 영감을 준 휴이

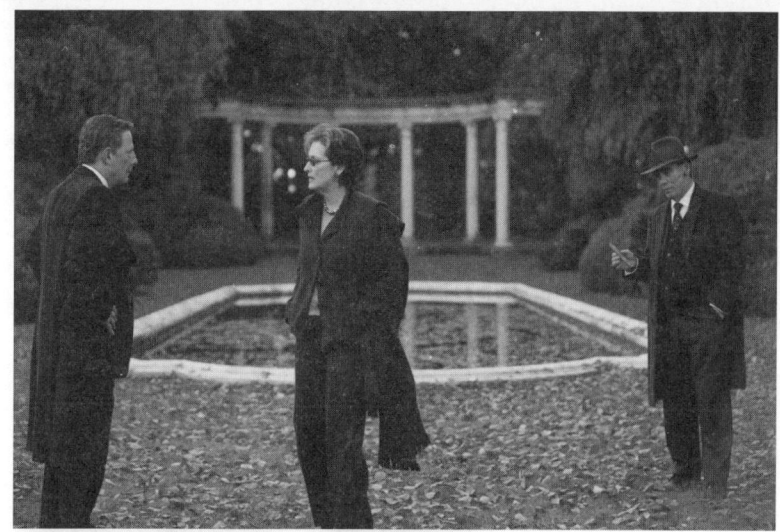

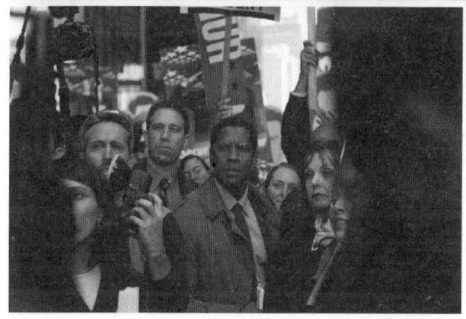

맨츄리안 켄디데이트 The Manchurian Candidate | 2004 | 129분

"케네디 대통령이 암살된 뒤 〈맨츄리안 켄디데이트〉가 극장에서
자취를 감춰버렸는데, 그건 바로 이 영화가 얼마나 설득력
있었는지를 보여주는 증거였죠."

롱*이야말로 미국 정치사에서 실체보다 더한 존재감을 보여준 인물이었다고 생각하기 때문이에요. 그는 미국 정치사의 진짜 포퓰리스트 가운데 한 명이었어요. 역사상 어느 정치가도 하지 못한 방식으로 가난한 다수, 혜택받지 못하는 미국인들을 추동할 수 있었지요. 그는 지저분한 수단을 쓰기도 했고, 스스로를 희화화하기도 했지만, 사실상 미국 정치판에서 가장 효과적이고 영향력 있는 지도자 가운데 한 명이었습니다. 프랭클린 D. 루스벨트에게 두려움을 안겨줄 정도였지요."

그럼 매케인이 가장 좋아하는 영화는 무엇일까?

"다소나마 독자적인 방식으로 정치성을 띠는 영화라고 할 수 있을 텐데, 〈혁명아 자파타Viva Zapata!〉야말로 제가 가장 좋아하는 영화입니다. 네댓 번은 족히 봤을 거예요. 최근 몇 년 동안은 보지 못했지만 말이죠. 엘리아 카잔 감독의 영화 가운데 가장 과소평가된 작품 중 하나예요. 전 자파타가 농민들의 고난을 개선하기 위해 싸웠던, 결코 부패하지 않은 진실되고 진정한 지도자였다고 생각합니다. 자신의 원칙에 충실한 사람이었지요. 이 영화에는 멋진 장면들도 많습니다. 그리 두드러져 보이지 않을 뿐이에요." 영화에 대한 독백을 이어가던 매케인은 이쯤에서 말런 브랜도와 앤서니 퀸은 물론 진 피터스의 성대모사까지 해가며 이 영화의 대사를 오랫동안 인용하기 시작했다.

매케인은 〈혁명아 자파타〉가 다른 어떤 영화보다 자신에게 큰 영

● 미국 민주당 소속으로 1930년대 루이지애나 주지사와 상원위원 등을 지낸 정치가. 급진적인 파퓰리즘 노선으로 노동자들에게 선풍적인 인기를 누렸으나 정적이었던 헨리 페이비의 사위가 쏜 총에 맞아 42세의 젊은 나이에 세상을 떠났다.

향을 끼쳤다고 했다. "영화를 보기 전까지는 자파타란 이름을 들어 본 적조차 없었거든요. 자파타에게 관심을 갖게 됐고, 그에 관한 책을 읽기 시작했습니다. 제게 가장 큰 영향을 준 책은《누구를 위하여 종은 울리나》이지만 불행하게도 그것을 영화화한 작품은 형편없는 캐스팅으로 소설의 명성에 값하지 못했어요. 게리 쿠퍼와 잉그리드 버그만은 분명 스타였지만, 그 영화와는 전혀 어울리지 않았지요."

어린 시절 매케인은 여느 아이들처럼 초기 월트 디즈니의 영화들을 좋아했다. 그는 디즈니 스튜디오의 영화 〈밤비〉를 떠올리며 흠칫했다. "밤비의 어미가 총에 맞아 죽는 장면의 트라우마는 앞으로도 결코 사라지지 않을 겁니다."

그는 곧바로 다른 몇 편의 멋진 작품들로 화제를 옮겼다. "전 언제나 존 웨인에게 마음을 사로잡혔습니다. 난시 그가 존 웨인이라는 것에, 그리고 그가 그려내는 배역들에 반한 거였죠. 예를 들어, 〈유황도의 모래Sand of Iwo Jima〉는 제가 가장 좋아하는 영화 가운데 하나입니다. 제임스 스튜어트가 출연한 영화들도 언제나 즐겨 봐요. 제 생각에 그는 진정 위대한 배우 가운데 한 명입니다. 〈사진沙塵, Destry Rides Again〉은 재미있고도 탁월한 영화였죠."

어느 멋진 날, 워싱턴 D.C.에서 매케인은 이 위대한 할리우드 배우를 직접 만날 기회가 있었다. "제임스 스튜어트가 의사당의 한 방에 있었어요. 주위에는 아무도 없었고요. 전 그에게 다가가 '존 매케인입니다. 만나 뵙게 돼 영광입니다'라고 했죠. 그러자 그가 '저도 만나 봬서 영광입니다'라고 했습니다. 정말 감동적이었어요. 진짜 사나이다운 겸손함이었죠."

우리 가족은 매년 크리스마스 때마다 〈멋진 인생〉을 봅니다. 우리 아이들에게 세 살 이후로는 억지로라도 줄곧 이 영화를 보게 만들었어요." 매케인이 가장 좋아하는 장면은? "스튜어트가 거리를 뛰어 내려가며 '메리 크리스마스!'라고 외칠 때죠. 사랑스러운, 정말이지 사랑스러운 영화예요."

그러나 매케인이 가장 좋아하는 배우는 여전히 〈혁명아 자파타〉에 출연했던 스타다. "물론, 말런 브랜도죠. 가장 좋아하는 여배우는 마릴린 먼로라고 얘기해야겠어요. 그녀는 역사상 가장 위대한 여배우 가운데 한 명이죠. 〈뜨거운 것이 좋아〉를 본 적이 있다면 그녀가 얼마나 완벽한 배우였는지 알 겁니다. 그 영화엔 멋진 장면이 정말 많아요. 토니 커티스가 소파에서 그녀에게 키스할 때 안경에 김이 서리던 장면이라든지, 두 사람이 2층 침상에 함께 있는 장면이라든지." 매케인은 웃음으로 그 장면들을 추억했다. "잭 레먼은 남자와 여자를 오가는 양성의 연기를 눈물 날 만큼 재밌게 표현해냈어요. 커티스 역시 빼놓을 수 없죠. 조 E. 브라운도 훌륭했고요. 실로 멋진 장면들이 줄줄이 이어졌어요."

자신의 영화 레퍼토리가 TCM 터너 클래식 무비 채널에서 틀어대는 것 같다고 생각할지 모르는 사람을 위해 매케인은 최근 영화들도 거론했다.

"〈시리아나〉를 재미있게 봤습니다. 그렇지 않은 사람들도 많긴 했지만." 그러고는 〈본 슈프리머시The Bourne Supremacy〉, 〈본 아이덴티티The Bourne Identity〉와 〈미션 임파서블Mission: Impossible〉 시리즈의 모든 작품에 지지를 보냈다. "자동차 추격전이 등장하는 영화들도 좋아합니다. 혹시 〈디파티드〉를 봤나요? 굉장히 거칠지만 그런 종류의 영화도 좋아해요."

그렇다고 정치가 매케인이 깐깐한 평론가 역할에 면역이 생긴 건 아니었다. 마틴 스코세이지의 오스카상 수상작에서 한 배우를 가리켜 엄지 손가락을 아래로 향했던 것이다. "니컬슨은 너무 니컬슨처럼 연기했어요."

언론인. 어려운 가정형편 때문에 대학 진학을 포기하고 일찌감치 사회생활에 뛰어들었다. 마이애미의 소규모 라디오 방송국에서 잡일을 하면서 미디어업계에 발을 디뎠으며, 탁월한 인터뷰 능력으로 빠르게 명성을 얻었다. CNN의 '래리 킹 라이브'로 미국 최고의 인기 언론인 반열에 올랐다.

래 리 킹

Larry King

> "〈우리 생애 최고의 해〉가
> 저를 반전주의자로 만들었습니다."

어린 로렌스 하비 자이거에게 영화에 대한 첫인상은 즐겁지 않았다. "세 살 때였어요. 밤 장면이었는데 웬 사내가 오토바이를 타고 저를 향해 곧장 달려드는 거였어요. 그래서 전 그만 극장을 뛰쳐나오고 말았지요." 래리 킹이라는 이름으로 더욱 널리 알려진 자이거는 이제 그 영화를 기억하지 못한다. 조지 라프트가 주연이었고, '보다가 겁나서 죽는 줄 알았다'는 사실을 빼고는.

〈킹콩King Kong〉의 이미지 엠파이어 스테이트 빌딩 꼭대기의 고릴라 와 〈강가 딘 Gunga Din〉의 영상 캐리 그랜트와 함께 절벽을 오르던 장면에 밤잠을 설치긴 했지만, 시간이 흐르면서 영화 관람이 피곤한 일이 아니라는 것만은 분명해졌다. 디즈니의 애니메이션 〈피노키오Pinocchio〉는 보다 아름다운 여운을 남겼는데, 특히 오스카상을 수상한 주제곡 〈웬 유 위시 어폰

어 스타When You Wish Upon a Star〉가 그랬다. 킹은 때때로 딸 켈리에게 이 노래를 불러주곤 했다. "딸아이가 네 살 때, 〈피노키오〉를 보러 간 적이 있어요. 거기서 지미니 크리켓말하는 귀뚜라미이 이 노래를 부르는데, 딸아이가 벌떡 일어서더니 '아빠 쟤들이 우리 노래를 부르고 있어요!'라고 하더군요."

영화의 가장 커다란 충격은 일련의 반전영화들로부터 받았다. 시발점은 윌리엄 와일러의 1946년 오스카상 수상작 〈우리 생애 최고의 해The Best Years of Our Lives〉였는데, 여기에는 실제로 2차 세계대전에 참전했다가 양손이 절단되는 부상을 입은, 군인 출신의 해롤드 러셀이 전장에서 돌아온 병사 역으로 출연한 바 있다. "이 영화가 저를 반전주의자로 만들었습니다. 참전용사들이 겪는 구직의 어려움과, 공동체가 그들을 대하는 방식을 고스란히 보여주기 때문이지요. 나중에 저는 이 영화를 베트남전 참전군인들과도 관련지을 수 있었습니다. 전쟁은 멍청한 짓이에요."

1970년대 초반에 킹은 마이애미의 TV와 라디오 방송에서 인터뷰를 담당하고 있었다. "여러 사안들에서 저는 어느 한쪽을 편들지 않았습니다. 지금도 그렇고요. 그러나 〈우리 생애 최고의 해〉, 〈영광의 길Paths of Glory〉, 〈닥터 스트레인지러브〉 등을 보고, 데이비드 할버스탐의 베트남전 논문인 《가장 선한 자와 가장 영리한 자The Best and the Brightest》 같은 책을 읽으며 정부에서 일하는 사람들이 나보다 똑똑할 거라는 생각을 버렸지요."

킹은 〈영광의 길〉과 〈닥터 스트레인지러브〉에 더해, 〈풀 메탈 자켓Full Metal Jacket〉을 스탠리 큐브릭의 인상적인 반전영화 3부작 가운데 하나로 꼽기도 했다. 이 거장의 걸작 〈2001 스페이스 오디세이〉는 또 다른 방향에서 그의 마음에 와 닿았다. "전 컴퓨터에 열광하는 쪽이 아니고, 이 작품은 안티 컴퓨터 영화지요. 컴퓨터 할이 수동적으로 명령에 불복했다고요? 컴퓨터가 능동적으로 그들을 원치 않는 장소로 데리고 간 거예요!"

킹은 자신과 마찬가지로 칠순인 존 매케인이 컴퓨터를 전혀 다룰 줄 모른다고 한 것에 비하면 나은 편이다. "앞에 앉아서 쓸 수는 있어요." 케이블 뉴스 채널 CNN에서 최고 시청률을 자랑하는 프로그램의 진행자가 말했다. "마지막으로 사용한 게 언젠지는 기억하지 못하겠지만. 비서가 있으니까요. 블랙베리도 마찬가지예요. 저는 블랙베리가 없어요. 비서가 갖고 있지요. 뭔가 저를 점유한다는 게 싫어요. 그런 점에서 존 매케인에게 경의를 표합니다."

소설가. 20세기 미국의 가장 영향력 있는 작가 중 한 명으로 꼽히며 블랙 유머의 대가다. 시카고 대학 재학 시절에 쓴 《고양이 요람》과 2차 세계대전 당시 전쟁포로로 수용됐던 경험이 담긴 자전적 작품 《제5도살장》으로 유명 작가의 반열에 올랐다. 2007년 4월 11일 세상을 떠났다.

커 트 보 네 거 트
Kurt Vonnegut

"〈콰이 강의 다리〉는 교훈의 산물이 아니라
예술의 성취예요."

"이 영화의 교훈은 전쟁이 사람들을 미치광이로 몰아가고 기이한 방식으로 행동하도록 만든다는 것입니다." 커트 보네거트는 〈콰이 강의 다리The Bridge on the River Kwai〉에 대해 그렇게 얘기했다. 2007년 세상을 떠나기 직전 〈버라이어티〉와 가진 인터뷰에서 이 소설가는 데이비드 린 감독의 1957년 오스카상 수상작에 전적으로 공감하게 된 두 가지 지극히 개인적인 이유를 들려주었다.

"〈콰이 강의 다리〉는 제 소설 《제5도살장Slaughterhouse Five》보다 불과 1년 앞선 시점을 배경으로 하고 있지요." 보네거트는 반전문학의 고전이 된 자신의 작품을 언급했다. "데이비드 린의 영화를 보면서 2차 세계대전 당시 독일에서 영국군과 함께 전쟁포로로 잡혀있던 제 자신을 향수하게 됐어요. 영화에서 그들이 용감하게 노래

"이 영화의 교훈은 전쟁이 사람들을 미치광이로 몰아가고
기이한 방식으로 행동하도록 만든다는 것입니다."

콰이강의 다리 The Bridge On The River Kwai | 1957 | 155분

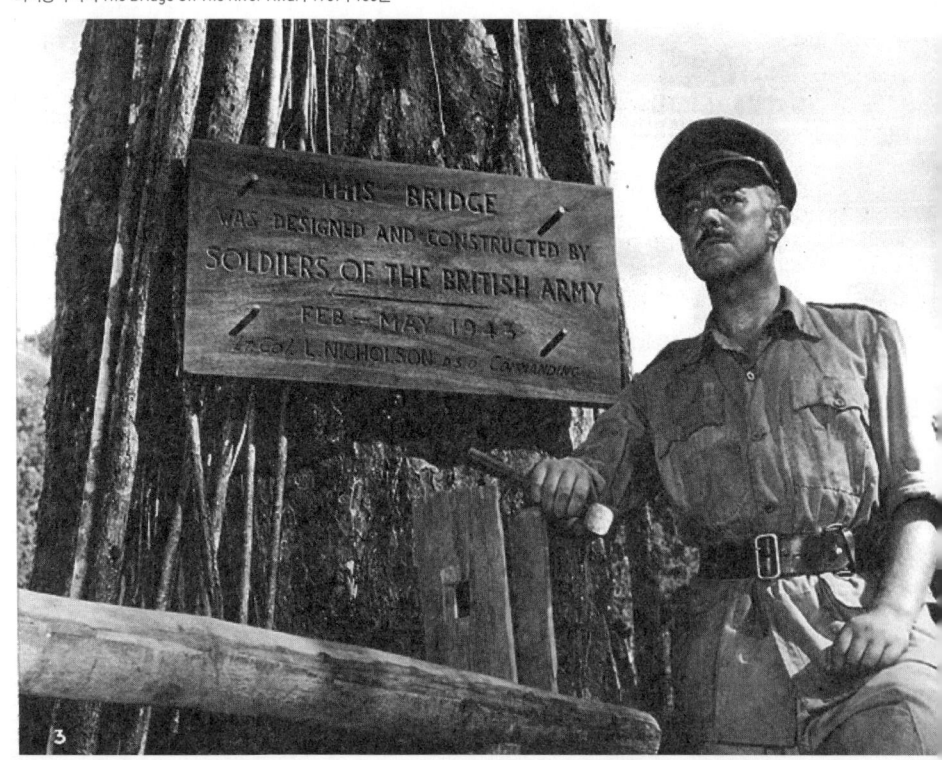

하는 등의 방식으로 자신의 존엄을 지키려는 모습도 익숙했지요. 독일에서 전 영국군을 아주 좋아하게 됐습니다."

벌지 전투에서 포로로 붙잡힌 보네거트는 드레스덴의 수용소에 수감되었는데, 알고 보니 그곳은 예전에 도살장으로 사용된 장소였다. 제네바 협정에 따라 일반 사병들은 강제노역에 동원될 수도 있었다. 다른 연합군 병사들과 함께 매일 아침 작업장으로 향할 때마다 독일 간수들이 소리치곤 했다. "수백 마리 돼지가 여기 살았었지. 지금 너희들처럼 말이야." 그런 경험이 드레스덴 집중폭격의 기억과 함께 《제5도살장》에 영감으로 작용했다.

보네거트는 개인적인 이유가 없었더라도 〈콰이 강의 다리〉가 자신의 전쟁영화 목록에서 가장 높은 자리를 차지했을 거라고 말했다. "이 영화는 교훈의 산물이 아니라 예술의 성취예요. 〈콰이 강의 다리〉는 제게, 전쟁영화도 아니고 개인적 연관도 전혀 없는 〈이브의 모든 것All About Eve〉만큼이나 인상적인 작품입니다. 영화라는 매체는 대단히 효과적이라는 측면에서 매우 중요하지요. 우리를 온통 지배하니까요."

다른 소설가들과는 달리, 보네거트는 자신의 작품을 스크린으로 옮긴 영화작가들을 우호적으로 평가했다. "〈제5도살장〉은 정말 뛰어났습니다." 조지 로이 힐이 영화화한 작품을 두고 그가 말했다. "원작보다 나아요. 할리우드에 감사해야 할 작가가 두 사람 있어요. 저와 〈바람과 함께 사라지다〉의 원작자 마거릿 미첼이지요."

웃음을
만들어내는

Chapter 03

희극인

작가. 1983년부터 2005년까지 〈마이애미 헤럴드〉의 유머작가로 활동했으며, 1988년에는 퓰리처상
을 수상했다. 수많은 유머집을 발간하여 성공을 거뒀을 뿐만 아니라 다수의 소설을 통해서도 널리 알
려졌다. 그의 작품 중 《빅 트러블》은 2002년 팀 앨런과 르네 루소 주연의 영화로 제작됐다.

데 이 브   배 리

Dave Barry

"〈애니멀 하우스〉는 제 자신이 미숙한 청소년에서
미숙한 어른으로 진화하는 전환점이었습니다."

데이브 배리는 〈애니멀 하우스Animal House〉의 '공허하고 무의미한'
제스처야말로 자신이 미숙한 청소년에서 미숙한 어른으로 진화하
는 전환점이었다고 꼬집어 말했다. "이 영화는 정말 끈질기게 사춘
기의 남성성을 미화시키죠. 누군진 모르지만 이 영화를 만든 사람
은 그 사춘기의 남성성이란 걸 진짜로 믿는 사람이란 걸 알 수 있었
습니다. 그건 그저 단순한 농담이 아니었으니까요. 이 영화엔 남에
게 잘 보이고 싶어하는 순간이라곤 전혀 없어요."

사교클럽 대학생들의 이야기를 그린 존 랜디스의 코미디 영화에
서 최고의 장면은? "그들이 마을 한가운데서 벌어지는 대형 퍼레이
드를 완전히 박살내버리는 부분이죠. 자동차를 마치 탱크처럼 만들
어놓고는 마을을 공격하는 거예요. 이 영화를 통해서 하나의 거대

하고 전면적인 장르가 통째로 생겨났고, 이른바 '남자들의 유머'라는 것이 그 뒤를 따랐죠." 그는 〈웨딩 크래셔Wedding Crashers〉 스타일의 요즘 영화들이 그걸 조금은 망쳐놓았다고 생각했다. "이런 영화들엔 언제나 가슴 저미는 순간이 등장하고, 결국엔 사랑에 빠져 정착한다는 식으로 끝나죠. 〈애니멀 하우스〉는 그냥 지독하게 끝내버립니다. 마치 반드시 그래야만 한다는 것처럼 말이죠."

TV 축약판으로 코미디 영화 시리즈 〈쓰리 스투지스〉를 보면서 성장하긴 했지만, 배리는 거기 나온 바보 캐릭터들을 유머의 영감으로 간주하지 않는다. "그들은, 말하자면 웃겨보려고 애쓰는 늙은 이들 같았어요. 지나치게 열심히 한 거죠. 녁, 녁, 녁.• 아버지가 작가 로버트 벤칠리와 P. G. 워드하우스의 열렬한 팬이어서, 저는 그들에게 영향을 더 많이 받았다고 하는 게 맞을 거예요."

배리에게 지구상에서 두 번째로 웃기는 영화는 노만 주이슨 감독의 코미디 〈러시안스The Russians Are Coming!〉이다. 잠수함 부함장을 연기한 앨런 아킨과 경찰서 부서장을 연기한 조나단 윈터스가 서로 치고받는다. "그들의 연기는 뛰어났고 또한 당시 전성기였어요. 그 둘을 보면서 전 오줌까지 지렸다니까요." 아킨은 그가 가장 좋아하는 최근작에 진화론적 연결고리를 제공하기도 했다. 조나단 데이턴과 발레리 페리스가 공동 연출한 〈리틀 미스 선샤인Little Miss Sunshine〉이다. "그는 천재예요. 앨런 아킨이 출연한 영화라면 전 뭐든지 볼 겁니다."

● 〈쓰리 스투지스〉의 3형제 가운데 하나인 컬리 하워드의 트레이드마크인 웃음소리.

〈리틀 미스 선샤인〉은 시작부터 재미있었지만, 아킨이 연기한 코카인 중독자 할아버지가 영화의 중반부에서 세상을 떠나버렸을 때 배리는 두려움에 휩싸일 수밖에 없었다. "도대체 영화를 어떻게 끝내려고 하는 건지 움찔했어요. 전형적인 할리우드식 엔딩일 거라고 생각했습니다. 하지만 그렇지 않았죠. 그런 측면에서 제작진이 자랑스러웠습니다. 이 영화는 그 씁쓸한 결말까지도 스스로에게 충실한 작품이었어요."

배우. TV 쇼를 통해 얼굴을 알리기 시작했고, 〈브루스 올마이티〉의 조연으로 화제를 모았으며, 모큐멘터리 형식의 시트콤 〈오피스〉로 스타덤에 올랐다. 이후 〈40살까지 못해본 남자〉와 〈리틀 미스 선샤인〉으로 입지를 굳혔다.

스 티 브 카 렐
Steve Carell

"〈영 프랑켄슈타인〉을 보고
희극배우가 되고 싶어졌어요."

2007년 아카데미 시상식에서 잭 블랙, 윌 페렐과 존 C. 레일리가 결합한 코미디 팀이 비아냥댔던 대로, 영화제 시즌이 끝날 즈음이면 언제나 희극배우들을 빈손으로 남겨둔 채, 정극배우들이 영광을 독차지하기 마련이다. 그날 저녁 할리우드의 코닥 극장 시상식 현장에 앉아 있던 스티브 카렐이 그들 3인조의 막간 쇼에 격하게 환호한 것도 당연한 일이었다. 바로 다음 달, 그는 쇼웨스트ShoWest*가 선정하는 '올해의 코미디 스타' 수상자로 거명되었다. 라스베이거스에서 열린 극장주협회 주최 행사에서 정극배우인 돈 치들이 단순하고 명료하게 '올해의 배우'의 영광을 안은 것과는 사뭇 대조적이었다.

● 텔레비전 시청률조사 기업으로 널리 알려진 닐슨 비즈니스 미디어가 설립한 극장주 대상의 이벤트.

이에 카렐은 특유의 스타일로 자신의 2류 인생에 대해 농담을 했다. "저는 코미디로 시작해서 드라마에 진출했고, 궁극적으로는 포르노에 출연하기를 희망합니다. 솔직히 지금 당장 실직 상태가 아니라 행복할 따름이죠."

카렐이 언급한 노골적인 어휘는 그의 영화적 경험에서, 미래의 대안은 아닐지언정 과거의 사건과 관련이 있다. "어렸을 때였어요. 형들이 절 데리고 데이비드 린 감독의 〈라이언의 딸Ryan's Daughter〉을 보러 갔는데, 그게 처음 본 R등급17세 미만 관람불가 영화였죠. 이 영화에서 벗은 여자의 가슴을 난생 처음 봤어요. 그리고 그게 제 인생을 송두리째 바꿔놓았죠." 카렐 본인은 싫겠지만, 재미 삼아 얘기해보면 그의 첫 번째 주연작은 〈40살까지 못해본 남자The 40 Year-Old Virgin〉였고, 후속작인 〈리틀 미스 선샤인〉에서 그가 맡은 역은 게이였다. "전 웃기고 도전적인 영화라면 뭐든 하고 싶어요. 사실, 시켜만 준다면 아무거나 다 할 거예요. 그게 코미디라면, 그땐 환상인 거죠."

그렇게 말하는 걸 보면, 〈40살까지 못해본 남자〉와 〈리틀 미스 선샤인〉에 이어 출연한 3편의 영화가 모두 코미디라는 점은 카렐에게 환상적인 일이었을 것이다. 〈에반 올마이티Evan Almighty〉, 〈댄 인 러브Dan in Real Life〉, 〈겟 스마트Get Smart〉는 그의 히트작 TV 시트콤 〈오피스The Office〉가 방영된 시기와 같은 때 제작되었다. 게다가 TV 시리즈를 영화로 리메이크한 〈겟 스마트〉의 경우 그에게는 고향으로 돌아간 것과 비슷한 일이었다. 카렐은 멜 브룩스 감독의 〈영 프랑켄슈타인Young Frankenstein〉을 보고 희극배우가 되고 싶다는 마음을 갖게 됐다. 벅 헨리와 함께 돈 애덤스 주연의 오리지널 TV

"이 영화에서 벗은 여자의 가슴을 난생 처음 봤어요.
그리고 그게 제 인생을 송두리째 바꿔놓았죠."

라이언의 딸 Ryan's Daughter | 1970 | 187분

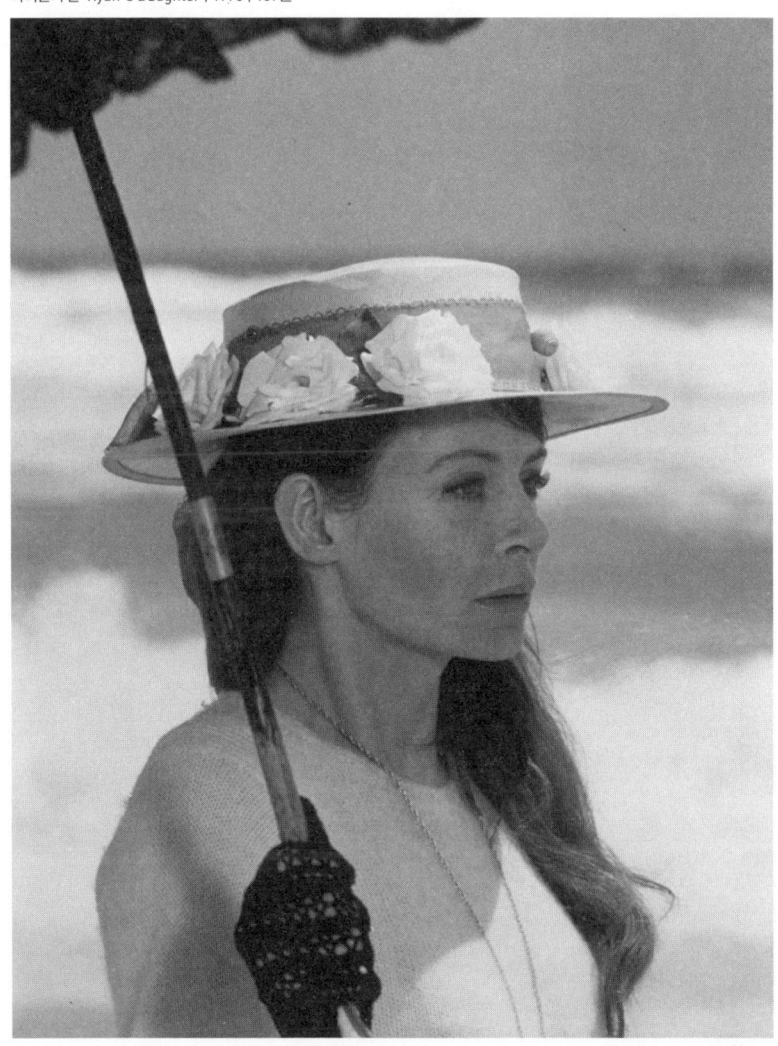

시리즈 〈겟 스마트〉를 창조해낸 인물이 바로 멜 브룩스였다.

"〈영 프랑켄슈타인〉을 어렸을 때 봤는데, 제 생각엔 여전히 대단한 것 같아요. 그냥 웃겨요. 전 때가 되면 우리 아이들에게도 이 영화를 보여줄 계획이에요. 걔들도 웃기는 영화라고 생각할 게 분명해요."

배우. 1970년대 후반 브로드웨이에서 활동을 시작해, TV와 영화를 두루 거치며 연기력을 인정받았다. 1998년부터 방영된 〈섹스 앤 더 시티〉의 캐리 브로드쇼 역으로 슈퍼스타이자 패션 아이콘에 등극한 동시에 4개의 골든 글로브와 2개의 에미 트로피까지 챙겼다.

사 라   제 시 카   파 커

Sarah Jessica Parker

> "처음 본 영화가 〈슬리퍼〉였어요.
> 우디 앨런은 저희 세대에 아이콘 같은 존재가 되었죠."

〈섹스 앤 더 시티〉 프랜차이즈가 우디 앨런에게 빚진 것은? 원작자 캔디스 부시넬은 〈애니 홀〉을 영감으로 꼽았다. 그리고 사라 제시카 파커는 〈슬리퍼Sleeper〉를 봤다. 한창 감수성 예민한 나이였던 파커는 우디 앨런의 SF 코미디 영화를 보고는 바로 그를 자신의 롤 모델로 삼았다.

"우린 1년에 한 번쯤 극장에 갔어요. 보통은 새해 첫날이었죠." 그녀는 오하이오 주 넬슨빌에서 성장한 시절을 얘기했다. "처음 본 영화가 〈슬리퍼〉였어요. 우디 앨런은 저희 세대에 아이콘과 같은 존재가 되었죠. 그는 열망의 도시에 사는 열망의 인물이었고, 흥미로운 음식을 먹고 흥미로운 사람들과 얘기하고 흥미로운 책을 읽는 지식인의 삶을 사는 사람이었던 데다, 동부인이면서 정치적인 존재였죠."

〈슬리퍼〉는 우디 앨런의 작품세계를 소개하는 작품으로 삼기엔 다소 특이한 영화일지 모른다. 200년 후의 미래로 던져진 남자의 이야기를 다룬 이 영화는 앨런이 〈바나나 공화국Bananas〉이나 〈카사블랑카여 다시 한번Play It Again, Sam〉같이 영락없는 코미디를 만들던 시기를 본질적으로 마감한 작품이기 때문이다. 〈슬리퍼〉로부터 불과 2년 후에 앨런은 그의 가장 유명한 영화라고 할 수 있는 〈애니 홀〉을 만들었다. 그것은 도회적 세련미와 불안감을 웃음 속에 효과적으로 버무림으로써 파커에게 깊은 인상을 남긴 앨런의 후기 작들의 원형이었다.

누가 알겠나. 파커의 가족이 동부의 뉴저지로, 또 나중에는 맨해튼으로 멀리 이주하는 데 우디 앨런이 모종의 영향을 미쳤던 것일지. 덕분에 파커가 브로드웨이에서 뮤지컬 〈애니〉의 타이틀롤을 맡으며 연기 경력을 쌓기 시작하게 된 것일지도. "앨런은 간절하게 닮고 싶었던 모든 것이었어요. 우리 엄마와 아빠도 그랬죠. 전 〈슬리퍼〉를 통해 우디 앨런의 모든 작품을 알아가게 됐어요."

파커가 자신만의 고전영화 판테온에 헌정한 작품들의 상당수는 유년기와 청소년기에 알게 된 1970년대의 작품들이다. 〈슬리퍼〉에 더해, 어린이를 위한 판타지 〈초콜렛 천국Willy Wonka and the Chocolate Factory〉과 몽환적인 뮤지컬 〈올 댓 재즈All That Jazz〉를 거쳐 낭만적인 시대극 〈추억The Way We Were〉까지 언급하던 파커는 1955년에 만들어진 영화 한 편을 포함시키기 위해 순위까지 뒤바꿨다.

"아주 최근에 본 영화인데 머릿속에서 떠날 줄 모르네요. 〈사랑하거나 떠나거나Love Me or Leave Me〉라고, 위대한 가수 루스 에팅과 그 남편에 대한 이야기예요. 제임스 카그니와 도리스 데이가 주연을 맡아 정말 완벽한 연기를 펼쳤죠. 그녀는 노래도 10여 곡 불렀는데 선율과 가사를 탁월하게 해석해내더군요. 지금으로선 이 영화가 제가 가장 좋아하는 영화라고 얘기할 수 있겠네요."

코미디언. 유명인들을 우스갯거리로 삼는 냉소적인 유머로 명성과 악명을 동시에 얻었다. 1960년대 초반 뉴욕의 코미디 클럽들을 중심으로 본격적인 활동을 시작했으며 '투나잇 쇼'를 통해 유명해졌다.

조 안 리 버 스
Joan Rivers

"〈리틀 미스 선샤인〉은 우리 가족이 생각보다
훨씬 괜찮다는 걸 보여준 점에서 고무적이었어요."

조안 리버스에게 영화는 우선 전적으로 가족과 관련이 있다. 그녀로 하여금 인생의 틀을 형성하도록 만들어주고 모든 어려움을 이겨내고 살아갈 수 있도록 영감을 불어넣어준 것은 다수의 고전영화들이었다. 예컨대 〈스텔라 달라스Stella Dallas〉와 〈밀드레드 피어스Mildred Pierce〉는 그녀에게 아이들이란 언제나 부모의 골칫거리일 수밖에 없다는 것을 가르쳐주었다.

"두 영화는 엄마를 부끄러워하는 딸을 가진 사람이 저뿐만은 아니라는 사실을 일깨우는 것으로 영감을 주더군요. 어느 쪽을 선택해야 할지 너무 어렵더라고요. 조안 크로포드처럼 조용히 술에 절어 고상함을 지킬 것인지 아니면 바바라 스탠윅처럼 철저하게 남루해질 것인지."

그래도 선택을 해보라고 종용하자, 리버스는 아마도 크로포드 쪽일 거라고 인정했다. 고통을 이겨내고 삶을 헤쳐가는 어머니 연기로 1945년 크로포드에게 오스카상을 안겨준 배역이다.

"〈밀드레드 피어스〉의 그 대사 있잖아요. '엄마한테선 파이 냄새가 나'라는. 그건 정말 최악이에요." 앤 블라이스가 연기한 못된 딸을 떠올리며 리버스가 말을 이었다. 세상 어떤 어머니가 공감하지 않을 수 있겠는가? "그래도 크로포드와 스탠윅 중 하나를 선택해야 한다는 게 제겐 엄청 큰 일이었어요. 아마 전 크로포드처럼 그저 조용히 앉아서 딸꾹질이나 하는 게 낫겠다 싶었던 것 같아요."

리버스의 가족 타령은 계속됐다. "〈리틀 미스 선샤인〉은 우리 가족이 제 생각보다 훨씬 괜찮다는 걸 보여줬다는 점에서 고무적이었어요. 적어도 우리 차는 잘 굴러가는 데다 우리 사촌은, 아무리 최악의 상태에서도, 토니 콜렛보다는 봐줄 만하니까요."

그런데 리버스가 외모에 집착하는 경향이 있다는 걸 언급했던가? 어떤 영화에 대해 얘기하건 그녀에게선 '잘생긴 얼굴 대 못생긴 얼굴'이란 주제가 튀어나왔다. 조안 리버스가 얘기하는 아름다움에 관한 히트작 리스트는 다음과 같다.

"〈프리다Frida〉는 멕시코로 이사를 가야겠다는 생각이 들게 만들었어요. 거기선 얼굴 제모를 안 해도, 일자 눈썹을 길러도 남자랑 잘 수 있으니까요. 〈웨일 라이더The Whale Rider〉의 케이샤 캐슬 휴즈도 그래요. 비린내 나는 추한 계집애가 추한 드레스를 입고 아카데미 시상식에 후보로 올랐잖아요. 정말 유태인답지 않아요. 그리고 〈브레이브하트Braveheart〉. 털북숭이 난쟁이가 혼자 힘으로 스코틀랜드를 구해냈다는 사실에 감명받았거든요. 루스 박사*가 캐나다 프랑스어권 지역에서 할 수 있는 게 뭐가 있겠어요."

만담을 잠시 멈춘 리버스는 〈브레이브하트〉의 제작자로 오스카상을 수상한 인물을 비꼬며 옆길로 샜다. "스코틀랜드에 윌리엄 월레스** 동상을 세웠는데, 그게 글쎄 멜 깁슨과 꼭 닮았다니, 정말 끔찍한 일 아닌가요!" 그녀가 소리를 질렀다.

그러나 그녀는 다시 자신의 관심을 독차지한 영화 속의 추한 인물들에 대해 늘어놓기 시작했다. "〈라비앙 로즈〉는 다가올 세대의 여자애들에게 영감으로 작용할 게 분명해요. 누구든 서방질이나 하고, 마약이나 처먹고, 술이나 퍼마시다간 앞을 못 보게 될 수도 있다는 거죠. 누구든 슈퍼스타가 될 수 있지만, 또한 마흔여섯 살에 절름발이가 돼서 혼자 죽을 수도 있다는 말이에요. 린제이 로한은 이 영화를 봐두는 게 좋을 거예요. 그리고 르네 젤위거가 출연한 영화들도 하나같이 그래요. 한 편의 예외도 없이 모든 영화에서 레몬즙을 빨다 만 표정만으로 그렇게 성공할 수 있다니. 와우! 굉장하죠."

아름다움 혹은 그것의 결여는 영화 〈나쁜 종자The Bad Seed〉가 끊임없이 리버스의 신경을 건드리는 이유와 같다는 점에서, 특히나 캘리포니아의 사법체계 혹은 그것의 결여를 감안하면 중요하다. "이 영화의 교훈은 주목할 만해요." 패티 매코맥이 연쇄살인을 저지르는 11살짜리 어린이로 출연한 영화에 대해 그녀가 말했다. "O. J. 심슨이나 로버트 블레이크*** 혹은 필 스펙터****처럼 부유하고 유명한 사람들만 살인을 저지르고도 무사히 빠져나갈 수 있는 건 아니에요. 때론 피그테일 금발과 천진난만한 행세만으로도 충분하다는 거죠. 난 지금 네 얘길 하는 거야 브리트니스피어스."

가족, 외모 그리고 다음은 실내장식이다. 영화 속의 모든 게 엉망
진창인 바에야 누구라도 인테리어 장식에 집착하지 않겠나? 〈버드
맨 오브 알카트라즈Birdman of Alcatraz〉는 공간만 있으면 누구나 예쁜
실내장식을 할 수 있다는 걸 보여주죠. 제 별장을 꾸미는 데 도움이
됐어요. 제 생각에 새 모이가 방 안 가득 생명을 불어넣는 것 같더군
요. 그리고 〈시민 케인Citizen Cane〉은 마침내 침대 밑을 청소하고 낡
은 썰매를 찾아야겠다는 걸 일깨워줬죠."

시종 우스개로 일관하던 리버스조차도 페데리코 펠리니의 걸작
에 대해서는 농담거리 삼을 게 없었다. 아카데미 시상식 사상 최초
의 '외국어 영화상'을 수상했던 이 영화는 냉소적인 리버스마저 설
득해냈다. "〈길La Strada〉을 보고 정말 깜짝 놀랐어요. 줄리에타 마시
나가 연기한 광대에 완전히 공감했기 때문이에요. 그녀는 재미있고
특이하고 애처롭죠. '나도 할 수 있어'라고 생각했어요. 맞아요. 〈길〉
은 대단한 영화예요."

● 1980년대 방송으로 널리 알려진 성심리학자이자 성상담치료사인 루스 웨스타이머를 가리킨다. 그녀가 독일 출신이
라는 사실에 빗댄 농담.

●● 스코틀랜드 독립전쟁의 영웅으로, 멜 깁슨의 〈브레이브하트〉는 그의 일대기를 그린 영화.

●●● 리처드 브룩스 감독의 〈인 콜드 블러드〉 등에 출연했던 아역 출신 배우. 2001년 부인을 살해한 혐의로 법정에 섰
으나 무죄 판결을 받았다.

●●●● 1960년대 수많은 히트곡을 배출한 프로듀서 겸 작곡가. 2003년 여배우 라나 클락슨을 자신의 집에서 살해한
혐의로 2009년 2심 재판에서 2급 살인죄를 선고받고 현재 복역 중. 본문의 사실관계 오류는 이 책이 2심 판결 전에 출간
된 데서 비롯한다.

작가. 미국 내 500여 개 신문에 동시 게재된 신디케이트 칼럼으로 유명한 유머작가로 1982년 퓰리처 상을 수상했다. 2006년에는 호스피스에서의 투병기를 다룬 《이별하기엔 너무 이르다》를 발간해 화제를 모았다. 2007년 신장 기능 이상으로 세상을 떠났다.

아 트   부 크 월 드

Art Buchwald

"웃기면 웃으면 됩니다.
가장 좋아하는 영화 같은 건 없습니다."

고전 코미디 영화라는 주제에 관해서라면, 아트 부크월드는 그야말로 콘사이스라고밖에 달리 부를 도리가 없는 인물이다. 2007년 1월 세상을 떠나기 2주 전 〈버라이어티〉와 가진 인터뷰에서 그는 성공한 코미디 영화들의 숨은 비법을 공개했다. "그 영화들이 위대한 것은 농담 덕분입니다." 부크월드는 이 분야의 전문가였다. 30권 이상의 책을 썼고, 두 번이나 퓰리처상을 수상했다. 2006년 발간된, 호스피스에서 보낸 5개월간의 이야기를 담은 방대한 책《이별하기엔 너무 이르다Too Soon To Say Goodbye》도 그가 썼다. 오로지 부크월드였기에 그런 주제도 재미있게 다룰 수 있었다.

부탁에 부탁을 거듭하고서야 81살의 글쟁이는 자신이 생각하는 위대한 코미디 영화 한 편을 입에 올렸다. 빌리 와일더 감독의 여장

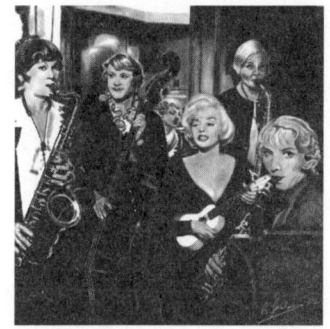

뜨거운 것이 좋아 Some Like It Hot | 1959 | 120분

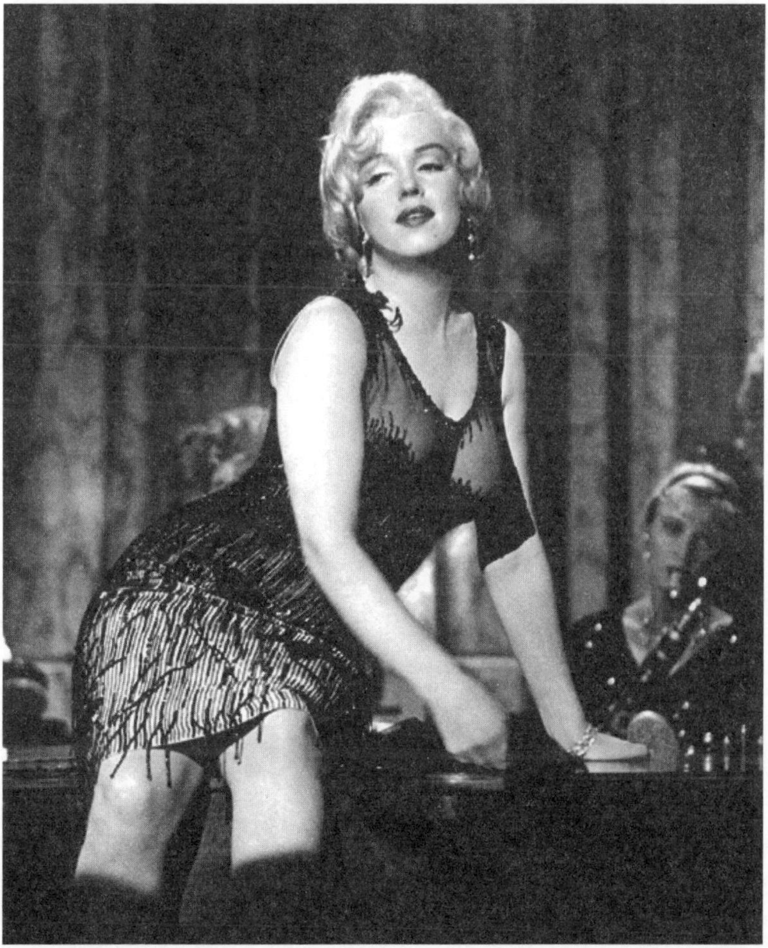

남자 소동극 〈뜨거운 것이 좋아〉였다. 그러나 그는 한 편의 영화 혹은 한 가지 이유만을 골라내라는 질문 방식에 대해서는 손사래를 쳤다. "웃기면 웃으면 됩니다. 저는 영화들을 즐겼고, 다음엔 다른 영화들을 봤어요. '가장 좋아하는 영화' 같은 건 없습니다. 그 영화를 만든 사람들을 잘 알았고, 또 그들이 만들어낸 작품들을 존중했어요."

부크월드는 영화가 그의 희극적 감각에 어떤 영향을 끼쳤는지에 대해서는 원천적 거부 의사를 밝히며 더욱 단호한 태도를 취했다. "그런 건 없어요. 그저 스스로 했어요. 혼자서 한 거예요. 그걸로 먹고산 겁니다."

배우이자 극작가. 캐나다 출신으로 코미디언 활동을 하다가 TV 드라마에 캐스팅돼 미국으로 이주했다. 각본과 연기를 맡은 〈슈퍼배드〉와 조연으로 출연한 〈40살까지 못해본 남자〉의 성공으로 스타덤에 올랐고, 케빈 스미스의 영화 〈잭과 미리가 프로노 영화를 만들다〉에서 처음 주연을 맡았다.

세 스   로 건
Seth Rogen

"〈점원들〉을 본 것이야말로
오늘의 제 경력을 결정지은 순간이었어요."

세스 로건은 예전부터 사람들을 웃기는 재주가 있었다. 달라진 게 있다면 〈프릭스 앤 긱스Freaks and Geeks〉부터 〈사고친 후에Knocked Up〉와 〈슈퍼배드Superbad〉까지 연이은 성공에 힘입어 이 상냥한 빨간 머리 사내가 이제는 지구적 스케일로 웃기고 있다는 것뿐이다. 갑작스러운 성공을 통해 캐나다 태생의 배우 로건은 완전히 새로운 길을 발견했다. "이전까지 제가 영화에 캐스팅된 건 제가 직접 대본을 썼거나 아는 사람이 저를 위해 대본을 썼을 때뿐이었어요." 이제는 갈수록 많은 사람들이 그를 염두에 둔 대본을 쓰고 있다. "〈잭과 미리가 포르노 영화를 만들다Zack and Miri Make a Porno〉는 제가 순전히 연기만 했던 첫 번째 영화예요. 그래서 절반만 일한다는 느낌이 강했죠."

케빈 스미스의 영화에서 로건은 급전 마련을 위해 조악한 포르노 제작에 나선 인물을 연기했다. 영화계 최대의 트리플S*로서 로건의 현재 위상을 규정하기 시작한 배역이었다. 스미스와의 작업은 또한 로건에게 대단히 중요한 의미이기도 했다.

"케빈의 영화〈점원들Clerks〉을 본 것이야말로 오늘의 제 경력을 결정지은 순간이었어요."〈점원들〉은 케빈 스미스의 데뷔작이다. "영화 속 인물들은 마치 저와 제 친구들이 대화하는 것 같았어요. 그런 영화는 난생 처음이었죠.〈스타 워즈Star Wars〉와 오럴 섹스, 그 밖의 관심사에 대해 말이에요. 제가 글을 쓰는 방식에 엄청난 영향을 미쳤지요. 그런데 케빈 스미스가 저를 위해 대본을 썼다니, 당장 참여했죠. 맙소사, 정말 좋았어요." 과정도 간단했다. "제가 대본을 다 읽게 하려면 보통은 머리에 총을 겨눠야 하는데,〈잭과 미리가 포르노 영화를 만들다〉는 앉은 자리에서 다 읽어버렸거든요."

● 게으름뱅이slacker, 마리화나 사용자stoner, 얼간이schlub를 뜻하는 단어의 이니셜을 하나로 묶은 것

코미디 클럽 운영자. 이란 출신으로 14살에 홀로 미국으로 이주했다. 1979년 16살의 나이로 로스앤
젤레스의 선셋 스트립에 '래프 팩토리'를 세워 미국에서 가장 유명한 코미디 클럽으로 성장시켰다.
케이블 TV 코미디 프로그램의 제작자이자 코미디 컨설턴트로 활동하고 있다.

제 이 미   마 사 다

Jamie Masada

"〈보랏〉을 보면서 엄청 웃었어요.
그 소리를 들으며 어마어마한 쾌감을 느꼈어요."

1979년 로스앤젤레스의 명성이 자자한 코미디 클럽 '래프 팩토리'
를 설립한 이래, 제이미 마사다는 수많은 코미디 스타들이 상당수
가 선셋 스트립에 있는 자신의 무대를 밝히는 모습을 지켜봐 왔다.
비록 그들 가운데 누구도 그가 6살에 테헤란에서 아버지와 함께 목
격했던 영화 속 바보 3형제의 협연에 비할 바는 아니었지만.

"처음 본 영화가 〈쓰리 스투지스〉였어요. 아버지가 제 손을 잡고
4~5마일을 걸어 시내까지 데리고 갔어요. 어느 가게의 진열장에 놓
인 흑백 TV에서 영화를 틀어놓았죠. 그게 〈쓰리 스투지스〉였어요.
우린 밖에 서 있었기 때문에 소리를 들을 수 없었는데, 아버지가 이
야기를 꾸며서 들려주기 시작했어요." 마사다는 영화의 정확한 제
목을 기억하지는 못했지만, 나머지는 사소한 것까지도 생생하게 되

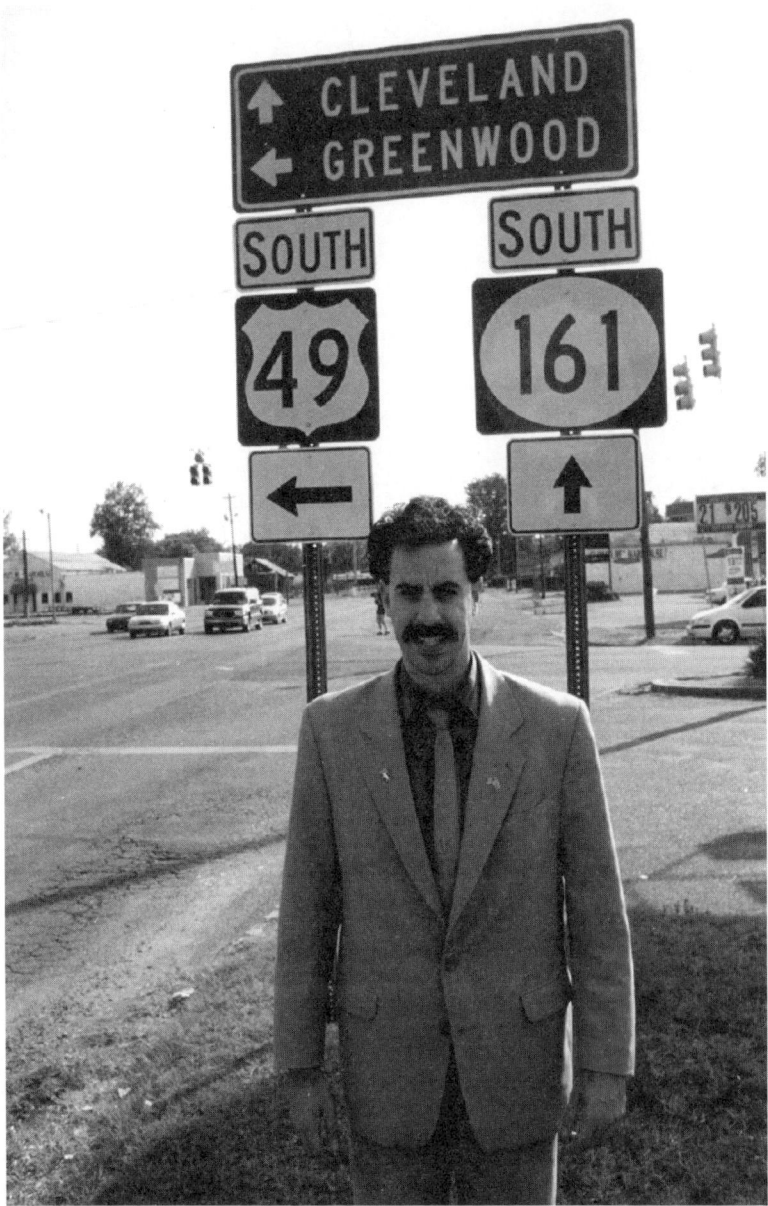

살려냈다. "화면에선 3형제가 서로 머리를 쥐어박고 있었는데, 아버지가 '그러니까 쟤가 저러는 이유가 말이지……' 하고 설명해주셨어요. 가장 웃긴 이야기였죠. 전 모퉁이에 서서 웃었어요. 그때 아버지가 말했죠. '사람들을 웃게 만드는 게 최고의 선행이란다'라고 말이에요. 전 항상 그 말을 기억하고 있습니다."

마사다는 14살에 이란을 떠나 혼자 로스앤젤레스로 왔다. 돈도 없고 영어도 거의 못했지만, 기필코 코미디계에 진출하고 말겠다는 결심과 함께. 코미디언들과 만나 우정을 쌓아가면서 근근이 버텨나가는 중에도 마사다는 미국 영화에 몰두했다. 그중 우디 앨런의 〈바나나 공화국〉과 리차드 프라이어의 작품들에 특히 매료되었다. 갓 스무 살이 넘은 마사다가 '래프 팩토리'를 열었을 때, 처음으로 출연한 인물이 바로 프라이어였다. 첫 공연이 끝나고 프라이어는 수익금 가운데 자신의 몫으로 떨어진 금액을 받으려 하지 않았다. 오히려 임대료에 보태라며 마사다에게 100달러를 건넸다고 한다.

오랜 시간 로스앤젤레스 코미디계의 구심점 역할을 해왔다는 사실이 무색할 만큼, 아직도 마사다는 한 사람의 팬으로서 '래프 팩토리' 출신인 제이미 폭스의 영화들과 사챠 바론 코헨의 출세작을 칭찬하는 데 열을 올렸다. "〈보랏〉을 보면서 엄청 웃었어요. 다른 사람들도 엄청나게들 웃어댔죠. 그 소리를 들으며 어마어마한 쾌감을 느꼈어요. 그 밖에는 달리 어찌 표현해야 할지 모르겠네요."

코미디언. 1980년대 초반 희극배우로 출발해 무대, TV, 영화 등 매체를 불문하고 희극, 정극, 토크쇼 등 장르를 가리지 않는 전방위 활동으로 지명도를 얻었다. 코미디 앨범으로 그래미상 후보에 오르는 가 하면 자서전을 발간하여 〈뉴욕타임스〉 베스트셀러 1위에 등극하기도 했다.

케 이 시   그 리 핀

Kathy Griffin

> *"별 볼 일 없는 배우 시절에 〈워킹걸〉을 보고 감명을 받았죠.*
> *사람들에게 명령을 내리는 보스가 되고 싶었어요."*

그녀는 신, 예수 그리스도 혹은 이스터 버니에게 감사하고 싶은 마음이 전혀 없다는 것을 아주 공공연하게 드러낸 인물로 가장 잘 알려져 있을 것이다. 2007년 그토록 갈망해 마지않던 텔레비전 아카데미상 '에미 트로피'를 수상했을 당시의 사건* 때문에 말이다. 그녀의 TV 쇼 〈마이 라이프 온 더 D-리스트My Life on the D-List〉나 그녀가 바버라 월터스와 옥신각신했던 〈뷰The View〉 같은 프로그램을 한 번도 본 적이 없는 사람들조차 갑자기 케이시 그리핀이라는 이름을

● 당시 케이시 그리핀은 수상 소감에서 "많은 사람들이 시상대에 올라와 이 상을 받게 해준 주님께 감사드린다고 얘기하지요. 그래서 여러분께 알리는 바, 이 상과 가장 관계없는 존재가 주님입니다. 그분이 날 도와준 건 쥐뿔도 없어요……. 내가 하고 싶은 얘기는 이거예요. '엿이나 드세요 주님', 이제부터 나의 신은 이 트로피예요"라고 말해 엄청난 논란을 불러일으켰다.

알게 됐을 정도였다. 그녀는 진보적이고 논쟁적이다. 그러나 일리노이 주 오크 파크에서 자란 아일랜드계 미국인으로서 그리핀의 인생 서막은 오히려 보수적이고 기독교적이었다. 영화에 관해서라면 더더욱.

그리핀은 스탠리 도넌 감독의 뮤지컬 영화 〈7인의 신부Seven Brides for Seven Brothers〉가 비록 속속들이 그런 건 아니지만, 표면적으로는 다소 성차별적이라고 했다. 그럼에도 어린 시절에는 이 영화를 보면서 꿈을 꾸곤 했다고 한다. "내게도 그런 일이 일어났으면, 나도 결혼 맞선에 낄 수만 있다면 했죠. 남자들의 집안이 있고 또래 여자들의 집안이 있잖아요. 더 바랄 게 뭐가 있겠어요?"

하지만 그 작품을 제외하고, 그녀의 인생을 바꾼 영화들은 하나같이 페미니스트의 심장에 고동치는 뚜렷한 맥박을 가지고 있다. "별 볼 일 없는 배우 신세에 직업도 구하지 못하던 시절이었어요. 새벽 2시쯤 TV에서 〈워킹 걸Working Girl〉이 나오고 있었는데, 거기서 감명을 받았죠." 그녀가 기억을 더듬었다. "기분이 좀 나아지더라고요. 전 절대 멜라니 그리피스가 되고 싶진 않더군요. 그녀는 너무 열심히 일해요. 전 시고니 위버가 되고 싶었어요. 돌아다니며 사람들에게 명령을 내리는 보스 말이에요. 근데 이젠 제 비서가 〈워킹 걸〉을 보지 못하게 해야죠. 〈악마는 프라다를 입는다Devil Wears Prada〉나 〈벼랑 끝에 걸린 사나이Swimming with Sharks〉도 마찬가지고요. 〈악마는 프라다를 입는다〉에서 메릴 스트립은 앤 해서웨이에게 세상 최고의 기회를 주지요. 〈벼랑 끝에 걸린 사나이〉에선 케빈 스페이시가 비서에게 물건들을 집어 던지기도 하는데, 난 그게 무지막지하게 나쁜 일이라고는 생각지 않아요. 좀 부적절하긴 하지만 불법은 아니잖아요."

그리핀 내면의 자유로운 여성은 〈콜걸Klute〉에서 제인 폰다가 연기한 뉴욕의 매춘부조차 패넘치 않았다. 1971년, 그리핀이 아직 사춘기를 맞기도 전에 본 영화였다. "그녀는 연기 수업을 듣고 쿠튀르 의상을 입는 똑똑한 여자였죠." 폰다가 거머쥔 두 개의 오스카상 가운데 하나를 안겨준 브리 다니엘스 역을 가리켜 그리핀이 말했다. 그녀의 우상인 폰다가 돈을 받고 몸을 파는 여자로 나왔다는 건 중요하지 않았다. "게다가 '하노이 제인'● 따위를 이해하기에 전 너무 어렸거든요." 게다가 그보다 훨씬 중요한 게 있었다. "제인 폰다가 아카데미 시상식에서 약간은 논쟁적인 발언을 하는 걸 봤습니다. 베트 미들러도 그랬고요. 제게는 언제나 두드러져 보이는 여성들이지요. 순응을 거부한달까. 그래서 전 두 사람을 페미니스트이자 작가인 글로리아 스타이넘과 함께 떠올리게 되요. 오죽하면 벨라 앱저그●●의 집에서 그들이 함께 정찬을 즐기는데 릴리 톰린●●●이 들러 한바탕 웃음꽃을 피우는, 그런 상상을 해본 적도 있었죠."

그로부터 수년 후, 그리핀은 스타이넘, 폰다와 톰린이 함께 찍은 사진을 우연히 발견하고는 거의 눈물을 흘릴 뻔했다. "제가 꿈꿨던 일이 실제로 일어난 거예요. 그들은 대단한 무언가의 일원이었지요." 그러나 그녀는 이제 상실을 애석해한다. "요즘은 패리스 힐튼과 니콜 리치가 함께 점심을 먹으러 다니더군요. 이젠 글로리아 스타이넘도 없고 그 여배우들도 없죠. 환상적인 배역을 해내고, 정치적인 문제를 만들어내고, 멋진 의상을 입고서 쟁쟁한 남자들과 어울리던 여자들 말이에요. 제인 폰다는 진보적 정치가 톰 헤이든과 연애했고, 그건 그녀의 다음 영화 〈차이나 신드롬〉에 커다란 영향을 미쳤어요. 그런 사람이 진짜 스타죠."

비록 여배우는 아니지만, 마이클 무어 또한 꽤 '죽여주는' 인물이 다. 언제나 정치적인 문제를 만들어내는 데다 아카데미 시상식에서 격렬한 파장을 일으킨 발언으로도 유명해졌으니까.[****] 〈로저와 나〉, 〈화씨 911 Fahrenheit 9/11〉, 〈볼링 포 콜럼바인 Bowling for Columbine〉과 〈식코 Sicko〉를 만든 이 다큐멘터리 제작자에게 그리핀이 전적으로 공감했음은 두말할 것도 없다. "그런 영화들을 통해 그는 대세에 맞 서려 하죠. 전 항상 사람들이 들으려 하지 않는 것들을 목청껏 외쳐 대려 노력해 왔어요. 기독교인이든 다른 어떤 집단이든 그들을 불 쾌하게 만들려고 하는 이유도 거기 있습니다. 마이클 무어가 하는 일 또한 마찬가지예요. 전 그의 몸무게가 왜 180킬로그램이나 나가 는지 알 것 같아요. 끊임없는 살해 협박에다 몇 달씩 그를 깎아내리 기 위한 방송을 편성한 폭스 뉴스까지 온통 난리니까요. 전 그게 좋 아요."

● 1972년 베트남 하노이를 방문한 제인 폰다에게 붙은 별칭. 당시 폰다는 미국 정부의 베트남 폭격을 비난하고 베트남 군의 대공포에 앉아 사진을 찍어 거센 논란을 불러일으켰다.

●● 글로리아 스타이넘, 베티 프리단 등과 함께 여성운동을 주도했던 변호사이자 정치인.

●●● 에미, 토니, 그래미상을 수상했으며 로버트 알트만의 〈내시빌〉로 오스카상 후보에 오른 희극배우.

●●●● 2002년 〈볼링 포 콜럼바인〉으로 아카데미 '최우수 장편 다큐멘터리' 부문에서 수상한 마이클 무어는 수상 소 감에서 "우리는 가짜 대통령을 선출한 가짜 선거의 시대에 살고 있습니다······. 부끄러운 줄 아시오, 부시 씨, 부끄러운 줄 알라고요"라고 하며 당시 대통령이었던 조지 W. 부시를 비난했다.

전 세계 패션을
선도하는

Chapter 04

패셔니스타

패션 자문가. 2000년부터 2007년까지 뉴욕 파슨스 디자인스쿨의 학장을 지내며 개혁을 주도했다는 평가를 받았다. 2004년 출연한 TV 쇼 〈프로젝트 런웨이〉의 성공에 힘입어 2007년에는 자신의 이름을 내건 프로그램 〈팀 건의 스타일 가이드〉를 통해 진행자로서 자리를 굳혔다.

팀 건

Tim Gunn

> "〈욕망〉은 놀라운 패션영화예요.
> 리히터 규모 9.8의 섹슈얼리티를 담아냈죠."

대학 학장이 자신의 이름을 내건 TV 쇼의 진행자로 전업한 사례가 세상에 또 있을까? 아마도 팀 건이 유일한 인물일 것이다. 오랜 기간 재임했던 파슨스 디자인스쿨을 떠나 브라보 채널의 〈팀 건의 스타일 가이드Tim Gunn's Guide To Style〉와 〈프로젝트 런웨이Project Runway〉로 자리를 옮긴 그는 영화가 의상에 대해 많은 것을 가르쳐주었다고 믿는다.

　건은 특히 〈사브리나Sabrina〉, 〈티파니에서 아침을Breakfast at Tiffany's〉, 〈샤레이드Charade〉, 〈백만달러의 사랑How to Steal a Million〉 등에서 오드리 헵번의 의상을 디자인한 지방시를 존경했다. 〈백만달러의 사랑〉의 경우 대부분의 비평가들이 헵번의 범작으로 꼽는 영화지만, 건은 다른 관점에서 이 케이퍼* 코미디를 바라봤다. "헵번이 베일을 쓰고 리츠 호텔 바에 있던 장면은 영화 속의 패션에 관한 가장 위대한 순간 가운데 하나예요. 지방시가 위대한 건 영화를 위해 디자인을 한다고 젠체하지 않았다는 거예요. 그는 그럼으로써 패션이 고유명사가 될 수 있다고 생각했고, 그래서 의상 디자이너라는 호칭을 쓰지 않았어요. 이디스 헤드**를 패션 디자이너라고 부를 수 있나요? 그녀는 의상 디자이너였을 뿐이에요."

〈사브리나〉에서 헵번의 패션을 창조한 것은 지방시였지만 정작 그해의 오스카상 트로피를 챙겨 간 사람은 이디스 헤드였다는 사실을 알게 되자 건은 경악했다. 빌리 와일더 감독의 이 코미디 영화에서 헤드는 험프리 보가트와 윌리엄 홀든을 비롯해 오드리 헵번을 제외한 나머지 출연진의 의상을 담당했는데, 수상 소감에서 지방시의 이름은 언급조차 하지 않았다. "그게 정말인가요?" 그가 물었다. 불행하게도 사실이다.

이 프랑스 디자이너에 대한 무한한 존경과는 별개로 건은 할리우드의 한 사람에게도 변함없는 지지를 보냈다. 지방시와 마찬가지로 한 단어의 이름으로 족한 인물이었다. 파슨스 디자인스쿨의 1918년 졸업생이기도 한 에이드리언을 거론하며 건은 "〈여인들The Women〉에서 그의 디자인은 그야말로 외계에서 온 수준"이었다고 말했다.

건은 1930년대와 이후 미국 패션계의 전위에 에이드리언과 같은

● 여러 명의 캐릭터가 무언가를 탈취하기 위해 얽히고설키면서 복잡한 플롯을 만들어내는 형식의 영화.
●● 8개의 아카데미 트로피를 수상한 의상 디자이너. 가장 많은 오스카상을 수상한 여성이다.

할리우드 디자이너들이 있었다고 지적했다. "이전까지만 해도 뉴욕의 7번가가 패션의 중심이었지만 많은 디자이너들이 할리우드로 옮겨 갔습니다. 할리우드야말로 디자이너들이 갈 곳이었어요. 거기서는 창조적이면서도 즐겁게 일할 수 있었죠. 뉴욕은 열악한 작업장들뿐이었습니다. 미국이 패션을 주도하게 된 건 2차 세계대전 이후의 일이었고요." 사람들의 복장에 현저한 영향을 끼치면서도 할리우드는 정작 패션산업을 조명한 경우가 거의 없었다. 리타 헤이워스가 주연한 〈커버 걸Cover Girl〉과 〈화니 페이스Funny Face〉는 건이 존중하는 이례적인 작품들이다. "케이 톰슨만큼 다이애나 브릴랜드*를 잘 연기해낼 수 있는 사람이 또 있었을까요?" 오드리 헵번이 괴짜 서점 직원에서 모델로 거듭나는 영화 〈화니 페이스〉를 떠올리며 건이 말했다.

최고의 패션영화를 꼽아달라는 압박에 건은 미켈란젤로 안토니오니 감독의 1966년작을 꼽았다. "〈욕망Blowup〉은 놀라운 패션영화예요. 리히터 규모 9.8의 섹슈얼리티를 담아냈죠. 이 영화는 당시 패션업계의 내면에 대해 많은 것을 보여주는데, 그건 요즘도 여전히 유효합니다. 특히 사진작가와 모델의 관계에 대한 묘사가 그렇습니다. 활력이 넘치고 섹스가 추동하는 종류가 될 수도 있습니다. 데이비드 헤밍스가 바닥에 누운 베르시카의 몸 위로 다리를 벌리고 섰을 때, 카메라의 단속적인 셔터 소리는 마치 욕망의 상승과 함께 증속하는 메트로놈과도 같지요." 모델들과 사진작가들은 실제로도 그

● 〈하퍼스 바자〉, 〈보그〉 등의 잡지에서 에디터를 역임한 유명 패션 칼럼니스트.

128

처럼 격정적으로 작업할까? "잘 풀리는 경우라면, 그렇습니다. 사진 작가가 열정적으로 임할 때면 스스로가 분위기에 휩쓸립니다. 그러면 모델은 '당신이 원하는 대로 할 수 있어요'라는 식이 되죠. 유혹의 힘입니다. 그걸 무엇에 비유해야 할지 모르겠네요. 이런 표현을 양해해주시기 바랍니다. 그건 마치 섹스를 하는 것과 같아요."

건은 〈악마는 프라다를 입는다〉를 철저히 할리우드적인 판타지일 뿐이라고 일축하지도 않았다. 스탠리 투치가 스타일리스트의 의상실을 헤집는 장면만 빼고. 그건 직위 고하를 막론하고 편집자의 모가지를 날려버릴 일이기 때문이다. "〈악마는 프라다를 입는다〉는 패션의 미래가 패션지에 달려 있다고 확신하는 잡지 편집자의 관점에 대하여 신실한 시선을 보내는 작품이에요. 패션지 편집자들의 세계는 신비와 신화로 가득합니다. 스핑크스를 마주보는 것과 비슷하죠. 세상에는 수많은 패션지가 있고, 그들은 서로 다른 관점을 가지고 있지요. 〈보그〉와 〈페이퍼〉는 서로가 그보다 더 다를 수 없을 정도예요. 그럼에도 그들 각각은 모든 게 우리에 관한 것이라는 논리를 고수하고 있다는 점에서 같지요."

다만 건은 〈악마는 프라다를 입는다〉가 패션의 측면에서 한 가지 실수를 했다고 말한다. "메릴 스트립이 지나치게 큰 모피코트를 입고 나온 건 좋은 장면이 아니었어요. 영화의 과장과 충격적 효과는 모두 데이비드 프랭클의 연출 파트였죠. 그게 우리를 수군덕대게 만들었어요. 그와는 달리 패트리샤 필드는 천재입니다." 〈악마는 프라다를 입는다〉와 〈섹스 앤 더 시티〉의 스타일리스트를 가리켜 건이 말했다. "영화에서 앤 해서웨이의 변신을 보여준 방식은 거의 초

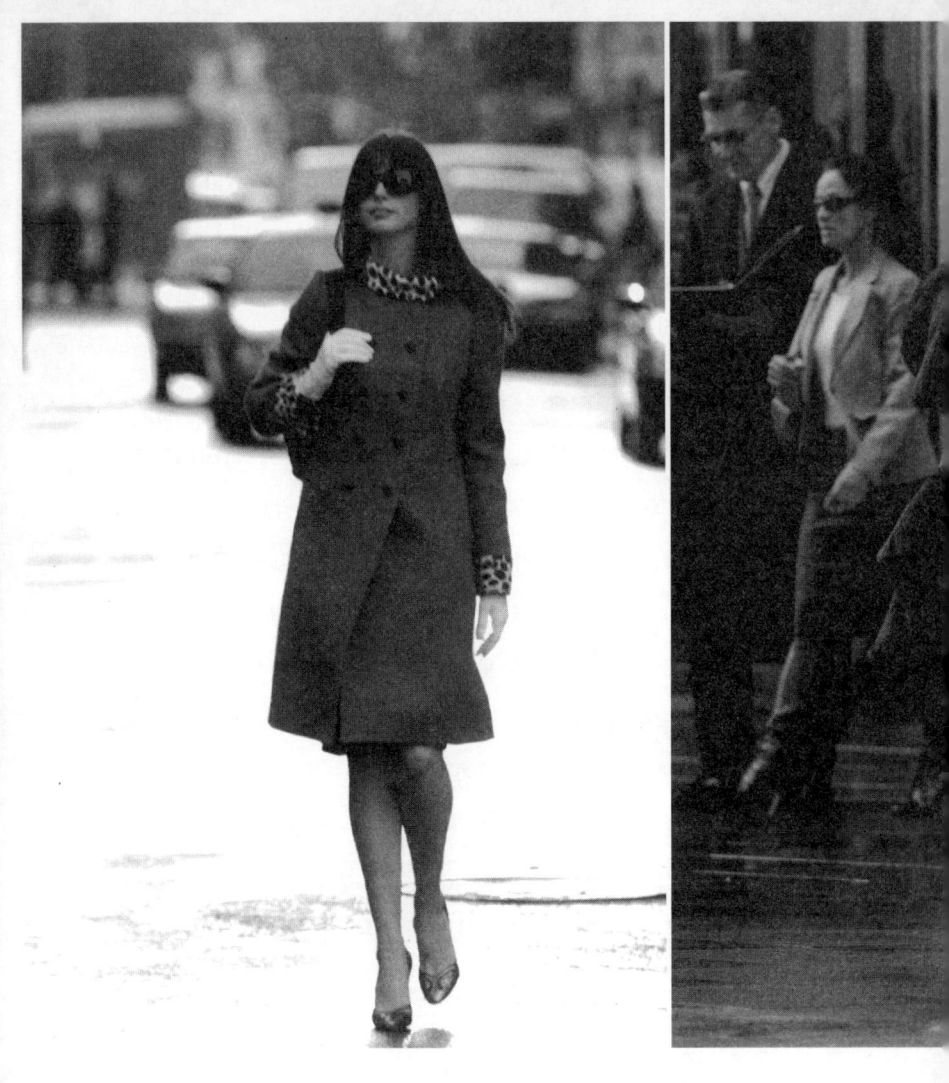

"〈악마는 프라다를 입는다〉는 패션의 미래가
  패션지에 달려 있다고 확신한 잡지 편집자의 관점에
  대하여 신실한 시선을 보내는 작품이에요."

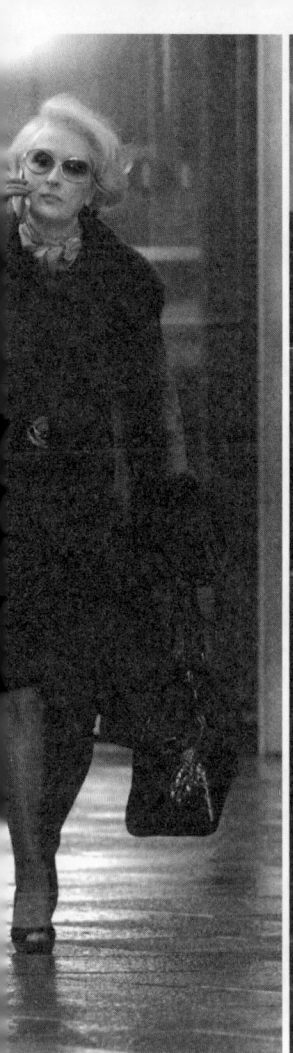

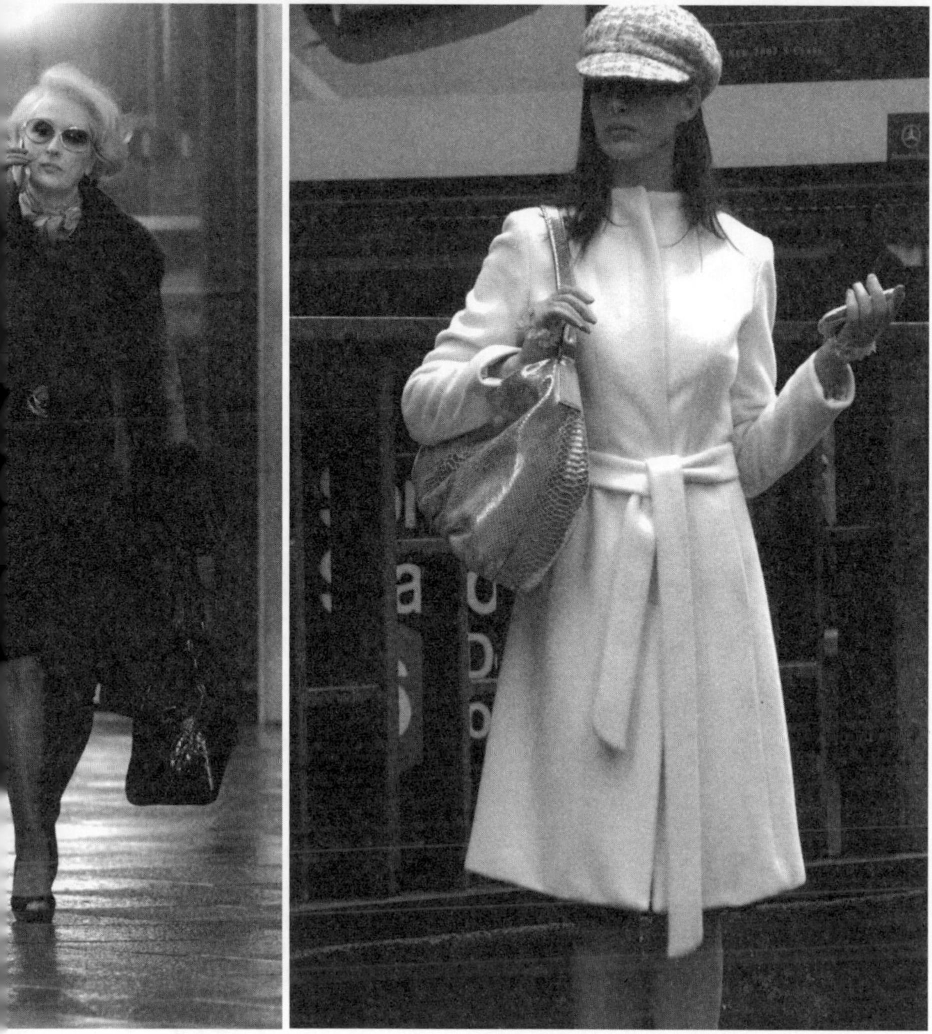

악마는 프라다를 입는다 The Devil Wears Prada | 2006 | 109분

현실적이었어요. 전 지금 우리가 입는 것과 사람들이 우리를 인지하게 만드는 방법에 대해 끊임없이 얘기하고 있습니다. 하지만 해서웨이는 입도 뻥긋할 필요가 없었죠. 의상이 모든 걸 얘기해줬으니까요."

건의 견해에 따르면, 2006년은 〈악마는 프라다를 입는다〉 외에도 디자인적으로 중요한 영화를 또 한 편 탄생시켰다. "〈더 퀸 The Queen〉은 또 하나의 패션영화였습니다. 제발 이따위로 입어서는 안 된다고 얘기해준 작품이었지요."

패션 디자이너. 1987년 버그도프 굿맨에서 가졌던 첫 번째 컬렉션의 성공을 통해 단숨에 주목받는 디자이너로 떠올랐다. 이후 프랑스의 명품 브랜드 샤넬과 제휴했으나 비평적 성과에도 불구하고 상업적으로 실패했다. 1994년 다큐멘터리 영화 〈언지프〉로 국내에도 널리 알려졌다.

아 이 작   미 즈 라 히
Isaac Mizrahi

"〈악마는 프라다를 입는다〉는 TV로 방송되는
가짜 버전이 아니라 실제의 패션계를 보여줬어요."

상류층을 위한 것버그도프 굿맨●이든 평민층을 위한 것타겟●●이든 디자인에 관해서라면 아이작 미즈라히는 자신의 소박한 출발점을 결코 잊지 않는다. TV라도 없었으면 더욱 음울했을 8살 무렵의 어느 날, 브라운관을 통해 더글라스 서크 감독의 신파극을 보았던 때를. "라나 터너가 출연한 〈슬픔은 그대 가슴에〉를 봤을 때, 저는 아주 어린 꼬마였어요. 한 영화에 그렇게 많은 드레스를 채워 넣을 수도 없을 겁니다. 장 루이가 드레스를 만들었지요. 이 영화를 좋아했던 기억이 나요. 인종차별을 다룬 본래의 내용은 이해하지도 못했으면서. 그저 보기만 해도 좋았습니다. 그 색감과 구성, 그리고 그 수많은 드레스,

● 뉴욕 맨해튼 7번가에 위치한 고급 백화점.
●● 월마트에 이어 미국에서 두 번째로 큰 규모의 할인점.

드레스, 드레스들을 말이에요. 믿을 수 없을 만큼 아름다웠지요. 그래도 제가 가장 좋아하는 패션영화라면 역시 〈여인들〉이 아닐까 싶어요. 에이드리언이 디자인을 담당했지요. 이 영화에서도 끊임없이 수많은 드레스가 등장했어요."

그러고 보면 디자이너로서 미즈라히의 무대 데뷔는 얼마나 적확한가. 〈여인들〉의 원작자인 클레어 부스 루체의 희곡을 리바이벌한 2001년 브로드웨이 코미디가 바로 그것이다. 모든 출연진이 여성이었던 이 작품의 마지막 무대 인사에서 그는 22명의 여배우들에게 속옷만 입혔다. 물론 미즈라히표 속옷이었다.

그러나 그 꿈의 과제를 이루는 데 있어 〈여인들〉은 미즈라히에게 도전이었다. "이 영화의 의상을 참고하지 않는다는 게 저로서는 대단히 어려운 일이었어요." 그는 노마 시어러, 조안 크로포드와 로사린드 러셀이 입었던 에이드리언의 오리지널 의상들을 언급했다. "그 옷들을 참고하지 않으려고 필사적으로 노력했어요. 에둘러 회피하려는 제 시도에 거대한 그림자를 드리웠으니까요. 때문에 거듭 캐릭터를 재고해야 했고, 뉴욕의 느낌을 더욱 많이 담아내야 했어요. 제가 할 수 있는 건 그게 전부였지요. 다만 한 가지, 희곡은 영화에 비해 앞선 시대를 배경으로 하고 있었다는 점. 그게 도움이 됐어요. 또 하나, 에이드리언의 의상은 뉴욕 사교계 여성들의 할리우드 버전이었다는 거예요. 그래서 실제 뉴욕 스타일을 있는 그대로 담아내려 했지요. 스키아파렐리와 샤넬, 그 외 다른 당대 디자이너들의 드레스를 카피하고 있었던 겁니다."

패션과 영화 가운데 어느 것이 더 중요한지 미즈라히는 도저히 선택할 수가 없다. "전 언제나 영화에 사로잡혀 있었죠. 그리고 쇼핑은 극장에 가는 것만큼이나 모든 면에서 극적입니다. 요즘은 특히 더 그래요. 전 뉴욕의 퍼포밍 아츠 하이스쿨에서 연기를 전공했어요. 의상 디자인 분야에서만큼이나 연기와 무대 분야에서도 많은 경험을 쌓았지요."

비록 패션영화는 아니지만 한스 안데르센의 동화를 바탕으로 마이클 포웰과 에머릭 프레스버거가 공동 연출한 〈분홍신The Red Shoes〉 또한 〈여인들〉 못지않게 개인적인 측면에서, 그러나 다른 방식으로 미즈라히에게 말을 걸어온 작품이다. 그는 독단적인 무용단장에게 조종당하는 발레리나에게 완벽하게 공감했다. "이 영화의 모든 것은 어떤 방식으로든 제 인생을 가리킵니다. 이 동화 같은 이야기가 시종일관 그걸 분명히 보여주고 있어요. 어떻게 일을 위해 모든 걸 희생할 수 있는지 말이에요. 영화 속의 모든 색상과 모든 세부사항이 그에 관한 내용이에요. 게다가 모든 개별 캐릭터들이 선선히 공감을 불러일으키지요. 아주 아름답고도 비극적인 이야기입니다."

미즈라히는 본인 인생이 필름에 담긴 극소수의 디자이너 가운데 한 명이다. 다큐멘터리 영화 〈언지프Unzipped〉가 바로 그것. "우연히 그렇게 됐습니다. 열정적으로 제작에 참여하긴 했지만, 그 정도까지 나아갈 줄은 정말 기대도 하지 않았거든요. 반응도 대단했죠. 패션영화의 대본 작업과 그 관련 업무를 진행하는 사람들한테서 〈언지프〉가 영감을 주었다는 말을 자주 들었으니까요. 정말 자랑스러웠어요."

미즈라히는 패션산업의 특징을 정확히 묘사했다는 점에서 〈악마는 프라다를 입는다〉에 갈채를 보내기도 했다. "패션 자체를 캐릭터로 포착해내더군요. TV로 방송되는 가짜 버전이 아니라 실제 패션계를 보여줬어요. 영화가 오로지 패션만 다루었다면 끔찍하게 지겨웠을 겁니다. 메릴 스트립이 제대로 못할 리가 없지요. 그녀는 안나 윈투어를 연기한 게 아니에요. 뭔가 다른 인물을 보여줬어요. 안나 윈투어를 흉내 내려 했다면 아마 잘 안됐을 겁니다." 미즈라히는 〈보그〉의 편집장을 언급하며 그렇게 말했다.

언지프 Unzipped | 1996 | 73분

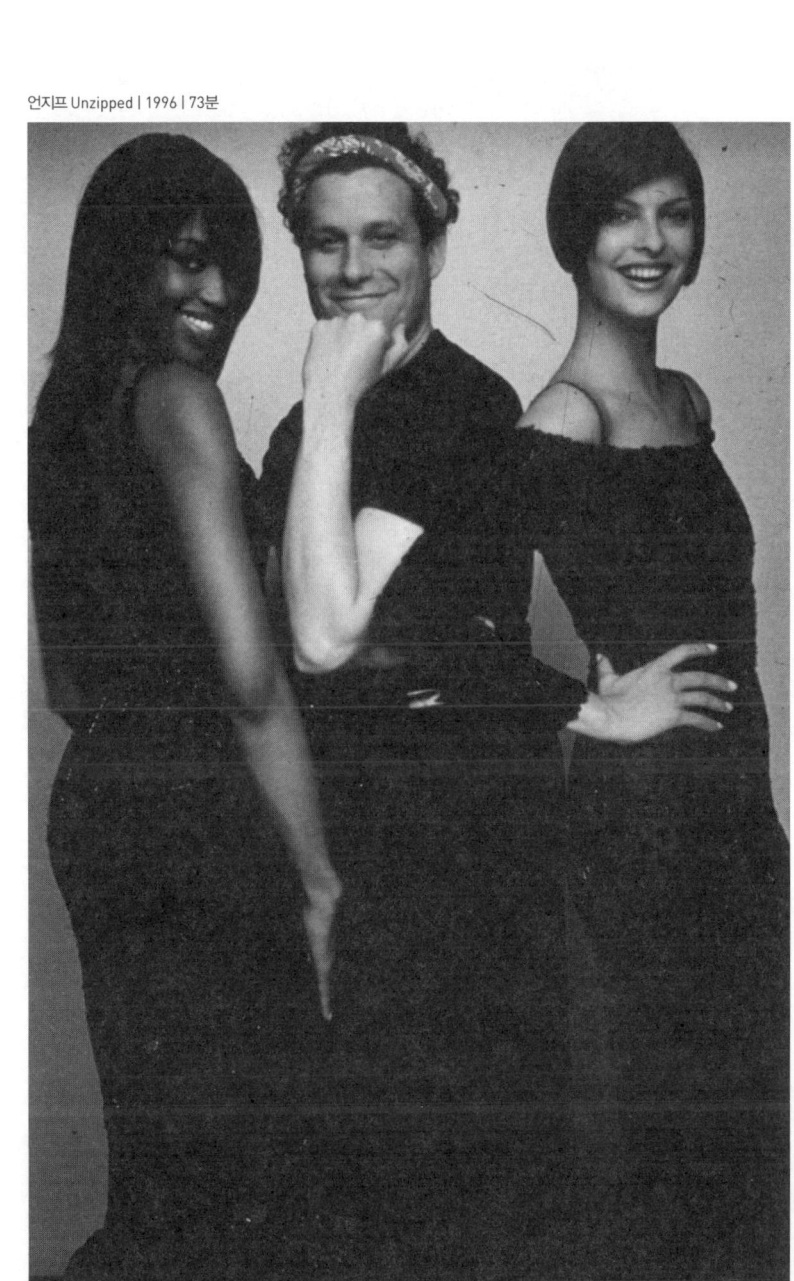

모델. 뉴욕 길거리에서 메이크업 아티스트에게 캐스팅돼 활동을 시작했다. 화장품 회사 레블론의 모델로 활동했으며, 샤넬과 빅토리아 시크릿의 무대에 섰고, 〈보그〉와 〈엘르〉 등 패션잡지 표지 모델로도 등장했다. 스파이크 리의 〈정글 피버〉에 출연하며 영화계와 인연을 맺기도 했다.

베로니카 웹

Veronica Webb

*"〈블레이드 러너〉의 이미지에 결사적으로
매달렸어요. 반항, 미래주의, 섹스와 로큰롤······."*

슈퍼모델이자 〈팀 건의 스타일 가이드〉의 공동 진행자인 베로니카 웹은 적확한 표정을 잡아내는 일이 "내가 어디에서 왔고, 어디에 있으며, 어디로 갈지를 은밀히 드러내 보이는, 애간장을 졸이는 위험한 작업"이라고 주장했다. 런웨이에서건, TV 광고에서건, 잡지 표지에서건 모두 마찬가지라는 것이다.

반면 영화는 다르다는 게 웹의 생각이다. 영화야말로 "의상이 어떻게 우리가 원하는 대외적 이미지를 창조하고 변화시키는 방법으로 사용될 수 있는지 보여주는 가장 강력한 예시일 것"이라는 말이다.

화장품 회사 레블론의 대변인을 지낸 웹은 구체적인 사례를 드는 것도 주저하지 않았다. "〈토요일 밤의 열기 Saturday Night Fever 〉에서 토니 마네로가 예의 그 흑백 수트를 입고 브루클린 다리를 건너는 장면을 생각해보세요. 〈프리티 우먼〉에서 줄리아 로버츠가 입었던 검은 드레스와 다이아몬드 초커, 〈스파클Sparkle〉에서 로네트 매키가 걸쳤던 빨간 드레스도 그래요. 〈오즈의 마법사The Wizard of Oz〉에 나왔던 루비 슬리퍼는 말할 필요도 없죠."

웹은 1980년대 고등학생 시절 자신의 세계를 온통 뒤흔들어놓았던 영화도 어렵지 않게 떠올렸다. "〈블레이드 러너Blade Runner〉는 펑크록 시대의 초기 영향을 모조리 흡수해 다릴 하나의 의상으로 펼쳐 보였어요." 복제인간들이 자신들의 창조자를 찾아나서는 리들리 스콧 감독의 SF 고전을 가리켜 그녀가 말했다. "당시 쿨한 아가씨들이라면 누구나 그 미적 감각을 담아내려 노력했죠. 저도 〈블레이드 러너〉의 이미지에 결사적으로 매달렸어요. 그야말로 반항, 미래주의, 섹스와 로큰롤을 완전히 새로운 방식으로 전형화한 것이었지요."

미래의 슈퍼모델이 모방하려 했던 건 한 명의 복제인간만이 아니었다. "숀 영의 의상은 고전 할리우드 스타의 모습을 차용해 미래주의적 '엣지'를 가미했죠. 그 둘 가운데 하나만 닮았어도 전 아주 자랑스럽게 다녔을 거예요. 굉장한 투명 플라스틱 레인코트를 걸친 스트리퍼조앤나 캐시디가 등장하는 장면이 있었죠. 그 코트는 1940년대의 화려함과 매춘부의 거리 패션을 결합한 모습이었어요. 이른바 포스트모던 글램*이라는 것에 엄청난 영향을 주었지요."

● 포스트모던의 미래주의적인 콘셉트와 글램의 요란하고 화려함의 이미지를 결합한 하이브리드 스타일을 말한 것으로 보인다.

세 편의 1960년대 영화들도 웹의 패션미학에 커다란 자취를 남겼다.

스탠리 도넌 감독의 〈언제나 둘이서 Two For the Road〉는 "우주시대의 신소재가 넘쳐나던 당시 초현대적인 예리함을 갖춘 의상들"이었다는 게 그녀의 기억이다. "오드리 헵번이 광택 코팅된 검은 가죽옷을 입고 나온 장면이었어요. 실루엣 라인이 믿기 힘들 정도로 잘 살아 있었죠. 거친 직물을 철저히 여성적인 방식으로 표현해낸 것도 있었고요. 그런 외양은 사회적인 면과 감성적인 면에서 공히 그녀의 갑옷과도 같은 역할을 했어요. 그럼에도 여전히 시크했지요. 그녀와 앨버트 피니가 공유한 영화 속 생활양식 또한 환상적이었어요. 그들은 로버 미니를 몰고 비행기에 타기도 했죠. 고성들과 억만장자의 저택을 여행했고요. 당시 막 나타나기 시작한 갑부들의 생활양식에 대한 조감이었던 거예요."

그리고 줄리 크리스티에게 오스카상을 안겨준 존 슐레진저 감독의 영화 〈달링 Darling〉. 웹은 1년 동안 매일같이 이 영화를 봤다고 했다. "〈달링〉은 와일드한 소녀와 여인의 이미지를 발명해냈지요. 소재는 거칠었고, 사탕껌 기계에서 나온 듯한 인조 다이아몬드 반지까지 있었죠. 줄리 크리스티는 때로는 소녀처럼, 때로는 여인처럼 눈짓했어요. 양쪽 모두를 연기한 거죠. '미우 미우'의 모든 상품에서전 이 영화의 영혼을 봅니다."

마지막으로, 패션의 양상을 바꿔놓은 영화 속의 콜걸이 있었다. "〈버터필드 8 Butterfield 8〉에서 엘리자베스 테일러가 입었던 섹시한 슬립은 오늘날 뉴욕 디자이너들이 만드는 슬립 스타일 드레스에서 아직도 찾아볼 수 있어요. 란제리를 겉옷으로 만든 건 전적으로 〈버터필드 8〉이 시작한 일입니다."

모델이자 배우. 1992년 힙합 매거진 〈소스〉에 의해 발탁되었고, 패션 브랜드 랄프 로렌의 모델로 널리 알려졌다. 〈쥬랜더〉 등의 영화에 출연하며 연기 활동을 병행하고 있고, 동료 모델 니키 테일러와 함께 브라보 채널의 리얼리티 쇼 〈메이크 미 어 슈퍼모델〉을 진행하고 있다.

타 이 슨   벡 포 드

Tyson Beckford

"제임스 딘이 멋지게 소화해낸 그 빨간 재킷이야말로
그가 누구인지를 얘기해줬어요."

타이슨 벡포드는 랄프 로렌, 토미 힐피거와 구찌가 엄청난 양의 옷을 팔아 치우도록 해준 인물이다. 그런 그가 가장 좋아하는 패션 아이템은 니콜라스 레이 감독의 〈이유 없는 반항Rebel Without a Cause〉에서 제임스 딘이 입고 나왔던 빨간 재킷이다. "어린 시절에는 옛날 영화들을 엄청 봤어요. 여섯 살쯤에는 '나도 저런 빨간 재킷을 갖고 말 거야'라고 말하곤 했죠. 지금은 어디 있는지 모르겠지만."

훗날, 브라보 채널에서 〈슈퍼모델이 될 거야I Want to Be a Super-model〉의 진행자가 된 소년은 브롱크스에서 보낸 가난했던 성장기에, 제임스 딘이 연기한 고뇌에 사로잡힌 청소년과 자신을 동일시했다. 딘의 빨간 재킷은 청소년 세대가 가진 절망의 상징이었다. "청소년은 그런 겁니다. 당시뿐 아니라 지금도 여전히 그렇죠. 부모님도, 경찰도, 어른들도 우리에게 적대적이에요. 사람들은 그를 도우려고 하지만, 그는 아무도 자신의 얘기를 듣지 않는다고 생각하지요. 성장기 때 저도 그랬습니다. 제임스 딘이 멋지게 소화해낸 그 빨간 재킷이야말로 그가 누구인지를 얘기해줬어요."

제임스 딘은 〈이유 없는 반항〉이 극장가를 강타하기 몇 주 전인 1955년 가을 자동차 사고로 세상을 떠났다. "제임스 딘은 포르셰를 사랑했고 저도 포르셰를 사랑합니다. 그래서 2005년에 사고를 당했을 때는 기이한 생각마저 들었죠." 고속도로에서 거의 목숨을 잃을 뻔했던 사고의 경험담이었다. "난 '이렇게 끝나고 마는 건가?'라고 생각했지요." 하지만 포르셰 스파이더에서 목숨을 잃은 딘과 달리, 벡포드는 픽업 트럭을 운전하고 있었다. "그래도 포르셰만큼이나 빠르게 달리고 있었던걸요."

딘에 대한 벡포드의 열성은 마이애미의 마약상을 다룬 브라이언 드 팔마 감독의 영화 〈스카페이스Scarface〉가 개봉한 13살 무렵에 이르러 알 파치노에 대한 열광으로 바뀌었다. 〈스카페이스〉는 폴 무니가 토니 역으로 출연했던 하워드 혹스 감독의 1932년 영화를 리메이크한 것이었다. "우와! 그건 정말 강력한 충격이었죠. 전 토니와 같은 이들을 많이 봤습니다." 알 파치노가 연기한 쿠바 태생의 갱 단원을 가리켜 벡포드가 말했다. "그들은 실제로 존재했습니다. 전 그런 부류의 인간이 되고 싶진 않았어요. 다만 그 에너지는 존중했습니다. 살인과 범죄는 별로였어요. 옳지 않은 일이란 걸 알았으니까요. 아무것도 아닌 자가 뭔가 대단한 인물이 되려면 에너지가 많을수록 좋다는 것도 깨달았습니다."

보다 최근작으로, 벡포드는 〈스카페이스〉와 비슷하게 위험한 거리의 삶을 묘사한 페르난도 메이렐레스 감독의 영화 〈시티 오브 갓 City of God〉에 감응했다. "영화를 만들고 싶다는 생각을 하게 만든 작품이에요. 미국의 갱들도 비슷한 걸로 알고 있습니다. 그런 것들을 포착해내고 싶어요." 〈시티 오브 갓〉은 벡포드의 설명처럼 경찰이 어린 갱들도 통제하지 못하는 곳, 리우 데 자네이루의 빈민가에서 자란 두 소년이 선택한 서로 다른 인생 길의 연대기이다. "〈시티 오브 갓〉은 저로 하여금 영화 제작의 다른 편에 서고 싶다는 생각을 갖게 했지요. 제가 그 아이들의 눈과 귀가 되어줄 수 있을 겁니다."

패션잡지 〈하퍼스 바자〉의 편집장. 〈마리 끌레르〉 영국판과 미국판의 편집장을 두루 거쳐 2001년부터 〈하퍼스 바자〉에서 데스크를 맡고 있다. 올해의 잡지상, 올해의 편집인상 등을 비롯하여 편집 부문에서 다수의 수상 경력을 가지고 있다. 2008년에는 대영제국 4등급 훈장을 받기도 했다.

글 렌 다 베 일 리

Glenda Bailey

> "패션을 사랑하는 사람이라면 누구든
> 〈티파니에서 아침을〉의 오프닝을 절대 잊지 못할 겁니다."

지빙시와 에이드리언 같은 디자이너들은 글렌다 베일리에게 영감의 원천이었다. 영국 더비셔에서 자란 그녀는 BBC 방송을 통해 옛날 영화들을 보며 성장했다. 그녀는 영화에서 의상이 대본이나 이야기 전개와 무관하게 강렬한 메시지를 전달하는 방식에 매료되었다. 때로는 패션이 주인공 자리까지 차지하기도 했다. 청소년기에 베일리는 〈이창Rear Window〉 같은 영화를 보며 배우가 아닌 의상을 스케치하고 있는 자신을 발견했다. "그레이스 켈리가 〈하퍼스 바자〉의 패션 디렉터로 등장하는 설정이 좋았어요. 그녀가 조그만 케이스에 네글리제레이스나 프릴 등 장식이 많은 잠옷를 보관한다는 것도 사랑스러웠는데, 패션 디렉터로선 매우 적확한 설정이었거든요."

사실, 히치콕의 걸작에서 켈리는 〈하퍼스 바자〉를 움직이는 사람

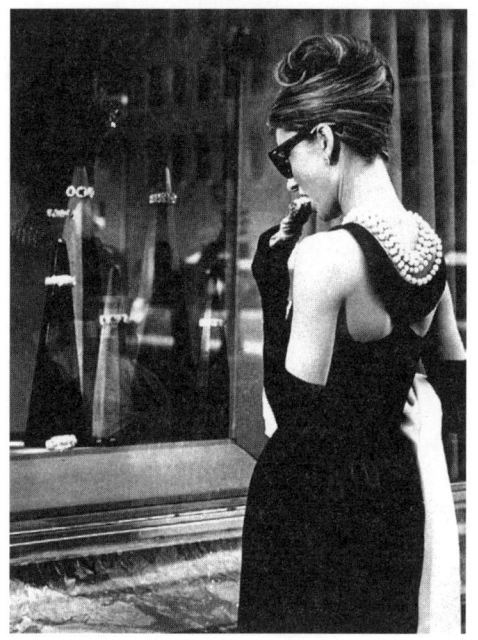

티파니에서 아침을 Breakfast At Tiffany's | 1961 | 115분

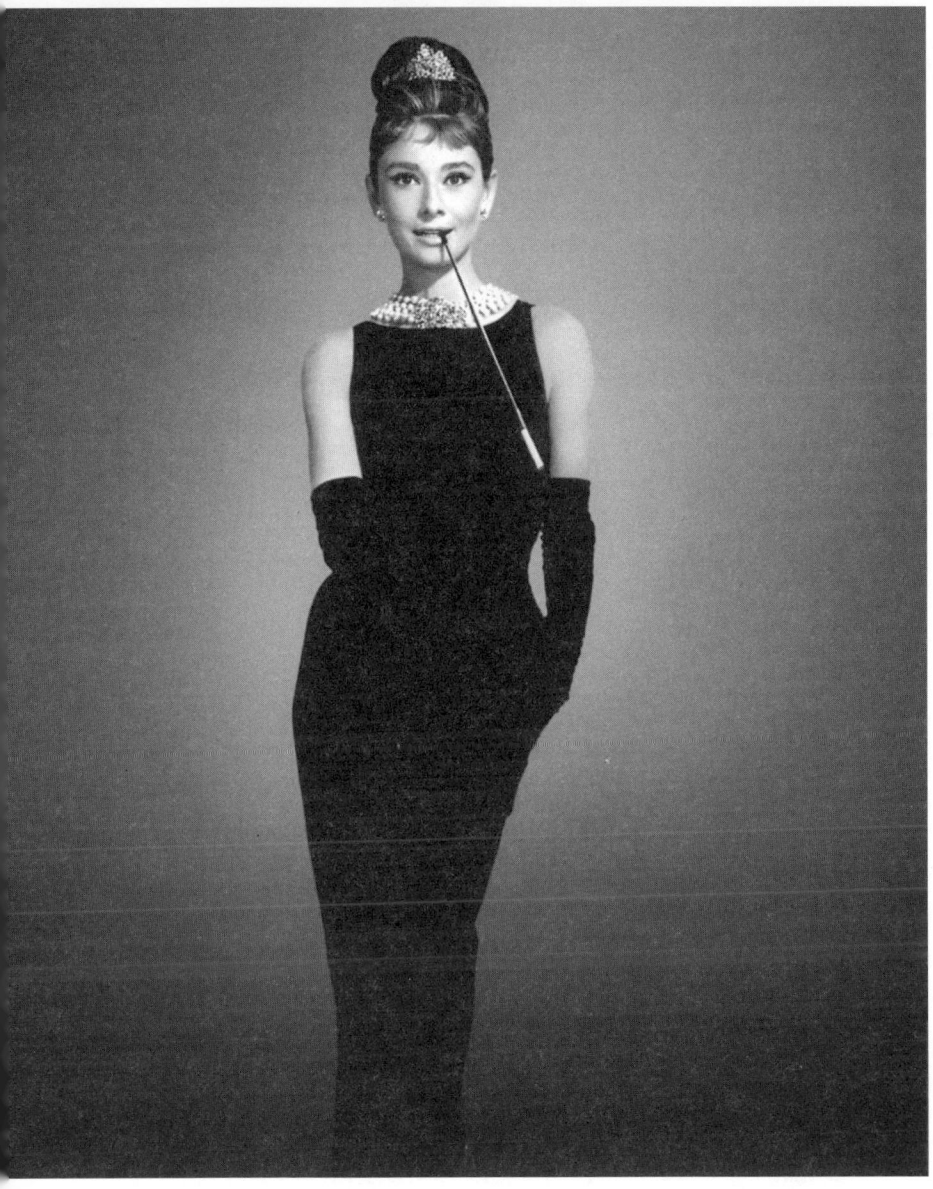

이 아니라 그걸 구독하는 패션모델로 등장할 뿐이다. 하지만 그건 아무런 문제가 아니다. 이디스 헤드의 의상을 두른 미래 모나코 왕비의 모습은 정말이지 매혹적이었다. 어린 베일리로 하여금 상상력을 발휘해 다른 사람을 훔쳐보는 남자 주인공의 모티프를 추측하게 만들 정도였으니 말이다. "제임스 스튜어트에게 애타게 관심받고 싶어하는 그레이스 켈리의 모습은 매력적이었어요. 전 오직 '눈부신 의상을 입은 그녀는 정말 아름다워. 그런데 남자는 도대체 왜 창밖만 바라보고 있지? 저 놀랄 만큼 아름다운 아가씨를 쳐다봐야지' 라는 생각뿐이었죠."

화려함의 측면에서 베일리에게 〈이창〉보다 더 큰 영향을 미친 영화는 오드리 헵번이 콜걸 홀리로 출연한 블레이크 에드워즈 감독의 〈티파니에서 아침을〉이다. 영화의 첫 장면. 지방시를 걸친 헵번이 북쪽의 텅 빈 5번가를 향해 달리던 택시에서 내려, 여명의 이른 햇살 속에 종이컵에 담긴 커피를 마시고 대니시 페이스트리를 먹으며 티파니의 진열창을 응시한다. 페이스트리를 싫어했던 헵번은 아이스크림 콘을 먹으면 안 되겠느냐고 물었지만, 에드워즈 감독은 반드시 아침식사용 음식이어야 한다고 고집했다. "화려함을 사랑하는, 패션을 사랑하는 사람이라면 누구든 이 영화의 오프닝을 절대 잊지 못할 겁니다."

트루먼 카포티의 소설을 스크린에 옮긴 이 영화는 베일리의 삶을 바꿔놨을 수도, 그렇지 않을 수도 있다. 하지만 분명한 것은 이 영화가 그녀의 경력에 적어도 두 번의 중요한 이정표를 남겼다는 사실이다. 그녀는 패션을 공부하는 학생으로 뉴욕에 온 첫날을 회상했다. "가방을 풀자마자 처음 간 곳이 티파니였지요." 그리고 오랜 세월이 흘러 〈하퍼스 바자〉에서 가장 높은 자리에 올랐을 때, 베일리의 스태프는 가장 뜻깊은 방식으로 그녀의 생일을 축하해주었다. "아침에 맨 먼저 한 일이 눈가리개를 쓰고 차에 탄 겁니다. 어디로 가는 건지 도무지 알 수 없었는데 글쎄, 티파니에서 아침식사를 하는 것이더라고요. 편집팀에서 계획한 일이었어요. 우리는 1층에서 샴페인과 페이스트리로 아침식사를 했습니다. 게다가 전 아주 비싼 보석들을 걸쳐볼 수도 있었죠."

꿈을
이룬

Chapter 05

할리우드 키드

"생각해보면 알란 파큘라의 영화에서 제가 베껴먹은 게 분명히 있을 겁니다.
시드니 루멧의 〈네트워크〉도 마찬가지고요."
조지 클루니

배우. 호주 출신으로 1990년대 초반 톰 크루즈와 함께 출연한 〈폭풍의 질주〉와 〈파 앤드 어웨이〉를
통해 세계적인 스타로 부상했다. 톰 크루즈와의 결혼과 이혼으로 세간의 주목을 받기도 했다. 2002년
〈디 아워스〉로 아카데미 여우주연상을 수상했다.

니콜 키드먼
Nicole Kidman

> "전 〈오즈의 마법사〉에서 도로시보다
> 사악한 마녀에게 더 관심이 많은 아이였어요."

할리우드에서도 최고 수준으로 꼽히는 스타들 가운데 니콜 키드
먼보다 어두운 필모그래피를 셀룰로이드에 아로새긴 배우가 있을
까? 다이앤 아버스를 연기한 〈퍼Fur〉와 버지니아 울프 역으로 2002
년 오스카상을 수상한 〈디 아워스The Hours〉에서 그녀는 자살한 예술
가의 자화상을 그려냈다. 그리고 〈탄생Birth〉과 〈디 아더스〉는 매혹
적이지만 우리가 굳이 방문하고 싶지 않은 사후세계를 모티프로 한
영화들이다. 심지어 〈스텝포드 와이프The Stepford Wives〉와 〈인베이전
The Invasion〉 같은 대작 리메이크 영화들조차도 만성적 편집증을 함
의한 작품들이었다. 게다가 〈마고 앳 더 웨딩Margot at the Wedding〉에서
그녀의 캐릭터는 명백하게 신경쇠약증을 향해 나아간다.

스크린 속 자신의 모습에 대한 우울한 분석 내용을 듣자, 키드먼

은 바로 희망적인 분위기의 작품들을 골라냈다. "〈물랑루즈Moulin Rouge〉의 샤틴은 어둡지 않아요. 그녀는 감칠맛이 나요. 전 감칠맛 나는 연기를 하는 게 좋아요. 초콜릿 같은 느낌이랄까 그런 거 말이에요. 〈콜드 마운틴Cold Mountain〉의 아이다도 어둡지 않았어요. 영화는 어두웠지만, 그녀는 사랑에 빠진 여인이었으니까요. 전 사랑에 빠진 여인을 연기하는 것도 좋아해요. 그리고 지금 촬영하고 있는 〈오스트레일리아Australia〉는 아주 따뜻하죠. 빛이 난다니까요."

키드먼이 언제나 어두운 이면으로 걸어 들어가기를 선택한 건 아니었을 테지만, 이 모든 이야기의 출발점인 배우로서 그녀의 인생은 그림자 속에 자리하고 있다. "전 〈오즈의 마법사〉에서 도로시보다 사악한 마녀에게 더 관심이 많은 아이였어요. 제 인생을 바꿔놓은 영화죠. 날아다니는 원숭이 이야기가 좋았어요. 두려움을 심어주기도 했지만. 어린 시설 저는 사람들의 다양한 삶의 모습에 매혹됐어요. 어두운 면만 본 건 아니에요. 밝은 면을 향해 나아가려 노력했던 가운데 어두운 이야기도 있었던 거죠. 전 도로시를 좋아한 게 아니라 제가 도로시라고 생각했어요. 저와 비슷한 사람에게서는 전혀 매력을 느끼지 못해요. 다양한 사람들을 심리학적으로 탐구하는 걸 좋아하는 쪽이죠." 그런 면이 곧 키드먼으로 하여금 국제 관계의 큰 그림을 보도록 이끌었다. "국가 차원에서 골 깊은 갈등과 가증스러운 행위를 탐구하려고 노력했더라면, 우리는 우리를 분열하게 하는 것보다는 우리를 연대하게 하는 것에 대해 더 잘 이해할 수 있었을 거예요."

자연스럽게 다시 영화 얘기로 돌아와, 키드먼은 또 하나의 고전

〈바람과 함께 사라지다〉를 언급하며 자신의 주장을 거듭 강조했다. "멜라니와 스칼렛 사이에 선택권이 주어졌다면, 모든 여배우들이 스칼렛을 선택했을 거예요. 그들은 멜라니를 연기하고 싶어하지 않았어요. 그녀는 지나치게 착하기 때문이죠."

영화가 키드먼에게 미친 영향력이 1939년*에서 끝난 것은 아니다. 그녀는 1996년작 〈브레이킹 더 웨이브Breaking the Waves〉에도 칭찬을 아끼지 않았다. 다른 남자와 정사를 갖도록 자기 부인을 구슬리는 하지마비 환자의 이야기가 담긴 이 영화는 키드먼을 라스 폰 트리에 감독에게로 이끈 작품이기도 하다. "〈브레이킹 더 웨이브〉를 보고는 말할 수 없을 만큼 충격을 받았어요. 이 영화는 사랑이 감당할 수 있는 한계, 사랑이 끝내는 당사자를 일그러뜨리고 마는 지점까지 다가가요. 일부 카톨릭 신자들에게는 원초적인 수준에서 파문을 불러일으킨, 어떤 사랑의 양상이지요. 이 영화는 제 마음 속 아주 깊은 곳까지 파고들었습니다. 그래서 원래는 영화를 보고 저녁을 먹기로 했는데, 전 흐느끼며 침대에 누울 수밖에 없었지요. 바로 이 영화를 계기로 전 라스 감독과 함께 〈도그빌Dogville〉을 촬영하게 되었어요."

● 〈오즈의 마법사〉와 〈바람과 함께 사라지다〉는 모두 1939년작이다. '영화 역사상 가장 위대한 해'로 불리는 1939년에는 그 밖에도 〈역마차〉, 〈스미스 씨 워싱턴에 가다〉, 〈게임의 규칙〉 등의 걸작들이 탄생했다.

영화감독. 분방한 상상력과 기이한 취향의 작품들로 명성과 악명을 동시에 얻은 독립영화 작가이다. 기괴한 여장 남자 디바인을 세상에 소개한 〈핑크 플라밍고〉로 주목받기 시작했으며, 〈디바인 대소동〉과 오리지널 〈헤어스프레이〉 같은 영화들을 통해 컬트 팬들의 열광적인 지지를 받았다.

존 워터스
John Waters

"〈오즈의 마법사〉의 마가렛 해밀턴이야말로
제가 닮고 싶은 유일한 스타였어요."

존 워터스는 사신이 창조한 일련의 컬트 고전들 〈핑크 플라밍고Pink Flamingos〉, 〈암컷 소동Female Trouble〉, 〈폴리에스터Polyester〉, 〈헤어스프레이Hairspray〉에서 주연을 맡은 아주 특별한 여장 남자 디바인본명은 해리스 글렌 밀스테드을 우리에게 소개해준 주인공으로 가장 잘 알려져 있다.

〈헤어스프레이〉의 뮤지컬 버전에서는 존 트라볼타가 본래 디바인이 연기했던 볼티모어의 주부 에드나 턴블래드 역을 승계한 바 있다. 알다시피 2007년쯤에 이르러서는 여자 옷을 입은 남자가 메인스트림 미디어에도 넘쳐나는 상황이었기 때문에, 부모들은 미취학 연령의 자녀들을 데리고 이 뮤지컬 영화를 보러 가는 일에 대해 전혀 고민할 게 없었다. 그러나 워터스가 심야상영관을 강타한 자

신의 첫 번째 35밀리 장편영화 〈핑크 플라밍고〉를 선보였던 1972
년은 상황이 전혀 다르다. 〈뉴욕타임스〉 같은 가족 신문은 디바인의
사진을 지면에 싣는 것조차 거부했다. 극단적인 아치 형태의 눈썹
과 코르셋으로 졸라맨 300파운드의 거구에 탈색한 머리를 어깨까
지 늘어뜨린 괴이한 행색 때문이었다. "이전까지만 해도 여장 남자
들은 하나같이 자기들 엄마처럼 입고 다녔어요."

  디바인은 워터스의 상상 속에 자리한 가공의 인물과 정확하게 일
치하지는 않는다. 실상, 그에게 유일한 영향은 아닐지언정 중대한
영감으로 작용한 여성형의 롤 모델은 따로 있었다. "솔직히 제 인생
을 바꾼 영화 같은 건 없지만, 그런 질문을 받을 때마다 〈오즈의 마
법사〉라고 대답하곤 합니다. 바로 마가렛 해밀턴의 연기 때문이지
요. 그녀야말로 제가 닮고 싶은 유일한 스타였어요. 아직도 그녀를
질투하고 있을 정도니까요. 불행하게도, 직접 만나본 적은 없습니
다. 그래도 전 그녀에게 편지를 썼고, 그녀는 제게 자신의 이름이 새
겨진 티셔츠를 보내줬어요."

  워터스는 해밀턴의 스타일과 그녀가 사악한 서쪽 마녀로 출연했
던 모습을 사랑했다. 만약 MGM 영화사가 처음 선택한 배우 게일
손더가드가 마녀의 트레이드마크인 메이크업을 하지 않겠다고 거
부하지 않았더라면, 해밀턴은 아마 이 배역을 연기할 기회조차 없
었을지도 모른다. "〈오즈의 마법사〉에서 마가렛 해밀턴은 '꼼 데 가
르송' 스타일의 가운을 입고 나왔는데, 전 영화 속의 그녀처럼 초록
색 피부를 갖고 싶었어요. 그런데 이제 이렇게 늙어가다보니 제 피
부도 초록빛을 띠는군요. 그리고 전 영화에서 그녀가 신었던 죽은

자매의 양말과 비슷한 걸 아직도 신고 다녀요."

해밀턴은 먼치킨 나라에서 퇴장하는 장면을 촬영하던 중 화상을 입고 고생하기도 했는데, 워터스에 따르면 그녀의 고통은 그럴 만한 가치가 있었던 것으로 드러났다. "전 등장 장면에 사용하는 드라이아이스의 효과를 즐깁니다. 마가렛 해밀턴에게 배운 거예요. 전 언제나, 심지어 아주 어렸을 때조차도 영화 속에서 마녀 쪽을 응원했어요. 영화 속의 악당이 되고 싶었죠. 그리고 제 인생에 걸쳐 그런 배역들을 응원해왔고요. 결국 그걸 바탕으로 경력을 쌓았습니다."

영화감독. 1996년 〈하드 에잇〉으로 데뷔했으며 〈부기 나이트〉와 〈매그놀리아〉로 비평가들의 찬사를 받았다. 2007년작 〈데어 윌 비 블러드〉로 다니엘 데이 루이스에게 아카데미 남우주연상을 안겼으나 작품상과 감독상 부문에서는 수상에 실패해 아쉬움을 남겼다.

폴 토 마 스 앤 더 슨

Paul Thomas Anderson

"〈시에라 마드레의 황금〉은
제가 가장 모방하고 싶은 영화입니다."

존 휴스턴은 밤새 도박을 하면서 스카치위스키를 마시고 좋은 시가를 피워대다 곯아 떨어지곤 했다. 그리고 폴 토마스 앤더슨은 휴스턴의 〈시에라 마드레의 황금〉을 보다가 곯아 떨어졌다. 적어도 그가 〈데어 윌 비 블러드There Will Be Blood〉를 촬영하던 당시에는 말이다. 캘리포니아의 석유 재벌에 관한 이 영화는 또 다른 측면에서도 휴스턴을 투영하고 있다. 〈데어 윌 비 블러드〉에서 주인공 다니엘 플레인뷰를 연기한 다니엘 데이 루이스는 휴스턴의 실제 모습을 훌륭하게 체현해냈다. 그는 이 위대한 영화작가를 완벽하게 묘사하기 위해 관련 다큐멘터리까지 시청하기도 했다. 더불어 플레인뷰의 캐릭터에는 〈차이나타운Chinatown〉에서 휴스턴이 직접 연기했던 노아 크로스의 자취 또한 담겨 있다. 요컨대, 크로스에게 물이 의미하는

바가 플레인뷰에게는 곧 석유를 의미하는 것이다.●

〈시에라 마드레의 황금〉은 앤더슨이 가장 모방하고 싶은 영화다. "이 영화를 보면서 잠자리에 들곤 했어요. 이 작품은 제게 너무나 큰 의미를 지니는 작품이어서, 다니엘 데이 루이스에게도 권했죠."

앤더슨은 두 영화 사이의 '명백한 유사성'을 야외 장면의 배경 설정과 금이건 석유건 간에 어떤 대상을 향한 무자비하고 끈질긴 추구의 양상이라는 측면에서 설명했다. "하지만 그것만으로 설명이 충분하다곤 할 수 없어요. 정확히 같다고는 할 수 없으니까요. 중요한 건, 이 영화가 보여주는 이야기 전개의 경제성이에요. 동시에 이 영화의 내러티브는 아주 두껍고 풍성하지요. 휴스턴은 관객에게 스테이크를 제공합니다. 하지만 거기에는 으깬 감자나 야채 같은 사이드 디시가 전혀 없어요. 그냥 스테이크만 주는데, 그게 무엇보다 중요해요. 고전적이고 전통적인 이야기 전개 방식이지요. 전 항상 거기에 도전해왔지만 한 번도 성공하진 못한 것 같아요. 어쩌면 제 본능이 그쪽으로 가려고 하지 않는 건지도 모르죠. 그래서 연마하려고 노력했습니다. 직접적이고도 단순 명쾌한 전개 방식 말이에요."

● 로만 폴란스키 감독의 〈차이나타운〉에서 존 휴스턴은 로스앤젤레스의 상수 공급을 독점하려는 부패한 인물 노아 크로스를 연기한 바 있다.

배우. 1958년 〈크라이 베이비 킬러〉로 데뷔했으며 〈차이나타운〉, 〈뻐꾸기 둥지 위로 날아간 새〉, 〈샤이닝〉, 〈애정의 조건〉, 〈이보다 더 좋을 순 없다〉 등의 뛰어난 작품들에 출연했다. 아카데미 연기상 부문에서 12번이나 후보로 지명되어 두 개의 주연상과 하나의 조연상을 수상했다.

잭 니컬슨
Jack Nicholson

"배우의 꿈을 품고 할리우드를 향하면서
말런 브랜도 흉내는 내지 말자고 다짐했어요."

처음부터 배우가 되기를 갈망했던 것은 아니지만 아주 어린 시절에도 잭 니컬슨이 영화를 거부할 수 없었다는 것만은 분명하다. 그렇다면 그가 배우가 되기로 결심하는 데 가장 결정적인 영향을 미친 인물은 누구였을까? "〈워터프론트On the Waterfront〉의 브랜도였지요." 오스카상 연기상을 세 차례나 수상한 배우는 그렇게 말했다. "이 영화가 상영될 당시 전 뉴저지의 한 극장에서 보조 매니저로 일하고 있었어요. 그래서 이 영화를 12번 혹은 15번쯤 볼 수 있었습니다. 그는 제 고등학교 시절의 우상이었어요."

부패한 부두노조 우두머리에게 맞서는 실패한 권투 선수를 그린 버드 슐버그의 시나리오가 니컬슨이 살던 호보켄을 배경으로 한다는 사실도 어느 정도는 관계가 있었을 것이다. 말런 브랜도에 매혹

된 17살 소년은 1954년에 이 영화를 보았고, 그로부터 오래지 않아 청운의 꿈을 품고 할리우드를 향해 북미 대륙을 횡단했다. "그때 제가 다짐한 것은 말런 브랜도 흉내는 내지 말자, 그럴 거라면 아무 데도 가지 않겠다, 그것이었어요. 물론 어떤 사람들은 거기에 동의하지 않았지요."

뉴욕의 연극 무대에서 단련된 브랜도는 '메서드The Method'• 라고 알려진 연기 테크닉을 유행시키는 데 일조했다. 그러나 그에게 유효한 방식이라고 하여 모두에게 적용할 수는 없었다. "그건 엄청나게 많은 사람들에게 좌절을 안겨준 연기 기법이에요." 결국 브랜도마저도 나중에는 감정 소모가 극심한 메서드 연기를 포기하고 말았다. 더 많은 노력을 필요로 하는 테크닉인데도 정작 관객들은 그 진가를 알아보지 못한다는 불평과 함께.

배우로서 니컬슨의 성공은 뒤늦게 찾아왔는데 1969년 〈이지 라이더Easy Rider〉로 오스카상 후보에 오르기 전까지, 그는 로저 코먼 감독의 B급 영화들을 전전했다. 그는 다른 각도에서 연기에 접근했던 것이다. "연기에 대해 얘기하는 건 언제나 곤란한 일지만, 아무튼 저는 액터스 스튜디오••의 일원이에요. 메서드란, 통하는 방식이라면 무엇이든 이용하라는 게 핵심입니다."

자신의 인생에 가장 중대한 영향을 미친 작품으로 〈워터프론트〉

• 연기자가 자신을 극중 인물과 철저히 동일시함으로써 사실적인 캐릭터를 창출해내는 연기 기법.
•• 엘리아 카잔, 로버트 루이스 등이 1947년 뉴욕에 설립한 연기자 교육기관. 폴 뉴먼, 알 파치노, 하비 카이텔 등이 대표를 맡기도 했다.

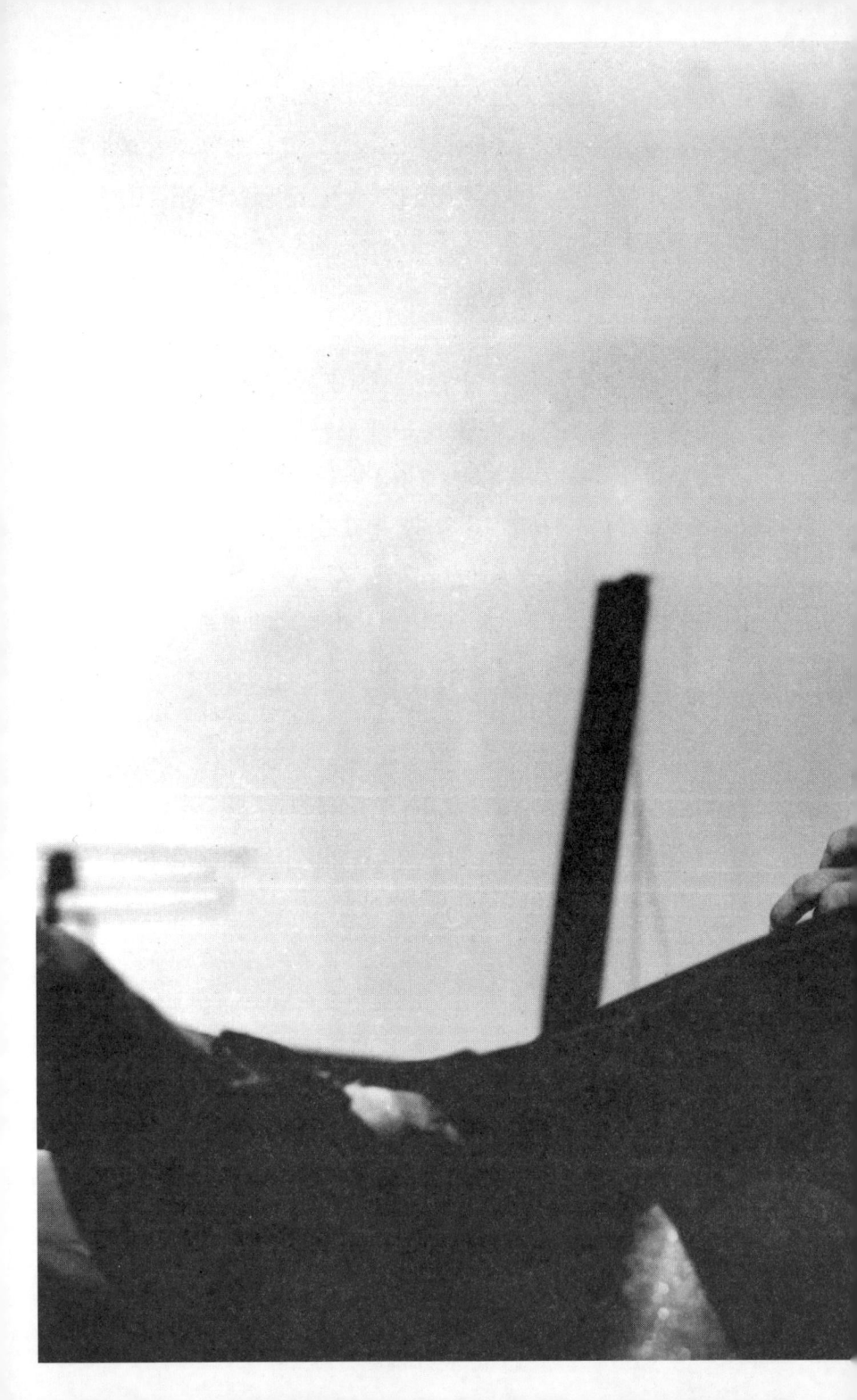

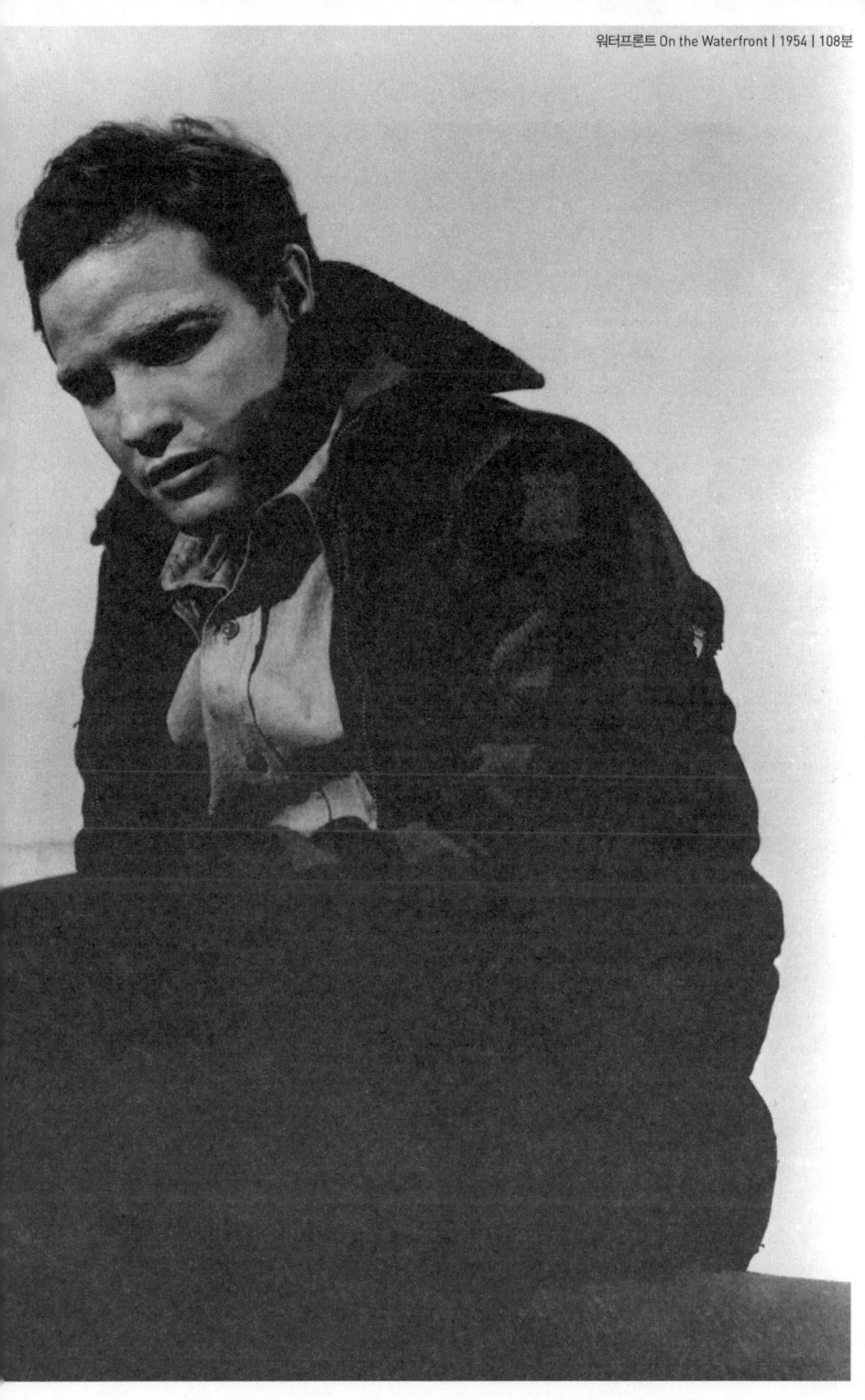

를 첫손으로 꼽을 수는 있겠지만, 가장 좋아하는 영화 한 편을 골라
내기란 거의 불가능에 가까운 일이라고 니컬슨은 말한다. "전 영화
광이에요. 수많은 영화들을 사랑해요. 그중에서도 〈로만 폴란스키
의 궁지 Cul de sac〉, 〈시민 케인〉과 〈게임의 규칙 The Rules of the Game〉은
제가 좋아하는 영화 목록에 언제나 포함돼 있을 겁니다."

영화감독. TV 연출가 출신으로 1965년 〈가는 실〉을 통해 영화계에 데뷔했다. 〈투시〉, 〈추억〉 등의 대
표작을 남겼으며 〈아웃 오브 아프리카〉로 아카데미 감독상을 수상했다. 스탠리 큐브릭의 유작 〈아이
즈 와이드 셧〉 등 30여 편의 영화에 출연하는 등 배우로도 활동했다.

시 드 니   폴 락

Sydney Pollack

*"10대 후반에 〈워터프론트〉의 말런 브랜도를 보고는
배우가 되는 몽상을 하곤 했어요."*

〈워터프론트〉가 없었다면 시드니 폴락은 바바라 스트라이샌드, 로
버트 레드포드, 더스틴 호프만, 메릴 스트립 같은 배우들의 연기를
연출하기는커녕 애당초 그들을 만나볼 기회조차 없었을지 모른다.
"10대 후반에 말런 브랜도를 보고는 배우가 되는 몽상을 하곤 했어
요." 〈투시Tootsie〉, 〈추억〉, 〈아웃 오브 아프리카Out of Africa〉의 감독은
그렇게 말했다. "저를 완전히 날려버렸어요. '와! 저렇게 연기할 수
만 있다면 배우도 정말 근사한 직업일 텐데'라고 생각했지요. 그래
서 노력했습니다. 뉴욕으로 갔지요. 그리고 거기서 연출을 시작하게
됐어요."

　영화감독으로서 폴락의 이력에 결정적인 영향을 미친 것 역시 배
우들이었다. "몽고메리 클리프트와 엘리자베스 테일러가 주연한

〈젊은이의 양지A Place in the Sun〉에서 클리프트가 감옥에 갇혔을 때 두 남녀의 얼굴을 비추던 클로즈업은 그들의 사랑을 끔찍하게 가슴 아픈 이야기로 만들어버리지요. 저도 모르는 사이에 이 영화가 저를 사랑 이야기에 빠뜨렸던 것 같아요. 영화감독으로서 제가 이룬 것도 결국은 전부 사랑 이야기니까요." 〈버라이어티〉는 2007년 1월, 팜스프링스영화제에서 폴락이 감독조합Directors Guild으로부터 평생공로상을 수상했을 때 인터뷰를 가졌다. 그로부터 1년 후 73세를 일기로 세상을 떠난 그는 당시 인터뷰에서 수상의 소회를 이렇게 말했다. "쑥스러운 일이에요. 하지만 제가 속한 조합에서 주겠다는 상을 마다할 수도 없는 노릇이지요."

〈워터프론트〉와 〈젊은이의 양지〉를 통해 미국영화에 대한 예의를 갖추긴 했지만, 폴락은 1950년대와 1960년대 초반에 등장한 외국영화들에 가장 열성적이었다. "감독으로서 경력을 쌓기 시작하던 젊은 시절 누벨바그* 영화들에서 가장 큰 영향을 받았어요." 페데리코 펠리니, 잉마르 베리만, 미켈란젤로 안토니오니부터 누벨바그의 기수들인 프랑수아 트뤼포와 장뤼크 고다르까지, 이름을 줄줄이 호명해가며 그는 과거를 회상했다. "그들의 영화는 미국식의 서사적 긴장 같은 상투적 요소들을 완전히 배제하고 만들어졌습니다. 수평적 영화들이 아니었어요. 그것들은 하나같이 등장인물과 내적 감정과 사고를 수직적으로 탐구한 영화들이었지요." 폴락은 특별히 〈쥘

●1950년대 후반 프랑스에서 젊은 영화인을 중심으로 일어난 영화 운동.

과 짐 Jules et Jim〉을 언급했다. "세 명의 등장인물이 함께 시간을 보내다가 질투에 빠진다는 것 말고, 이 영화에는 상대적으로 줄거리라고 할 게 없어요. 그게 아주 매혹적이었습니다."

최근 일부 비평가들은 펠리니, 베리만, 안토니오니의 영화가 여러모로 가식적이라거나 지나치게 문예적이라고 예단하기도 하지만, 폴락은 결코 그렇게 생각한 적이 없었다. 그렇지만 그로서도 인정해야 할 게 있었다. "지난 수년 동안 관련 작품들 가운데 일부는 다시 찾아서 보지 못했어요. 그래서 펠리니의 〈8과 1/2〉이나 〈달콤한 인생 La Dolce Vita〉 같은 작품이 시간의 흐름을 견뎌내고 여전히 감흥을 줄지는 알 도리가 없군요. 개인적으로는 베리만의 어두움에 매력을 느낍니다. 그의 비감이 굉장히 시적으로 표현됐다는 생각이었지요. 〈산딸기 Wild Strawberries〉에서 삶을 되돌아보며 인생이 끝나감에 페이소스를 느끼는 노인을 접하곤 바로 시심이 떠올랐을 징도니까요."

트뤼포와 그의 동료들이 미국영화에서 결정적인 영향을 받았다는 것은 폴락도 부정하지 않았다. "하지만 그들은 그 영화들을 섭취하고 소화해서 다른 형태로 만들고는 우리에게 다시 내뱉었지요." 그리고 영향은 다시 순환하여, 폴락을 비롯해 1960년대 후반부터 1970년대 초반에 등장한 미국 감독들이 미국영화의 황금기를 이뤄내기도 했다. "그와 동시에 이런저런 청년문화 운동의 양상이 가져온 높은 감성적 수준도 당대를 강타했어요. 게이 무브먼트, 페미니즘 운동 등의 양상이 모든 걸 격렬하게 뒤섞어놓았는데, 거기에 동참하면서 국제 영화계의 동향을 주시하던 영화작가들이 바로 〈누가

버지니아 울프를 두려워하랴 Who's Afraid of Virginia Woolf?〉, 〈미드나잇 카우보이 Midnight Cowboy〉, 〈야전병원 매쉬 M.A.S.H.〉 같은 작품들을 우리에게 안겨주었던 겁니다."

최근 외국영화의 동향에 대해 폴락은 크쥐시토프 키에슬롭스키를 개인적으로 가장 좋아한다고 했다. 특히 그가 1990년대 완성한 〈세 가지 색 Three Colors〉 3부작을 높게 평가했다. "자유, 평등, 박애에 관한 영화를 각각 한 편씩 만들 수 있는 사람이 또 누가 있겠어요? 하지만 그는 해냈습니다. 그의 때 이른 죽음은 비극이었어요."

폴락은 자신의 오스카상 수상 전력을 떠올리면서는 특유의 어리벙벙한 표정을 지어 보였다. 그는 1985년 〈아웃 오브 아프리카〉로 감독상을 수상했고 그보다 3년 앞서 발표한 코미디 영화의 고전 〈투시〉는 후보에 올랐지만 수상에는 실패한 적이 있었다. 그도 그럴 것이 〈투시〉가 발표되었을 당시 아카데미 시상식은 역대 가장 무겁고 진지한 기조에 접어들어 있었다. 그리고 그런 분위기 속에서 수상의 영예는 벤 킹슬리가 주연하고 리처드 어텐보로가 연출한, 정신 고양의 교훈을 담은 영화 〈간디 Gandhi〉에 돌아갔다.

폴락은 당시를 아주 선명하게 기억하고 있었다. "두 영화 모두 같은 스튜디오에서 제작했는데, 그런 탓에 전 어텐보로와 함께 콜럼비아 영화사의 비행기를 타고 온갖 시상식을 다녔어요. 결국 아무 상도 건지지 못하리란 걸 알았습니다." 그는 골든 글로브와 뉴욕 비평가협회상을 받았다는 사실도 잠시 잊은 듯, 그렇게 말했다. 그럼에도 폴락은 전반적인 평가 경향이 어떤지 이해하고 있었다. "투표권이 있는 아카데미 위원들도 코미디를 좋아합니다. 다만 코미디에

투표하지 않을 뿐이지요. 〈간디〉가 잊히고 있는지는 모르겠어요. 하지만 〈투시〉가 잊히지 않고 있다는 것은 확실합니다. 〈투시〉가 개봉한 뒤에 태어난 젊은 세대도 〈투시〉를 알고 있으니까요."

설사 그렇지 않다고 해도 폴락은 절대 핏대를 올릴 인물이 아니다. "알다시피, 전 영화를 잘 모르니까요." TCM 채널의 '에센셜The Essentials' 시리즈를 최소 46번은 진행했던 사람이 그렇게 말했다. "그게 바로 제가 TCM 방송을 했던 이유예요. '이걸 하면서 공부 좀 하겠구나' 싶었던 거지요. 자세 잡고 앉아서 영화를 보고 메모를 해야 작품에 대해서 할 얘기가 생기니까요. 그렇게 수많은 영화들을 봤는데, 처음 보는 작품들도 굉장히 많았어요. 사람들이 하워드 혹스 영화의 쇼트°를 얘기하면서 '그는 이러쿵저러쿵했다'고 하는데, 전 그게 무슨 말인지 도무지 하나도 모르겠더라니까요."

● 카메라가 한 번 돌기 시작해서 멈출 때까지의 단일한 장면 단위.

배우. 1995년 문제작 〈키즈〉를 통해 데뷔했다. 2004년 올리버 스톤 감독의 대작 〈알렉산더〉에 출연하며 비로소 각광받기 시작했다. 주류와 독립영화를 가리지 않고 폭넓은 활동을 펼치고 있다. 브로드웨이 뮤지컬을 영화로 옮긴 〈렌트〉에서 주연으로 출연해 호평을 받기도 했다.

로 사 리 오   도 슨

Rosario Dawson

> "〈저수지의 개들〉을 보고 나서,
> '그래, 난 이런 걸 하고 싶어'라고 말했어요."

2007년 3월, 로사리오 도슨은 라스베이거스에서 열린 쇼웨스트 컨벤션에서 '올해의 여배우'로 환대받았다. 그녀와 함께 〈그라인드하우스Grindhouse〉에 출연한 프레디 로드리게스는 물론이고, 영화의 연출자 쿠엔틴 타란티노와 로버트 로드리게스 또한 수상의 영예를 누렸다. 도슨에게 이 액션영화는 여러모로 고향에 돌아온 것과 비슷한 의미를 품고 있다. 〈그라인드하우스〉에서 타란티노가 연출한 〈데쓰 프루프Death Proof〉 편에서 메이크업 아티스트를 연기한 그녀는 속전속결의 장르적 규범이라는 측면에서 유사한 성격인 로드리게스의 전작 〈씬 시티Sin City〉에도 출연한 바 있었다.

　도슨의 〈그라인드하우스〉 출연은 자신의 인생을 바꾼 영화작가와의 연결고리라는 의미도 있었다. "처음 픽업되어 〈키즈Kids〉에 출

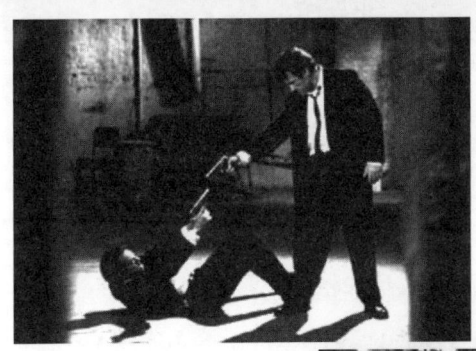

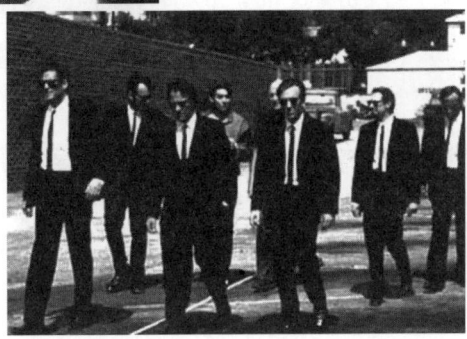

저수지의 개들 Reservoir Dogs | 1992 | 99분

"여기 다섯 명의 사내들이 있어요. 언제나
그렇듯, 그건 쿠엔틴 티란티노의 천재성을
보여준 장면이었지요."

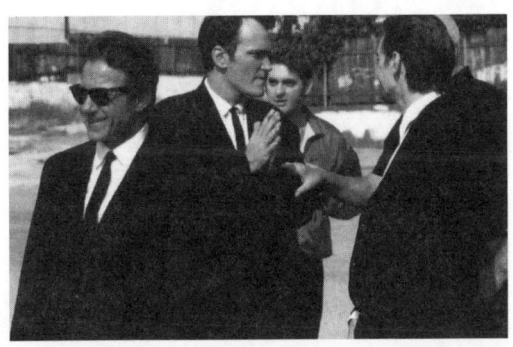

연했을 때만 해도 전 연기라는 것에 대해 생각해본 적이 없었어요."
10대들의 무절제한 성욕을 다룬 래리 클락의 논쟁적인 영화를 돌
아보며 그녀가 기억을 더듬었다. "아빠가 〈저수지의 개들Reservoir
Dogs〉 비디오를 주셨어요. 그때가 열여섯 살이었는데, 일주일 동안
이 영화를 다섯 번이나 봤죠. 다른 부모들이라면 아마 걱정을 했을
거예요. 하지만 아빠는 제가 진심으로 연기공부를 하고 싶어한다는
걸 알고 계셨어요."

　하비 케이텔, 팀 로스와 스티브 부세미가 출연한 이 범죄영화에
비중 있는 배역의 여배우가 한 명도 등장하지 않는다는 사실조차
도슨에게는 아무런 영향을 미치지 못한 것 같다. "여기 다섯 명의
사내들이 있어요. 모두 똑같은 검은색 옷을 입고 한 방에 모여 있는
데, 정말로 경이적이었어요. 언제나 그렇듯, 그건 쿠엔틴 티란티노
의 천재성을 보여준 장면이었지요. 그는 캐릭터들에게 자주 비슷비
슷한 대사를 배정하는데, 그들은 모조리 수다쟁이예요. 그런 다음
쿠엔틴 티란티노는 배우들이 알아서 각자의 캐릭터를 발전시키도
록 하죠. 대본을 보면 대사가 조금씩 엇비슷해 보이지만, 화면에서
는 각자 서로를 엄청나게 차별화하기 때문에 관객들은 그들이 아닌
다른 배우가 그 배역을 연기하는 일은 상상도 못 하게 돼죠. 일천한
경력에 그렇게 일찌감치 그런 일을 해낸 걸 보면 쿠엔틴 티란티노
는 정말 놀라울 뿐이에요. 이 영화는 배우가 되고 나서 처음으로 본
작품인데, 그때 전 '그래, 난 이런 걸 하고 싶어'라고 말했어요."

배우. 1989년 불과 8살 나이에 〈뉴욕 스토리〉로 데뷔했으며, 어린 뱀파이어를 연기한 〈뱀파이어와의 인터뷰〉로 단숨에 스타덤에 올랐다. 이후 〈처녀 자살 소동〉과 〈마리 앙투아네트〉에서부터 〈스파이더 맨〉 시리즈와 〈하우 투 루즈 프렌즈〉까지 다양한 작품들에 출연하며 왕성하게 활동하고 있다.

커 스 틴   던 스 트

Kirsten Dunst

"〈배드 시드〉를 무척 좋아했어요.
내 안의 긍정적인 어두움을 깨닫게 되었죠."

커스틴 던스트는 너무 어린 나이에 일을 시작했기 때문에 자신이 영화에 출연하기 전에 영화를 본 적이 있는지조차 기억하지 못한다.

1994년 13살에 닐 조던 감독의 〈뱀파이어와의 인터뷰Interview with the Vampire〉에서 처음으로 비중이 큰 배역을 맡은 뒤 기자회견에 나섰을 때 던스트는 그날의 중요한 쟁점을 다루는 적절한 요령을 이미 간파하고 있었다. "브래드 피트와 키스한 기분은 어땠나요?" 기자들로 가득한 비벌리힐스의 포시즌 호텔 스위트룸에 홍보 담당자나 부모도 동행하지 않고 홀로 들어선 던스트는 그보다 더 노련할 수 없는 백전노장이었다. "여보세요, 전 열세 살밖에 안 됐거든요. 게다가 다 큰 아저씨들이 왜 겨우 그런 걸 가지고 호들갑을 떠는지 도대체 이유를 모르겠어요." 그러니까 다시 말하자면, '다음 질문,

이 머저리들아!'라고 한 것이다.

근년에 던스트는 거대 자본이 투입된 요란한 블록버스터 〈스파이더 맨Spider Man〉 시리즈를 촬영하는 사이에, 소피아 코폴라 감독의 시대극 〈마리 앙투아네트Marie Antoinette〉에서 타이틀롤의 여주인공 역을 맡아 대사도 거의 없는 연기를 소화함으로써 변화를 꾀했다. 그리고 그 작품을 위해 무성영화의 대표적인 배우 릴리안 기시와 루이스 브룩스에게서 영감을 찾았다.

"〈마리 앙투아네트〉는 제게 거의 무성영화와 다름없었어요. 대사가 거의 없었죠. 감각적인 연기 경험이었어요. 전 직물의 질감과 케이크의 맛과 왕궁의 향기 같은 것들을 느끼는 그대로 표현하는 데 집중했어요. 그런 식으로 연기해본 적이 없었어요. 그런 경험이 제 연기를 자각하게 해 주었고, 그게 결국 〈스파이더 맨 3〉에서 연기하는 데 도움을 주기도 했지요. 배우로서 제가 가진 모든 도구들을 다른 관점에서 바라보게 된 계기였어요."

어린 뱀파이어로 처음 우리에게 존재감을 알리고는 소피아 코폴라의 〈처녀 자살 소동The Virgin Suicides〉을 통해 이미지를 완전히 바꾼 던스트이기에, 가장 영향력 있는 영화들에 대한 그녀의 선택이 다소 어두운 면을 보유한 작품들이라는 것은 결코 놀랄 일이 아니다. 〈비틀쥬스Beetlejuice〉, 〈쳐다보지 마라Don't Look Now〉, 〈가위손Edward Scissorhands〉, 〈비엔나 호텔의 야간 배달부The Night Porter〉와 악마숭배주의를 다룬 로만 폴란스키의 〈악마의 씨Rosemary's Baby〉까지. "이 영화들은 거듭 탈바꿈해요. 볼 때마다 매번 다른 의미로 다가오지요."

그러나 무엇보다 성장기의 그녀에게 중요한 영향을 미친 것은 궁극적인 어린 살인자의 이야기를 담은 영화이다. "열셋인가 열네 살 때 〈배드 시드〉에 완전히 사로잡혔던 기억이 나요. 이 영화를 무척 좋아했어요. 그때만 해도 제 어두운 내면을 깨닫지 못했지요. 아주 사악한 어두움을 얘기하는 건 아니에요. 긍정적인 어두움이란 것도 있거든요. 제 안의 그걸 깨닫게 됐어요."

영화감독. 1958년 〈왼손잡이 건맨〉으로 데뷔했고, 1967년작 〈우리에게 내일은 없다〉를 통해 미국 뉴
웨이브의 기수로 떠올랐다. 연극 연출에도 애정을 보였으나 다작가는 아니었다. 2010년 9월 28일 세
상을 떠났다.

아 서 펜

Arthur Penn

"〈시민 케인〉은 내가 연극과 영화에 대해
제대로 알지 못했던 것들을 완벽하게 집약한 정수였어요."

2007년 베를린영화제는 아서 펜 감독의 대표작이자, 수많은 영화
작가들에게 영감을 준 〈우리에게 내일은 없다Bonnie and Clyde〉의 개봉
40주년을 기념하여 그에게 공로상을 선사했다.

펜에게 영화작가가 되고 싶다는 영감을 준 영화는 오슨 웰스의
걸작 〈시민 케인〉이었다. "이 영화를 봤을 때가 아마 열네 살이었을
거예요. 어린 시절 영화를 자주 보러 다닌 편은 아니었어요. 예전에
봤던 어떤 영화가 너무 무서웠기 때문이었지요. 그게 무슨 영화였
는지는 도무지 생각 나지 않네요. 하지만 겁이 나서 의자 밑으로 기
어 들어갔던 기억은 납니다. 아마 예닐곱 살 때였을 거예요. 그러다
〈시민 케인〉을 보게 됐는데, 이게 날 완전히 나가떨어지게 만들어버
린 거지요. 당시까지만 해도 라디오 드라마에 관심이 많았고, 웰스

의 머큐리 플레이어스* 극단 작품을 즐겨 듣곤 했었거든요. 그런데 맙소사! 〈시민 케인〉에서 빠져나오지 못했고, 몇 번이고 반복해서 영화를 봤어요. 전 이 영화의 이색적인 카메라 배치와 특정 장면에 대한 색다른 시각적 접근에 호기심을 느꼈어요. 연극적 요소들의 잠재적 감각들도 관심을 끌었는데, 제가 미처 몰랐던 거였지요. 바로 그 연극적 성격이 제게 자극을 주었어요. 이 영화는 내가 연극과 영화에 대해 제대로 알지 못했던 것들을 완벽하게 집약한 정수였어요. 그러다가 마침내 말년의 오슨을 만나 〈시민 케인〉이 내게 얼마나 큰 의미가 있는지 얘기할 기회가 있었지요. 그는 무척 정중한 사람이었습니다."

영화와 연극은 펜의 이력 속에서 밀접하게 얽혀 있다. 1950년대에 그는 연극을 생중계하는 TV 프로그램을 연출했고, 1958년의 〈투 포 더 시소Two For the Seesaw〉를 필두로 브로드웨이에서 작업을 즐겼다. 최근에는 2002년에 연출한 〈운명의 장난Fortune's Fool〉에 출연한 배우 알란 베이츠와 프랭크 란젤라에게 토니 트로피를 안겨주기도 했다.

어떻게 보면, 그의 연극을 관람하는 것은 그의 방송 작품과 영화를 보는 것과 같다고 할 수도 있다. 3개의 매체는 서로 한데 엮여, 하나가 다른 하나에 대한 정보를 알려주면서 반복적으로 출몰하는 모티프와 같기 때문이다. 예를 들어, 그가 만든 코미디 영화 〈광란의 마술사Penn & Teller Get Killed〉를 보자.

● 오슨 웰스와 존 하우스만이 1937년 설립한 극단. 라디오 드라마 〈우주전쟁〉으로 명성과 악명을 동시에 얻었다. 단원 대부분이 웰스와 함께 할리우드로 진출하여 〈시민 케인〉, 〈위대한 앰버슨가〉 등에 출연했다.

"난 그들의 놀랍도록 현명하고 똑똑하며 활달한 코미디 감각을 좋아합니다." 펜이 자신의 영화에 출연했던 마술사 듀오 펜과 텔러의 정신분열적인 속임수 기법을 가리켜 말했다. 리얼리티 프로그램이 TV를 횡행하기 전인 1989년 제작된 〈광란의 마술사〉에서, 실명으로 출연한 마술사 펜 질렛은 시청자들에게 자기를 죽여보라고 빈정대다가 이후 영화 상영 시간 90분 내내 스토킹을 당한다. "여기서 흥미로운 것은 제가 보드빌 형식에 강력한 공감대를 가지고 있었다는 거예요. 열네 살쯤에 전 보드빌을 꽤 보러 다녔는데, 당시에도 여전히 공연을 하는 데가 있었어요. 이 놀라운 배우들을 통해 보드빌을 재현해보고 싶었지요. 펜과 텔러는 그런 스타일의 단막극이라면 10년을 계속해내고도 모자라 각지를 돌면서 하루 3회 공연까지도 감당해낼 수 있을 것 같았으니까요."

〈광란의 마술사〉는 펜이 1960~61년 시즌에 연출했던 유사한 성격의 작품을 떠올리게 하는 면도 있다. 정신 나간 관료주의를 주제로 삼았던 브로드웨이 코미디 〈이브닝 위드 마이크 니콜스 앤 일레인 메이An Evening with Mike Nichols and Elaine May〉이다. "니콜스와 메이에게서 코미디에 대해 많이 배웠어요. 이 작품은 미국이 사람들의 자유를 속박하던 아이젠하워 시대의 산물이었습니다. 그렇지만 밥 호프 스타일의 짧은 농담 같은 건 하지 않았어요. 시트콤 형식의 대화를 나눴지요. 정말 웃겼어요. 당대의 사건들을 아주 아슬아슬한 수준에서 씹어댔으니까요."

역으로, 〈플레이하우스 90Playhouse 90〉 시리즈 가운데 펜이 연출한 에피소드 '살인자의 초상Portrait of a Murderer'은 마이크 니콜스를 연출의 세계로 안내한 작품이었다. 그로부터 8년 후, 니콜스는 영화 연출 데뷔작 〈누가 버지니아 울프를 두려워하랴〉를 완성했던 것이다.

극작가 겸 영화감독. 1966년 옥스퍼드 대학 재학 시절 창작한 〈내 어머니를 마지막으로 본 게 언제입니까?〉로 역사상 최연소로 웨스트엔드 무대에 데뷔한 작가가 되었다. 〈위험한 관계〉와 〈어톤먼트〉 등의 시나리오를 썼고, 〈캐링턴〉과 〈비밀요원〉 등을 직접 연출하기도 했다.

크 리 스 토 퍼   햄 튼

Christopher Hampton

"영화는 도박입니다.
카지노에 가는 것과 마찬가지예요."

작가로 산 40년 동안 크리스토퍼 햄튼은 토니 수상 극작가〈선셋 대로
Sunset Boulevard〉, 오스카 수상 시나리오작가〈위험한 관계Dangerous Liaisons〉,
희곡작가, 번역가, 그리고 오페라 대본작가로 다섯 분야에 걸쳐 대
단히 힘든 작업들을 수행해왔다. 게다가 1990년대에는 전기영화
〈캐링턴Carrington〉과 조지프 콘래드의 소설을 스크린에 옮긴 〈비밀
요원The Secret Agent〉을 연출하며 감독의 역할까지 해냈다.

그는 하나의 이야기가 연극과 영화 가운데 어느 쪽에 더 적합할
지 어떻게 결정할까? "설명하기는 힘들지만, 강한 예감 같은 걸 느
낍니다. 연극과 영화는 완전히 다른 전략을 요하는 두 개의 완전히
다른 형식이에요. 그걸 판단하는 건 전적으로 본능의 문제입니다.
정말이에요."

이언 매큐언의 베스트셀러《어톤먼트Atonement》를 시나리오로 써야만 한다고 얘기해준 것도 그의 본능이었다. "원작을 정말 좋아했어요. 감독직을 따내기 위해 로비까지 했지요."〈토탈 이클립스Total Eclipse〉를 포함하여 그의 희곡들이 대부분 그렇듯 "이 작품은 작가로서의 책임과 위험과 위안이 무엇인지를 심사숙고하게 한다"고 햄튼은 말했다. "이 작품은 동시에 죄의식과 창작력에 관한 것이기도 하지요. 아이가 저지른 잘못이 악의에 찬 것인지 단순한 실수인지, 아니면 두 가지 모두가 얽혀 있는 것인지 우리는 결코 알 수 없습니다. 하지만 그 잘못이 그녀의 인생에 어떤 식으로든 자취를 남겼고, 그것은 원형적인 상처가 되어 그녀를 예술가의 길로 이끌었던 거예요."

불과 19살에 역사상 최연소로 런던의 웨스트엔드 무대에 극을 올렸던 햄튼은〈위험한 관계〉의 극본과 각본을 통해 세계적인 주목을 받았다. 1988년 영화 버전은, 동일한 원작을 바탕으로 한 밀로스 포먼 감독의〈발몽Valmont〉과 막판까지 제작 일정을 놓고 경합을 벌여야 했음에도, "우리가 만들고 싶었던 바로 그대로의 영화가 나왔다"고 그는 말한다. "영화사에서 제작비를 주면서 '가서 만드세요. 확실하게 우리가 먼저 제작을 끝내야 한다는 것만 기억하세요'라고 말하더군요."

영화와 합동작업에 대한 햄튼의 애정은 자꾸 그를 연극 무대에서 멀어지도록 유인하여, 통제는 덜하지만 위험요소는 더한 매체로 끌어당기는 요인이다. "영화는 도박입니다. 카지노에 가는 것과 마찬가지예요. 첫판에 홀랑 털리고 쫓겨날지, 아니면 보이는 그대로를 즐기며 만족스러울 때까지 순항하든지. 자금을 투자한 프로젝트에 끔찍하게 실망할 수도 있고, 계획이 휘청대거나 아예 자빠져버리면 파탄이 날 수도 있지요. 영화는 고점과 저점이 극단적으로 차이가 납니다."

영화의 영향에 대해서 햄튼은 "개별 영화보다는 특정 감독으로 요약할 수 있을 것"이라고 말했다. "예를 들면, 전 빌리 와일더를 좋아했어요. 착상과 어휘와 유머와 영상을 환상적으로 조합해낸 그의 솜씨를요. 루이 브뉘엘도 좋아했지요. 그의 가차 없는 스타일 때문이지요. 유머는 말할 것도 없고요."

"영화를 연출할 때면 저는 언제나 한 작품을 골라 반복해서 봅니다. 엠마 톰슨이 주연한 영국의 여류화가 도라 캐링턴의 전기영화를 제작하며 가벼운 터치로 다뤘지만 궁극적으로는 비극인 작품을 찾고 싶었어요. 그래서 프랑수아 트뤼포의 〈쥘과 짐〉을 골랐지요. 〈캐링턴〉을 촬영하면서 이 영화를 주말마다 봤습니다. 〈비밀요원〉을 찍을 때는 오슨 웰스의 〈악의 손길Touch of Evil〉을 봤어요. 다들 이미 시도했던 동종 장르에서 확고하게 모범으로 남은 작품이죠."

배우이자 영화감독. 1981년 데뷔하여 TV 드라마와 저예산 영화 등에서 조연급으로 활동하다 친구 맷 데이먼과 함께 각본을 쓰고 연기를 병행한 〈굿 윌 헌팅〉을 통해 스타덤에 올랐다. 〈곤 베이비 곤〉과 〈타운〉 등을 통해 연출가로서의 잠재력을 인정받고 있다.

벤 애플렉
Ben Affleck

> "〈게임의 규칙〉 마지막 부분에서 한 인물이 이런 얘기를 합니다. '누구에게나 변명거리는 있다.'"

감독 데뷔작 〈곤 베이비 곤Gone Baby Gone〉을 연출하면서 벤 애플렉은 배우 활동 초창기에 함께 일했던 감독 가운데 한 사람인 리처드 링클레이터에게서 얻은 교훈을 십분 활용했다. 고등학생들의 이야기를 담은 영화 〈멍하고 혼돈스러운Dazed and Confused〉에서 그가 자신을 기용했을 때의 경험이다. 링클레이터와 마찬가지로, 애플렉은 이렇게 말한다. "저는 직업 배우가 아닌 아마추어 출연자들도 각자의 목소리를 영화에 담아낼 수 있도록 격려를 아끼지 않았습니다. 누군가 대본에 불편함을 느낄 때, '당신이라면 어떤 식으로 얘기할 것 같나요?'라고 그들에게 묻곤 했지요."

애플렉은 링클레이터가 자신에게 보냈던 편지를 떠올렸다. 거기에는 이렇게 쓰여 있었다. '나는 배우들이 즉흥적으로 연기를 펼칠

수 있도록 격려했어. 대본과 똑같이 만들었다면 이 영화는 아마 엄청나게 실망스러운 작품이 되었을 거야.' 애플렉은 〈곤 베이비 곤〉도 마찬가지였을 거라 믿는다. "제 연출 전략의 모든 것은, 배우들이 되도록 최선의 성과를 거둘 수 있는 환경을 만들어주려고 했다는 점에 있거든요."

할리우드의 중요한 배우 가운데 한 사람으로 자리매김한 10년 동안 애플렉은 꾸준히 좋았다기보다는 다사다난한 편이었다. 1999년 〈굿 윌 헌팅Good Will Hunting〉으로 친구 맷 데이먼과 함께 아카데미 각본상 후보에 올랐고, 이후에는 혹평을 받은 연기력에도 불구하고 흥행에는 성공한 일련의 작품들에 출연했다. 이후 애플렉은 〈할리우드랜드Hollywoodland〉를 통해 당시로서 최고의 평가와 함께 베니스 영화제에서 볼피 컵*을 수상하는 영예를 안았다. 아이러니하게도 여기서 그가 맡은 역은 '슈퍼맨' TV 시리즈로 유명세를 누렸던, B급 영화배우 조지 리브스였다. 그가 이제는 연출을 시작한 것이다.

감독 데뷔작으로 애플렉은 〈곤 베이비 곤〉보다 쉬운 길을 택할 수도 있었다. 보스턴을 배경으로 한 범죄물이라는 공통점을 가진 걸출한 영화들이 이미 그 앞에 있었고, 더구나 자신에게 중대한 영향을 끼친 마틴 스코세이지와 클린트 이스트우드의 작품들이었으니 말이다. 공히 보스턴을 배경으로 한 〈디파티드〉와 〈미스틱 리버Mystic River〉가 자신의 영화보다 먼저 완성되었다는 사실을 애플렉도 분명히 염두에 두고 있었다. 그러나 제작 계획을 지레 포기할 만큼

---

* 베니스영화제의 주연배우상 수상자에게 주어지는 트로피.

은 아니었다. "한편으로 정말 두려운 일이었어요. 감히 어떻게 그런 작품들의 수준에 비할 수 있겠느냐는 이유 때문이었지요. 하지만 같은 이유에서 저는 스스로 확신을 가지려 했어요. '그래, 우리가 굳이 그 작품들의 경지를 따라잡으려 할 필요는 없어. 그들은 클린트 이스트우드고 마틴 스코세이지니까'라고 생각했지요. 우리 쪽은 어차피 다른 지점에서 출발한, 작고 도전적인 영화였으니까요."

스코세이지나 이스트우드보다 더욱 직접적인 영향을 준 인물로 애플렉은 프랑스의 거장을 가리켰다. "장 르누아르의 〈게임의 규칙〉 마지막 부분에서 한 인물이 이런 얘기를 합니다. '누구에게나 변명거리는 있다.' 전 그걸 훔쳐다가 〈곤 베이비 곤〉의 마지막에 끼워 넣었어요. 모든 사람들은 자신의 행동을 합리화하고 오만불손하게 정당화하려 들기 마련이라는 그런 개념, 그런 생각이 정말 좋았던 거예요."

영화감독. 디즈니의 애니메이터로 일하는 틈틈이 완성한 단편영화들이 호평을 받으면서 감독으로
독립할 기회를 마련했다. 장편 데뷔작 〈피위의 대모험〉의 성공을 필두로 〈비틀쥬스〉, 〈배트맨〉, 〈가
위손〉을 연이어 히트시키며 스타 감독의 반열에 올랐다.

팀 버튼
Tim Burton

> "〈아가씨와 건달들〉은 음악과 그에 어울리는 언어를
> 매끄럽게 다듬었고, 그것들이 서로 잘 맞았지요."

팀 버튼은 뮤지컬 영화를 그다지 좋아하지 않는다. 그럼에도 그는
스티븐 손드하임의 〈스위니 토드Sweeney Todd〉를 연출하고야 말았다.
"그건 제가 가장 좋아하는 무대 뮤지컬이기 때문이에요. 이 작품을
런던 초연 때 현지에서 관람했습니다. 솔직히, 며칠을 연속해서 관
람했지요."

당초 버튼은 이 작품의 영화 버전을 1996년에 연출할 계획이었
지만, 그때는 SF 풍자극 〈화성 침공Mars Attacks!〉을 제작했다. 그러다
가 손드하임 뮤지컬의 영화화 논의가 다시 시작되자, 그는 자신이
가장 좋아하는 배우와 함께 작품을 만들기 위해 연출을 맡기로 했
다. 바로 플리트 스트리트의 사악한 이발사를 연기할 만큼 충분히
원숙해진 조니 뎁과. 물론, 그렇다고 해서 버튼이 하룻밤 사이에 프

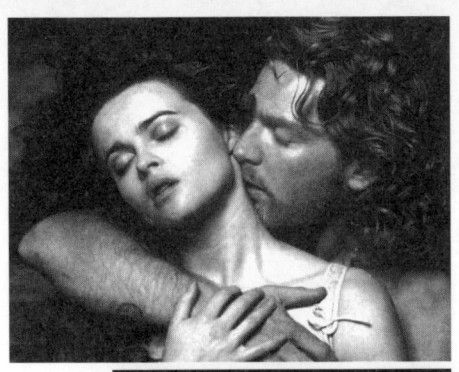

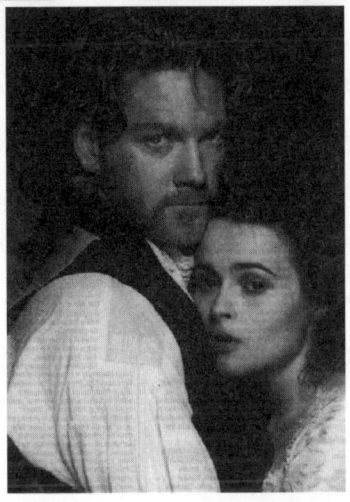

프랑켄슈타인 Mary Shelley's Frankenstein | 1994 | 123분

"〈프랑켄슈타인〉은 제 기억속에 강렬하게 남아 있어요."

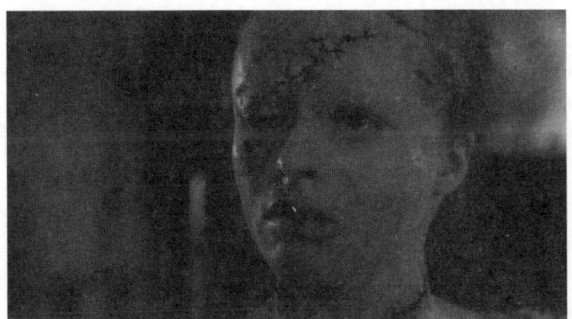

레드 아스테어와 진저 로저스 혹은 진 켈리와 스탠리 도넌의 열혈 팬이 되었다는 말은 아니다. "분명한 건, 제가 공포영화 팬에 가깝다 는 겁니다. 그리고 사실, 〈스위니 토드〉는 음악이 깔린 무성영화와 닮았어요. 옛날 공포영화들처럼요. 전 그런 작품들에 아주 익숙해 요."

버튼은 좋아하는 공포영화를 하나만 골라내는 일 따위는 할 수 가 없었다. "〈프랑켄슈타인Frankenstein〉은 제 기억 속에 강렬하 게 남아 있어요. 〈드라큘라Dracula〉나 〈올드 다크 하우스The Old Dark House〉 같은 옛날 유니버설 스튜디오의 작품들은 아마 영화에 대한 가장 오래된 추억일 거예요. 그것들은 한데 서로 엮여 있습니다. 〈스위니 토드〉에 관해 얘기를 나누면서 조니 뎁과 저는 수많은 레 퍼런스들을 거론했어요. 어느 한 편만 꼬집어 얘기할 수는 없다는 거지요. 보리스 칼로프, 벨라 루고시, 페터 로레와 론 체이니가 등장 했던 모든 공포영화들을 함께 떠올릴 수밖에 없었어요."

그중에서도 가장 부각된 것은, 어쩌면 천의 얼굴을 가진 무성영화 스타였다고 할 음악이다. "날마다 무대 세트에서 음악을 듣는다는 건 흥미로운 일이었어요." 손드하임의 뮤지컬을 촬영하던 때를 떠 올리며 버튼이 말했다. "그건 마치 옛날 무성영화를 만드는 것과 비 슷했어요. 세트에서 피아노를 연주했는데 배우들이 무척이나 좋아 했죠. 음악은 배우들에게도 영향을 미쳤어요. 그리고 조니 뎁은 그 런 무성영화 스타일의 연기를 진정으로 만끽했지요."

재차 다그침을 당하자 버튼은, 적어도 그의 호기심을 자극했던 뮤 지컬 영화 한 편을 마지못해 토해냈다. "〈아가씨와 건달들Guys and

Dolls〉을 좋아했던 기억이 나요. 이 영화에선 갑작스럽게 노래를 불러대거나 하지 않았어요. 음악과 그에 어울리는 언어를 매끄럽게 다듬었고, 그것들이 서로 잘 맞았지요. 반면 다른 많은 뮤지컬들은 그렇지 않다고 생각합니다."

말런 브랜도가 연기한 스카이 매스터슨과 프랭크 시나트라가 연기한 네이션 디트로이트가 등장하는 이 작품을 두고, 프로듀서였던 새뮤얼 골드윈은 프랭크 뢰서의 스코어에 브랜도의 보컬을 더빙 없이 그대로 삽입한 일을 항상 후회했다. 조니 뎁을 비롯하여, 직업적인 가수 훈련을 받은 경험이 없는 경우가 대부분인 〈스위니 토드〉의 출연자들을 캐스팅하는 데 관여했던 버튼의 생각은 그와 다르다. "배우들의 대사와 노래는 별개의 것이 아닙니다."

배우. 1970년 5살에 아버지가 연출한 〈파운드〉를 통해 데뷔했고, 1980년대 하이틴 영화에 출연하며 청춘 스타로 발돋움했다. 1992년 〈채플린〉으로 아카데미 남우주연상 후보에 올랐으나 약물 남용 문제로 어려움을 겪었다. 〈아이언 맨〉의 성공에 힘입어 다시 스타덤에 올랐다.

로 버 트   다 우 니   주 니 어

Robert Downey Jr.

> "〈배드 뉴스 베어즈〉는 괴짜들이 승리를 거두는 내용인데,
> 전 바로 그 점에 몹시도 열광했어요."

로버트 다우니 시니어는 1960년대의 반反문화 진영에, 붕괴된 사회보장제도를 다룬 〈셰이프트 엘보우스Chafed Elbows〉와 흑인이 정상급 광고회사의 경영자가 된다는 설정의 〈푸트니 스워프Putney Swope〉 같은 기념비적인 반反기성 영화를 안겨준 감독이다. 특히, 가운뎃 손가락을 세운 손의 클로즈업 화면에 흑인 모델을 문제의 손가락에 합성한 〈푸트니 스워프〉의 포스터는 1960년대 대학가 기숙사의 모든 방에 벽지처럼 도배되다시피 한 전형적 이미지로 자리잡기도 했다.

당시 4살밖에 되지 않았던 탓에, 로버트 다우니 주니어는 〈푸트니 스워프〉가 없는 세상은 상상조차 해보지 못했다. 그러므로 이 영화가 인생을 바꿨다고 얘기하는 것조차도 그에게는 겸손한 표현이다. 이 영화가 그의 인생 자체였기 때문이다. "아버지는 늘 경쟁구도의

바깥에 있었어요. 언제나 조금은 괴상한 분이셨지요." 그런 엉뚱한 구석이 다우니 주니어에게는 유리하게 작용했다. 1970년, 그는 다우니 시니어의 '개판' 코미디 〈파운드Pound〉에서 강아지 역할을 맡아 영화계에 데뷔했던 것이다.

아버지와 함께 극장에 가는 것은 여행에 가까운 일이었다. "아버지는 제게 오만 가지 것들을 다 보여주셨어요. 그것도 불법적인 방법으로 말이에요. R등급 영화관에도 버젓이 데리고 들어가선 '긴장 풀어'라는 식으로 말하곤 했지요. 종종 이런 일이 있었어요. 아주 신이 나서 팝콘을 받아 들고 아버지와 함께 입장을 해요. 그러다가 오프닝 크레딧이 올라가고 첫 장면이 변변치 않은 것 같으면 우리는 그냥 나와버리곤 했어요. 저는 '우린 금방 들어왔잖아요'라고 했고, 아버지는 '녀석아, 아빠를 믿어. 제대로 된 영화일 리가 없어'라고 했죠. 그럼 다시 전 '와, 아빠는 다 아나 봐' 하는 식이었어요."

그러던 중에 다우니 시니어는 아들을 데리고, 폭파전문가로 오인되는 한 병사일란 베이츠의 이야기를 그린, 반전영화의 고전인 필립 드 브로카의 〈왕이 된 사나이King of Hearts〉를 보러갔다. 다우니 주니어가 말한다. "우리는 극장에 앉았죠. 오프닝 크레딧이 올라가고, 어느 정도 시간이 흘렀을 때까지도 우리는 여전히 앉아 있었어요. 그래서 계속 아버지를 쳐다봤는데, 주의 깊게 화면을 살피고 있더군요. 즐겁게 영화에 몰두해 있는 것처럼 보였죠. 그래서 전 아버지와 스크린을 번갈아 봤어요. 말 한마디 없었어도 아버지가 제게 '이런 게 바로 우리가 남아서 봐야 하는 영화야'라고 얘기하는 걸 느낄 수 있었죠." 진보주의자도 부모가 되면 보수주의자로 변한다는 것이, 그리고 보수주의자도 부모 앞에서는 진보주의자가 된다는 것이 진리라면, 다우니 주니어의 초창기 영화 취향이 어째서 철저하게 약간은 삐딱한 메인스트림 쪽이었는지 쉽게 이해할 수 있다.

"〈배드 뉴스 베어즈Bad News Bears〉는 한 무리의 괴짜들이 승리를 거두는 내용인데, 전 바로 그 점에 몹시도 열광했어요." 1976년작 어린이 스포츠 영화를 가리켜 그가 말했다. "영화가 끝날 때까지 등장인물들은 누구도 서로를 진심으로 좋아하지 않아요. 그런 괴짜들이 승리를 거둔다는 게 좋았던 거예요."

하지만 현실에서는 언제나 그런 것도 아니다. "예술을 최우선시하는 가정에 태어났다는 것에 대해 저는 항상 진심으로 감사하고 있습니다. "다만 예술을 최우선시할 때 나타나는 그림자가 있다면, 그게 제대로 되리라는 보장이 없다는 거지요." 다우니 시니어는 할리우드에서 상업적으로는 성공적인 경력을 만들지 못했다. 그 아들의 작품 활동 또한 박스오피스의 견지에서는 최근까지도 평탄치 않았다. 2008년 거대 자본이 투입된 호화판 오락물인 〈아이언 맨Iron Man〉과 〈트로픽 썬더Tropic Thunder〉에서 주연을 맡아 비로소 할리우드의 대중적 지명도를 얻은 다우니 주니어는 그래서 최근의 위상을 자랑스럽게 생각한다. "와우! 그 동네에 끼게 된 건 정말 멋진 일이에요."

〈아이언 맨〉의 배역을 따냈을 때 "난 이 역할을 얻기 위해 투쟁을 했다니까요." 다우니 주니어는 아버지에게 자축의 전화를 걸었다. 통화는 아버지가 "맙소사, 네가 이렇게 흥분한 건 〈채플린Chaplin〉의 스크린 테스트를 마친 뒤로 처음이구나"라고 외치면서 마무리되었다. 알다시피, 바

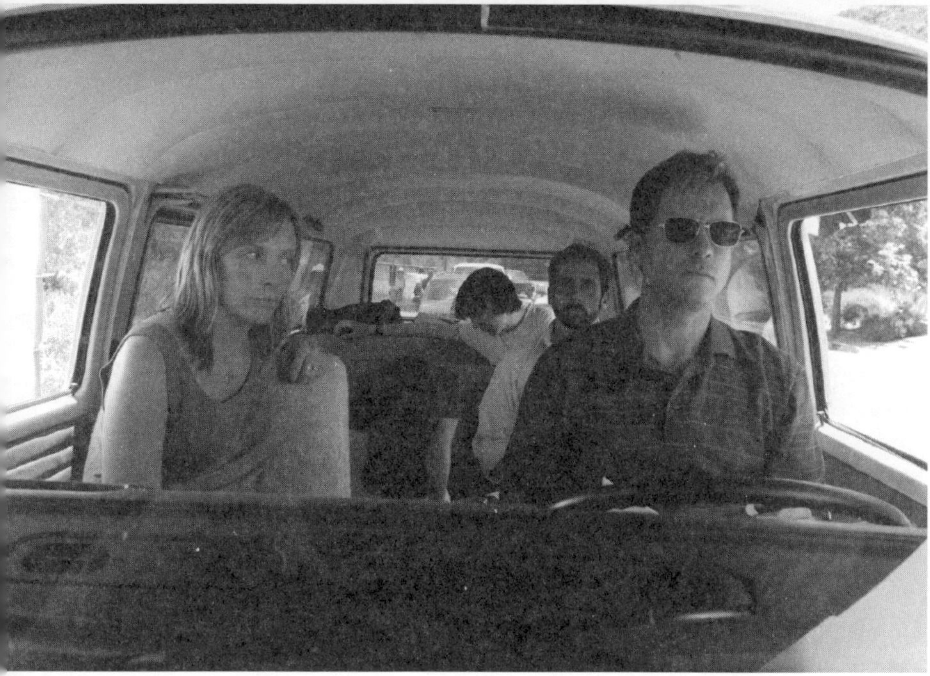

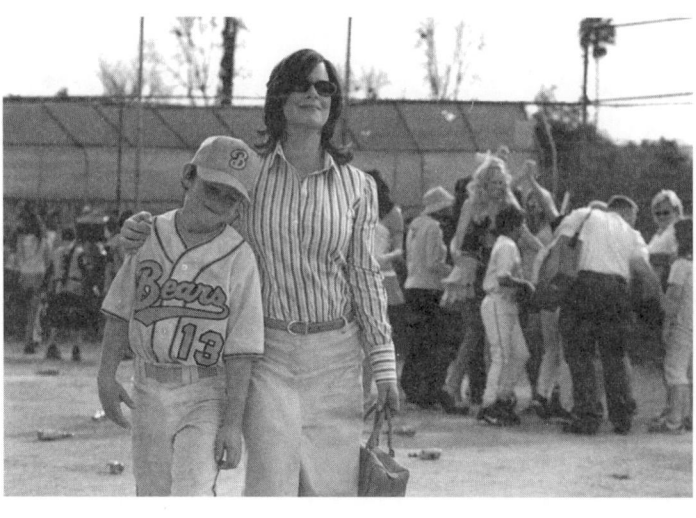

미스 리틀 선샤인 Little Miss Sunshine | 2006 | 101분

배드 뉴스 베어즈 Bad News Bears | 2005 | 111분

로 그 영화를 통해 다우니 주니어는 오스카상 후보 지명을 받은 바 있었다.

〈아이언 맨〉에서 슈퍼히어로를 연기함으로써 다우니 주니어는 8살 무렵까지 꿈꿨던 오래된 환상을 충족시킬 수 있었다. "어느 순간 멀어져버린 꿈이었는데, 42살이 되고서 마침내 이 영화를 하게 된 거였어요." 거대 자본과 일하게 되었다고 해서 다우니 주니어가 독립영화 출신인 자신의 뿌리를 잊을 수는 없다. 그가 가장 좋아하는 최근작은 〈리틀 미스 선샤인〉이다. "영화 속의 파탄 난 가족에 비하면 우리는 얼마나 괜찮은지 입증해주는 것 같아요. 이것도 말하자면, 괴짜들의 승리라고 느꼈던 거죠."

시나리오 작가. 2006년 데뷔작 〈리틀 미스 선샤인〉으로 아카데미 각본상을 수상하며 단숨에 스타 작가의 대열에 올라섰다. 이어 2010년 〈토이 스토리 3〉로 아카데미 각색상 후보에 지명됨으로써 첫 두 편의 영화로 아카데미 각본상과 각색상 후보에 오른 최초의 작가가 되었다.

마 이 클   안 트

Michael Arndt

> *"〈이웃집 야마다군〉을 보고 어떤 가족이든*
> *그들 안에 충분한 이야기가 있다는 걸 깨닫게 됐어요."*

〈리틀 미스 선샤인〉은 개봉 이후 지금까지 영리한 코미디 로드무비로 평가받고 있지만, 40년 후의 영화 팬들이 이 작품을 어떻게 생각할지 추측해보는 일은 여전히 흥미롭다. 과연 이 영화는 시간이 지날수록 마음 편하게 받아들여지는 작품이 될 것인가, 아니면 파산을 눈앞에 둔 영화 속 가족의 이야기처럼 급격하게 붕괴하는 21세기 초 미국 중산층의 전형적인 사례로 비춰질 것인가?

그런 측면에서라면, 스스로 완성한 첫 번째 시나리오인 이 작품으로 오스카상을 수상한 마이클 안트는 순전히 의도적으로 경제문제를 다룬 게 맞다.

"이 영화는 변변찮은 수입에 의존해 살아가는 가족에 대한 이야기입니다. 미국영화에서 흔히 볼 수 있는 내용은 아니지요. 영화에서는 사람들이 돈 문제로 왈가왈부하는 걸 볼 수가 없어요. 멋진 옷들과 멋진 집들뿐이지요. 사람들이 〈리틀 미스 선샤인〉에 등장하는 가족에게 동질감을 느끼는 이유 중 하나는 경제적 불안감이라는 측면에 있어요. 부익부 빈익빈이 심화되고 있는 데다 중산층은 그런 양극단의 분기점에서 옴짝달싹 못하고 있는 최근의 상황을 환기하기 때문입니다."

그러나 안트는 〈리틀 미스 선샤인〉을 '뉴 밀레니엄의 〈분노의 포도The Grapes of Wrath〉'와 같은 작품으로 치환하는 것에 반대한다. 그렇다, 두 작품은 흡사하다. 〈분노의 포도〉의 조드 가족과 〈리틀 미스 선샤인〉의 후버 가족은 모두 캘리포니아를 향해 떠나지만 재정적 곤란, 공허한 이상, 고장난 차와 할아버지의 죽음 따위에 직면할 뿐이다. "로드무비 장르의 틀에서 보자면 여러 가지 기본 설정이 있기 마련이에요." 하지만 그렇다 해도, 굳이 처절한 대공황기의 대통령이었던 후버의 이름을 쓴 것은 도대체 어떻게 변명할 것인가?

"한 5년 동안 그들은 하비 가족이었어요." 오랫동안 품어왔던 자신의 시나리오에서 밴을 타고 유랑하는 주인공 가족의 이름을 설명하며 안트가 말했다. 그런데 촬영 2주 전에 사용 승인 문제라는 변수가 생겼다. "아마 30개쯤 되는 대체 목록을 만들었을 겁니다. 그런데 영화사에서 후버라는 이름을 사용할 수 있다고 연락이 왔어요. 이건 결국 경제적 불안감을 다룬 이야기이기 때문에 주변 사람들이 거기에 상응하는 연결고리로 그런 이름을 찾아낼 수 있었던 것 같아요. 그들이 오히려 모자란 저의 작가적 상상력을 뛰어넘은 거지요."

안트는 고전의 반열에 오른 존 포드의 1941년작 〈분노의 포도〉를 고등학교 시절에 본 적이 있긴 하다. 하지만 그보다는, 어떤 형태의 가족으로부터든 충분하고 만족스러운 이야기를 만들어낼 수 있다는 것을 가르쳐주었다는 점에서, 그렉 모톨라의 〈데이트리퍼스The Daytrippers〉와 다카하타 이사오의 애니메이션 〈이웃집 야마다군〉에서 보다 직접적인 영향을 받았다고 말했다.

실제로 〈리틀 미스 선샤인〉의 대본을 처음 쓰기 시작했을 때 안트는 고작 60페이지쯤 쓰다 그만두게 되는 건 아닐지 두려웠다. "저는 그게 너무 작은 이야기, 아주 평범한 이야기라고 생각했어요. 그러다 〈이웃집 야마다군〉을 봤지요. 철저하게 에피소드 중심이더군요. 그럼에도 이 영화는 정말 매력적이었고, 등장인물에 대해서도 대단히 관대하고 인간적이었어요. 거기서 저는 어떤 가족이든 그들 안에 훗날 영화로 만들어내도 충분한 이야기를 품고 있다는 걸 깨닫게 됐어요."

자신의 가족에 대해서, 안트는 형제들과 함께 "이놈들아, 내가 너희들을 영화관에 데리고 가주마"라고 하던 아버지를 따라 멜 브룩스의 〈브레이징 새들스Blazing Saddles〉를 보러 갔던 것을 애정 어린 마음으로 회상한다. "그렇게 우리는 어머니의 반대를 무릅쓰고 함께 극장에 갔어요. 아버지의 웃음소리를 듣는 건 정말 즐거운 일이었지요. 게다가 모든 출연자가 스튜디오 세트 밖으로 몰려나오는 이 영화의 마지막 장면은 정말 대단했어요. 평범한 일상을 상대적으로 보잘것없어 보이게 만드는 자유로움과 무절제의 정서가 거기 있었지요." 그런 기억은 고스란히 안트에게 남아, 그로 하여금 지금

껏 개봉한 멜 브룩스와 우디 앨런의 모든 영화에 항상 자신의 아이들을 데리고 가도록 만들었다.

"사람들을 웃게 만든다는 것은 인생을 걸 만큼 값진 일이에요. 절대 사소한 게 아닙니다. 저는 영화가 아버지에게 얼마나 큰 기쁨을 주는지 봤어요." 더군다나 어머니의 반대는 접어두고라도, 어린아이들은 기껏 화장실 유머나 떠드는 게 전부라는 사실을 안트 자신도 내심 알고 있기 때문이다.

그러나 탁월한 글쓰기에 관해서라면 여장 남자가 등장하는 코미디 영화 〈투시〉야말로 "가장 완벽한 각본"이라고 안트는 말했다. "그해 아카데미에서 〈간디〉가 작품상을 받은 데 대해서는 할 말이 없어요. 거대하고 중요하고 역사적이고 서사적인 영화니까요. 하지만 각본상마저 〈투시〉가 아니라 〈간디〉가 가져간 것은 부당한 결과라고 생각해요."

오스카상을 수상한 본인의 〈리틀 미스 선샤인〉 각본에 대해 안트는 "이보다 더 평범하고 판에 박은 선형적 내러티브도 없다"고 말한다. 그리고 난생처음 시나리오를 쓰는 작가로서, "되도록 최소 경비로 찍을 수 있는 대본을 쓰려고 노력했기 때문"이라고 덧붙였다. 거기엔 아무 문제도 없다.

"오즈 야스지로와 페데리코 펠리니도 가벼운 코미디로 글쓰기를 시작했다가 나중에 보다 진지한 영화로 넘어갔으니까요. 앞으로 한두 편 정도는 일반적인 코미디 영화를 쓸 겁니다." 그러고 나서는, 기대하시라! "500년 뒤의 미래를 배경으로 한, 왕가위가 연출한 〈블레이드 러너〉나 〈지옥의 묵시록Apocalypse Now〉 같은 느낌의 SF 영

화를 구상하고 있어요. 시간의 이동과 왜곡을 다룬 장면들이 들어
갈 테고, 바라건대, 기억에 관한 방대한 내용을 다루면서 형식적으
로도 독창적인 영화가 되기를 기대하고 있어요."

영화감독. TV 드라마 연출가로 경력을 시작했고, 1986년 〈어젯밤에 생긴 일〉로 감독 데뷔했다. 이후 〈글로리〉, 〈가을의 전설〉, 〈라스트 사무라이〉 등 서사적인 분위기의 대작들을 연출했다. 〈셰익스피어 인 러브〉 제작자의 한 사람으로 아카데미 작품상을 수상하기도 했다.

에 드 워 드   즈 윅

Edward Zwick

"〈수색자〉는 이야기 전개뿐만 아니라
양식적인 풍성함도 제게 영향을 주었어요."

에드워드 즈윅은 〈써티섬싱Thirtysomething〉과 〈어젯밤에 생긴 일About Last Night...〉 같은 당대의 상징적인 드라메디* TV 프로그램과 영화를 통해 이름을 알렸다. 1980년대 말에 남북전쟁을 다룬 서사극 〈글로리〉를 연출하면서 보다 넓은 영역으로 옮겨 갔다.

그 후로 지금까지 줄곧 그는 브래드 피트를 기용한 〈가을의 전설Legends of the Fall〉, 톰 크루즈와 함께한 〈라스트 사무라이The Last Samurai〉, 레오나르도 디카프리오와 작업한 〈블러드 다이아몬드Blood Diamond〉처럼 대형 스타들이 등장하는 큰 영화에 매료되어 있다. "아주 개인적인 이야기에 담긴 대서사와 대서사에 담긴 개인적인 이야

●드라마와 코미디가 결합된 작품.

기에 관심을 가져왔습니다. 그 양자가 서로 배타적인지는 잘 모르겠어요."

1995년 시에라리온 내전을 배경으로 한 〈블러드 다이아몬드〉는 강제노동수용소와 어린아이들을 모병하는 반란군의 행태에 초점을 맞춘 작품이다. 그처럼 강렬한 이야기에도 불구하고 즈윅은 이 작품을 메시지 중심의 영화라고 하지 않는다. "이 영화는 개인적 이야기라는 측면에서 작동해야 합니다. 그거야말로 가장 열광적인 주목거리가 되어야 한다는 거지요. 사람들이 영화를 보러 가는 이유가 바로 거기 있어요. 극중 인물의 관계와 여정을 보기 위해 투자하는 거예요. 예컨대, 정치 같은 건 표면적인 환기장치지요."

〈블러드 다이아몬드〉의 서사 가운데 한 줄기는 유명한 서부시대 이야기를 재연한다. 잃어버린 아이를 되찾으려는 남자가 낯선 문화에 동화되어간다는 내용이다. 존 포드의 〈수색자The Searchers〉에서 백인 소녀를 납치한 원주민 인디언과 즈윅의 급진적인 최근작에서 소년병을 징집하는 시에라리온 반란군은 그처럼 등가적 존재이다. "〈수색자〉는 제게 어마어마한 영향을 주었어요." 그것은 단지 이야기 전개에만 해당되는 얘기가 아니다. 포드의 양식적인 풍성함도 그에게는 영감으로 작용했다. "〈가을의 전설〉을 제작하던 당시, 문간門間에 걸쳐서 프레임을 잡고 있는 제 자신을 깨닫고는 촬영을 멈출 수밖에 없었어요.● 내가 지금 대체 뭘 하고 있는 거지?"

즈윅과 〈블러드 다이아몬드〉의 시나리오 작가 찰스 리빗이 포드

● 〈역마차〉, 〈수색자〉 등에서 존 포드가 즐겨 사용했던 프레임을 뜻한다.

의 서부극에서 서사구조 일부를 차용하긴 했지만, 그렇다고 자신들의 영화에서 아이를 찾는 아버지 역으로 출연한 지몬 한수의 연기까지도 그런 식으로 유도하지는 않았다. 지몬 한수는 이 영화로 아카데미 남우조연상 후보에 올랐다. 실상, 즈윅은 이 아프리카 베냉 출신 배우에게 자신이 참고한 원전에 대해 철저히 함구했다. "어린 시절부터 존 웨인의 영화를 엄청 봤어요. 그런데 〈수색자〉에 대해서는 전혀 몰랐습니다." 한수의 말이다.

배우이자 영화감독. 1978년 TV 드라마의 단역 배우로 연기를 시작했고 NBC의 히트작 〈E.R.〉을 통해 스타덤에 올랐다. 〈컨페션〉과 〈굿 나잇 앤 굿 럭〉 등의 작품을 통해 감독으로서의 역량도 인정받았으며, 2006년 〈시리아나〉로 아카데미 남우조연상을 수상했다.

조 지   클 루 니

George Clooney

"정직한 기자가 등장하는 영화에 관심이 많았는데,
그중 최고는 역시 〈대통령의 음모〉였지요."

조지 클루니는 TV 프로듀서에서 미중앙정보부 CIA의 암살자가 된 남자의 이야기를 다룬 〈컨페션Confessions of a Dangerous Mind〉을 통해 감독으로 데뷔했다. 그로부터 3년 뒤에는 상원의원 매카시의 블랙 리스트를 파헤친 방송 저널리스트에 대한 영화 〈굿 나잇 앤 굿 럭〉을 연출했다. 데이빗 스트래던이 실존 인물 에드워드 R. 머로를 연기한 이 영화는 실화라서 더욱 섬뜩한 작품이었다.

클루니는 할리우드를 기반으로 하고 있지만 여전히 그를 가장 매혹하는 곳은 워싱턴 D.C.다. "저는 영화가 정치적 격변을 두드러지게 반영하던 시절에 성장했어요. 정직한 기자가 등장하는 영화에 특히 관심이 많았는데, 그중 최고는 역시 알란 파큘라의 〈대통령의 음모〉였지요. 이 영화에 나오는 보도국의 분위기가 마음에 들었습니다. 정말 제대로 만든 것 같아요. 생각해보면 알란 파큘라의 영화에서 제가 베껴먹은 게 분명히 있을 겁니다. 시드니 루멧의 〈네트워크〉도 마찬가지고요."

클루니의 〈굿 나잇 앤 굿 럭〉에는 폭로 기사를 다루는 일에 대한 두려움이 스며들어 있는데, 이는 파큘라의 그 유명한 편집증 3부작과 마찬가지다. 도널드 서덜랜드가 연기하는 탐정이 제인 폰다가 연기하는 매춘부를 살해 위협으로부터 막아낸다는 내용의 〈클루트〉, 워렌 비티가 연기하는 기자가 우익의 방대한 정치 음모를 파헤치는 내용의 〈암살단The Parallax View〉 같은 전작들과 함께 〈대통령의 음모〉를 한데 묶어주는 연결고리도 바로 그런 정서였다.

관객들의 두려움을 창출해내려면 최소한 한 가지 이상의 공포증을 유발하는 게 최선의 방법이다. 머로의 전기영화를 준비하며 예산의 한계에 봉착한 클루니는 나름대로 완벽한 해결책을 생각해냈다. "우린 그 문제를 폐소공포증이라는 아이디어를 써서 돌파하기로 했어요. 〈굿 나잇 앤 굿 럭〉에 배정된 예산750만 달러이 뻔했기 때문에, 보도국 안에서 거의 모든 장면들을 처리할 수밖에 없었거든요. 어떤 면에선 그 덕분에 보다 수월하게 긴장감을 만들어냈다고 할 수도 있어요. 그리고 그런 측면에서 저는 시드니 루멧의 초기작인 〈핵전략 사령부Fail-Safe〉, 〈12인의 성난 사람들12 Angry Men〉 같은 영화를 고려했지요. 이 영화에서 관객들은 거품 속에 갇혀 외부로 나갈 수 없으니까요."

배우. 1997년 10살의 나이에 TV 영화 〈핏 포니〉로 데뷔했다. 이후 〈하드 캔디〉, 〈엑스맨 - 최후의 전쟁〉 등에 출연하여 나이답지 않은 조숙한 연기로 두각을 나타내기 시작했고, 10대 임산부를 연기한 〈주노〉로 아카데미와 골든 글로브 여우주연상 부문 후보에 오르면서 비평적인 찬사를 받았다.

엘 렌 페 이 지

Ellen Page

*"〈400번의 구타〉를 처음 봤을 때
좋아하는 영화들을 한데 모아서 보는 것 같았어요."*

엘렌 페이지는 10살 때 연기를 시작해 〈하드 캔디Hard Candy〉와 〈주노Juno〉 같은 영화를 필모그래피에 새겨 넣었으며, 어린 나이에도 불구하고 세속의 윤리적 무게를 짊어진 인물들을 연기하는 데 탁월한 능력이 있다는 평판을 얻었다. 청소년의 소외 문제를 다룬 누벨바그의 기념비적 작품 〈400번의 구타Les 400 Coups〉에서 주인공 역을 소화해냈던 15살의 장피에르 레오에게도 같은 평가를 적용할 수 있다. 페이지는 자신에게 가장 큰 영감을 준 영화로 프랑수아 트뤼포의 데뷔작을 꼽았다.

"처음 이 영화를 봤을 때 마치 제가 가장 좋아하는 영화들을 한데 모아서 보는 것 같았어요. 수많은 사람들에게 영향을 미친 작품이었으니 그럴 만도 했지요. 이 영화를 보면서 주인공 소년이 겪어야만 했던 일들에서 불가사의하게도 엄청난 느낌을 받았어요. 〈400번의 구타〉는 아주 정적이고 조용한 영화인데도, 보고 있으면 왜 그런지 엄청 흥분되곤 하는 거예요. 어떤 형식의 예술이건 그처럼 대단한 느낌을 갖게 할 때면, 동시에 배우로서뿐만 아니라 한 사람의 인간으로서 열정까지 느끼게 되지요." 트뤼포의 영화를 처음 봤을 때 16살이던 페이지는 '배우가 아니라 그냥 꼬마일 뿐이었던' 장 피에르 레오에게 강렬한 동질감을 느꼈다. 그래서 그녀는 심지어 레오가 트뤼포 앞에서 치른 첫 번째 오디션의 자료화면까지 연구했는데, 페이지는 그것이 "아주 대단했다"고 말한다.

할 애시비의 〈해롤드와 모드Harold and Maude〉와 린 램지의 〈쥐잡이꾼Ratcatcher〉도 페이지에게 깊은 인상을 남긴 영화들이다. "최대한 분석적이지 않은 방식으로 영화에 접근하는 걸 좋아해요. 무엇보다 가장 우선적이고 가장 중요한 것은, 영화에 푹 빠져드는 거예요. 유치하게 들릴지도 모르겠지만, 그렇게 타인과 교감하는 거지요. 영화를 보고 있는데 그것이 곧장 가슴에 와 닿을 때가 가장 심오한 느낌을 주는 순간이에요. 그렇지 않은 영화는 솔직히 끝까지 보기 힘들어요."

배우이자 제작자. 멕시코 출신으로 1989년 TV 드라마 〈테레사〉를 통해 모국에서 스타덤에 올랐다. 1995년 〈데스페라도〉로 할리우드 진출에 성공했고, 이후 배우이자 제작자로 왕성하게 활동해왔다. 2002년작 〈프리다〉로 아카데미 여우주연상 후보에 오르기도 했다.

셀마 헤이엑

Salma Hayek

"〈시네마 천국〉과 〈초콜렛 천국〉은
영화에 대한, 연기에 대한 제 사랑이었어요."

조지 W. 부시는 스스로 추구한 최대의 현안이 '선택의 문제인지 아니면 필요의 문제인지' 제대로 답변하지 못했다.[*] 그러나 셀마 헤이엑은 달랐다. "선택이지요." 라틴계를 주제로 한 영화와 TV 프로그램을 제작하는 입장에 대해 그녀는 그렇게 말했다. "하지만 우리가 선택한 일은 또한 우리에게도 필요한 일이에요."

배우이자 제작자인 헤이엑은 자신의 프로덕션 벤타나로사에서 무르익고 있는 대부분의 프로젝트들이 그녀의 영화적 야망을 추구하기 위한 구실과는 무관하다는 점을 지적하는 데 일말의 주저함도 없었다. 하지만 그녀를 라틴계 여배우로는 사상 처음 오스카상

● 이라크전쟁 관련 기자간담회에서 "이 전쟁이 선택인지 필요인지" 묻는 질문에 부시가 제대로 답변하지 못했던 일화를 가리킨다.

주연상 후보에 올려놓았던, 멕시코 출신의 여류화가 프리다 칼로의 전기영화 〈프리다〉는 헤이엑을 빼고는 상상조차 하기 힘든 작품이다. 그녀가 아니었다면 이 작품은 아주 다른 영화가 되었을 것이기 때문이다. 헤이엑은 또한, 마찬가지 이유로 TV 시리즈 〈어글리 베티Ugly Betty〉에서 총제작을 맡았을 뿐만 아니라 방영 첫 주에는 직접 출연까지 해가면서 자신의 스타성을 보태기도 했다.

"제가 제작을 병행하는 이유는 라틴계 사람들에게 더 많은 기회를 만들어주고 싶기 때문이기도 하고, 또 제가 그럴 능력이 있기 때문이기도 해요. 그렇다면 안 할 이유가 없잖아요? 전 그게 좋기도 하고 싫기도 해요!" 좋아하는 이유는 분명했다. 문제는 싫어하는 이유인데, 헤이엑이 토로한 것은 보편적인 불만거리들이었다. "일단 시간이 너무 오래 걸리고, 너무 많은 사람이 관여해야 하죠. 거기서 전 이보다 더 미약할 수 없는 연결고리에 불과해요." 그러나 결국은 이렇게 말하고 만다. "전 그런 일에 아주 밝아요."

헤이엑을 배우로 인지하는 일반 관객들로서는 제작자로서의 이력을 고민하는 그녀가 이상하게 보일지도 모른다. 하지만 바로 그것이 자신의 인생을 바꾼 영화를 바라보는 헤이엑의 관점이다. "두 가지 역할을 병행하면서 깨달은 건, 제가 영화를 사랑한다는 사실이에요. 연기만이 아니었어요. 그때만 해도 연기는 제게 가장 쉬운 일이었지요. 제작을 하고 싶다는 마음을 인정할 만한 용기가 그때는 없었던 거예요."

몇 세대만 일찍 태어났더라면 헤이엑은 기꺼이 주세페 토르나토레의 1988년 오스카상 수상작 〈시네마 천국Cinema Paradiso〉과 로알

드 달의 원작을 옮긴 오리지널 버전 〈초콜렛 천국〉을 제작하겠다고 나섰을 것이다. 멕시코의 코차콜코스에서 보낸 그녀의 어린 시절을 떠올리게 하는 영화들이다. "〈초콜렛 천국〉을 처음 봤을 때 아주 어렸는데, 이 영화로 인해서 전 원하는 건 무엇이든 이룰 수 있는 곳이 정말 있다는 사실을 난생처음 알게 됐어요. 거기엔 초콜릿이 흐르는 강이 있지요. 한계라는 게 없는 곳이에요. 상상력을 발휘하면 그 곳으로 탈출할 수 있어요. 현실의 삶이 어떻든 주저할 필요가 없지요. 그만큼 환상적인 곳이에요. 자연과 물질의 법칙을 거스르는 모험도 거기서는 충분히 가능하죠."

〈시네마 천국〉은 헤이엑이 나중에 멕시코시티에서 대학을 다니던 시절에 보았다. 영화감독으로 성장하게 되는 어린아이가 동네 극장의 영사기사와 우정을 나누는 이야기가 그녀에게 고향의 작은 마을을 떠올리게 만들었다. "소녀였던 당시의 저를 간절히 떠올리게 하지요. 맞아요, 〈시네마 천국〉과 〈초콜렛 천국〉은 영화에 대한 제 사랑이었어요. 연기에 대한 사랑이었지요."

무대를
빛내는

Chapter 06

아티스트

성악가이자 지휘자. 루치아노 파바로티, 호세 카레라스와 더불어 흔히 '세계 3대 테너'로 일컬어지며, 그들과 함께 '쓰리 테너 콘서트' 시리즈를 펼쳐 큰 성공을 거두었다. 1980년대에는 존 덴버, 다이애나 로스 등의 팝 스타들과 협연하여 대중적 인지도를 높이기도 했다.

플 라 시 도　도 밍 고

Plácido Domingo

> "오페라 가수의 조건은 컨소바토리의
> 연기 수업만큼이나 뮤지컬 영화에 빚진 바가 큽니다."

근년에 플라시도 도밍고는 전 세계를 다니며 오페라를 지휘하고 노래하는 일에 더해 워싱턴 국립 오페라와 로스앤젤레스 오페라 총감독으로 동시에 두 직책을 수행하고 있다. 도밍고의 말에 따르면, MGM 영화사가 없었다면 그는 그 가운데 어떤 일도 이룰 수 없었을지 모른다. "제게 결정적 영향을 준 세 편의 뮤지컬이 있습니다. 〈위대한 카루소The Great Caruso〉, 〈사랑은 비를 타고Singin' in the Rain〉와 〈7인의 신부들〉이에요." 테너에서 지휘자를 거쳐 단장으로 변신에 성공한 도밍고의 말이다.

"마리오 란차의 목소리가 제게 미친 영향은 실로 거대했어요. 게다가 제 머릿속의 생각들을 확고하게 굳히는 데 도움을 주기도 했지요. 무엇보다 중요한 건, 오페라 가수로서도 충만한 경력을 쌓을 수 있다는 걸 보여줬다는 점이었습니다. 그래서 오늘날까지도 전 카루소와 란차 가운데 누구에게 더 많이 감사해야 할지 모르겠어요. 아무튼, 한 가지만은 언제나 분명해 보였습니다. 란차는 경이적인 목소리를 타고났는데, 고전음악 권위자들이 그걸 과소평가했다는 사실입니다. 자신 있게 말할 수 있어요. 천부적인 재능이 정말 뛰어났고 영화인으로서도 운이 아주 좋았기 때문에 란차는 오히려 음악 전문가들로부터 진지하게 평가받지 못했어요. 지금까지도 이해할 수 없는 이유들이지요. 그가 신경질적이고 제멋대로였다는 얘기도 있습니다. 그럴지도 모르죠. 하지만 그렇다고 해서 란차의 목소리가 저뿐만 아니라 다른 수많은 오페라 가수들에게도 세월이 증명해왔듯 영감을 주었다는 사실까지 바뀌진 않지요."

실제로 '쓰리 테너' 가운데 란차의 영화적 유산을 동경한 인물은 도밍고뿐만이 아니다. 루치아노 파바로티는 그가 영감의 원천이었다고 했고, 호세 카레라스는 언젠가 "내가 오페라 가수가 된 건 마리오 란차 덕분"이라고 한 적이 있다. 그러나 란차가 제멋대로인 천재였으며 할리우드에서 거대한 성공을 거둔 뒤로 삶에 시달렸다는 것 또한 엄연한 사실이다. 〈위대한 카루소〉는 1951년 전세계에서 가장 높은 흥행수익을 올린 작품이 되었다. 하지만 성격 문제와 체중 조절 실패가 다음 작품 〈황태자의 첫사랑The Student Prince〉에서 란차의 발목을 잡았다. 그리고 MGM은 그를 해고했다. 란차는 1959년 이탈리아에서 좌초한 오페라 가수 경력을 다시 시작할 준비를 하다가 세상을 떠났다. 그의 나이 불과 38살이었다.

스페인에서 나고 멕시코에서 성장한 도밍고는 스탠리 도넌과 진 켈리의 고전 〈사랑은 비를 타고〉에서 다른 종류의 영감을 얻었다. "진 켈리와 도널드 오코너가 몸을 이용하는 방식, 그리고 데비 레이놀즈와 진 하겐의 연기가 보여준 매력은 제게 어떤 확신을 주었습니다. 무대연기의 마력이란 다양한 모습을 결합해야만 하는 것이고, 관객들의 환호를 받기 위해서는 몸짓의 언어가 보컬의 테크닉만큼이나 중요하다는 것이었죠. 동작 처리의 기교와 연기 대상 캐릭터의 육체적 구현을 요구하는 오늘날 오페라 가수의 조건은 고전음악 교육기관인 컨서버토리의 연기 수업만큼이나 〈사랑은 비를 타고〉와 〈7인의 신부들〉 같은 뮤지컬 영화에 빚진 바가 큽니다."

"물론 〈7인의 신부들〉에서도 아주 특별한 또 하나의 목소리를 발견할 수 있었습니다. 하워드 킬의 것이었죠." 도넌의 또 다른 고전을 거론하며 도밍고가 말했다. "전 종종 자문하곤 했죠. 오페라 세계가 그토록 찾아 헤맸던 목소리의 소유자, 진짜 '베르디 바리톤'* 을 영화계가 강탈해버린 것은 아닌지 말이에요. 본질적으로 전 요즘 많은 대중이 엄청난 즐거움을 놓치고 있다고 생각합니다. MGM 뮤지컬의 인기가 예전 같지 않은 탓이지요."

● 바리톤의 여러 배역 가운데 극적이고 거친 음색으로 노래하는 스타일을 일컫는, 이른바 드라마틱 바리톤의 한 갈래.

경영자. 17살 때부터 고전음악 분야에서 관리 업무를 시작했다. 피아노의 명인 블라디미르 호로비츠의 매니저를 거쳐, 보스턴 심포니 오케스트라의 홍보를 담당했으며, 소니 레코드의 클래식 부문 사장을 지냈다. 고전음악과 대중음악의 크로스오버를 적극 추진하여 논쟁의 대상이기도 했다.

피 터 겔 브
Peter Gelb

"〈아마데우스〉는 오페라도 영상으로
담아낼 수 있다는 사실을 보여줬어요."

피터 겔브는 2005년 소니 레코드의 클래식 부문 사장 자리를 내놓고 세계 최정상 오페라단의 운영을 맡았다. 뮤지컬 영화를 그리 좋아하지 않는다면서도, 그는 자신이 메트뉴욕 메트로폴리탄 오페라 극장에서 맡은 중책에 영향을 주었던 영화 한 편을 꼽았다. 음악이 풍부하게 사용된 작품이었다.

"〈아마데우스Peter Shaffer's Amadeus〉는 모차르트의 천재성을 두드러지게 묘사해냈는데, 연극보다는 영화가 훨씬 뛰어났습니다. 일반적으로 예술작품을 다른 형식의 장르로 재현한 것은 오리지널보다 못하기 마련이지요. 밀로스 포먼은 오페라 장면들을 대거 삽입하는 것도 두려워하지 않았는데, 그런 부분이 연극에서는 효과적으로 구현되지 못했던 걸로 기억합니다. 영화라는 형식이 연극에 비해 보다 풍성한 맥락과 색채를 제공해준 덕분에 그는 모차르트의 신기원을 다시 창조해낼 수 있었지요. 오페라를 그처럼 드라마틱하게 담아낸 영화는 본 적이 없습니다. 이 영화는 오페라도 영상으로 담아낼 수 있다는 사실을 보여줬어요."

포먼 감독의 1984년 오스카상 수상작에서 얻은 영감을 활용하여 겔브는 "오페라도 영상으로 담아낼 수 있다"는 말에 베팅을 했다. 메트 재임 초기에 겔브는 정기적으로 오페라 공연 실황을 영화관에서 중계 상영하곤 했던 것이다.

〈뉴욕타임스〉의 편집주간이었던 아서 겔브의 아들 피터 겔브는 무대에서 스크린으로 옮겨 간 뮤지컬에 대해서는 여전히 미심쩍어 했다. "그 어떤 영화 버전의 뮤지컬도 어린 시절 브로드웨이와 뉴욕 시티센터에서 봤던 오리지널을 능가하지 못했어요." 그러나 예외 없는 규칙은 없는 법. 실제로 겔브는 적어도 한 작품에 관해서는 그런 비판을 거둬들였다. "〈시카고〉는 브로드웨이 뮤지컬과 대등한 영화로, 아주 보기 드문 사례라고 하겠습니다."

무용가이자 안무가. 21살의 나이에 미국 최고의 무용단 가운데 하나인 아메리칸 발레 시어터에서 공연했고, 앨빈 에일리 아메리칸 댄스 시어터의 주역으로 활동했다. 이후 안무가로도 활동하기 시작했다. 1989년부터 앨빈 에일리 아메리칸 댄스 시어터의 예술감독으로 재임하고 있다.

주디스 재미슨

Judith Jamison

"버스비 버클리의 뮤지컬 영화는 제 삶을
반쯤 빈 것보다는 반쯤 찬 것으로 만들어줬어요."

주디스 재미슨은 자신의 인생을 바꾼 영화를 한 편만 꼽는 것에 반대했다. "여기 한 가득 리스트가 있거든요. 우선, 버스비 버클리의 뮤지컬 전부요." 1930년대의 뮤지컬 고전인 〈풋라이트 퍼레이드〉와 〈42번가〉의 제목을 술술 풀어내며 그녀가 얘기를 시작했다. "이 영화들은 기하학적으로 디자인된 바닥과 마치 빌딩을 쌓듯 건축물처럼 축조된 경이로운 패턴을 통해 가장 이례적인 몽환의 질감을 완벽하게 보여줬어요. 게다가 그걸 춤동작과 함께 구현했지요. 이 영화들은 제 삶을 반쯤 빈 것보다는 반쯤 찬 것으로 만들어줬어요. 언제나 저를 다른 곳으로 데려다주었죠. 그건 판타지였어요. 그런 판타지를 가질 수 있다는 건 어린아이에게는 정말 굉장한 일이었지요. 제가 어렸을 적엔 아직 디즈니 월드가 없었거든요. 75센트를 내면 한 번에 세 편을 볼 수 있던 영화관이 최고였죠."

버스비 버클리를 평가한 만큼, 재미슨은 오랫동안 프레드 아스테어의 안무가로 활동했던 헤르메스 팬도 잊지 않고 있었다. 그는 〈톱햇Top Hat〉을 비롯한 수많은 뮤지컬에서 테르프시코레* 역할을 했던 인물이다. "전 프레드 아스테어가 하는 거라면 뭐든 따라 하곤 했어요. 여기서 보여줄 수도 있어요. 그의 동작뿐만 아니라 그 파트너의 동작까지도요. 세월이 흐른 뒤, 무용수로 순회공연을 하던 때 헤르메스 팬을 만난 적이 있어요. 전 너무 놀란 나머지 '고맙습니다'라고 하고 말았죠."

미국에서 자란 여느 아이들과 마찬가지로 재미슨은 공연무대를 많이 접해보지 못한 대신 영화를 통해 우상인 무용가와 안무가를 만났다. "〈폭풍우의 날씨Stormy Weather〉에서 레나 혼이 주제곡을 부를 때 캐서린 던햄과 무용단이 그녀를 둘러싸고 춤을 추지요." 그밖의 브로드웨이 걸작들도 마찬가지였다. "〈오클라호마Oklahoma!〉와 〈회전목마Carousel〉에서 무용가 아그네스 드밀의 놀라운 발레를 영화로 봤어요."

그것은 운명이었다. 로저스와 해머스타인**의 고전들을 담당했던 저 위대한 미국인 안무가가 어린 재미슨의 춤추는 모습을 보고 뉴욕으로 데려가 '아메리칸 발레 시어터' 무대에 출연시킨 것이나, 거기서 만난 안무가 앨빈 에일리가 그녀를 자신의 작품 〈계시

● 신화에서 예술을 관장하는 아홉 뮤즈 가운데 하나로 춤과 코러스를 맡는다. 무용과 안무 관련 역할을 담당하는 사람을 가리키는 말로도 쓰인다.

●● 리처드 로저스와 오스카 해머스타인. 〈오클라호마〉, 〈남태평양〉, 〈왕과 나〉, 〈사운드 오브 뮤직〉 등의 걸작 뮤지컬을 만들어낸 작사, 작곡 듀오.

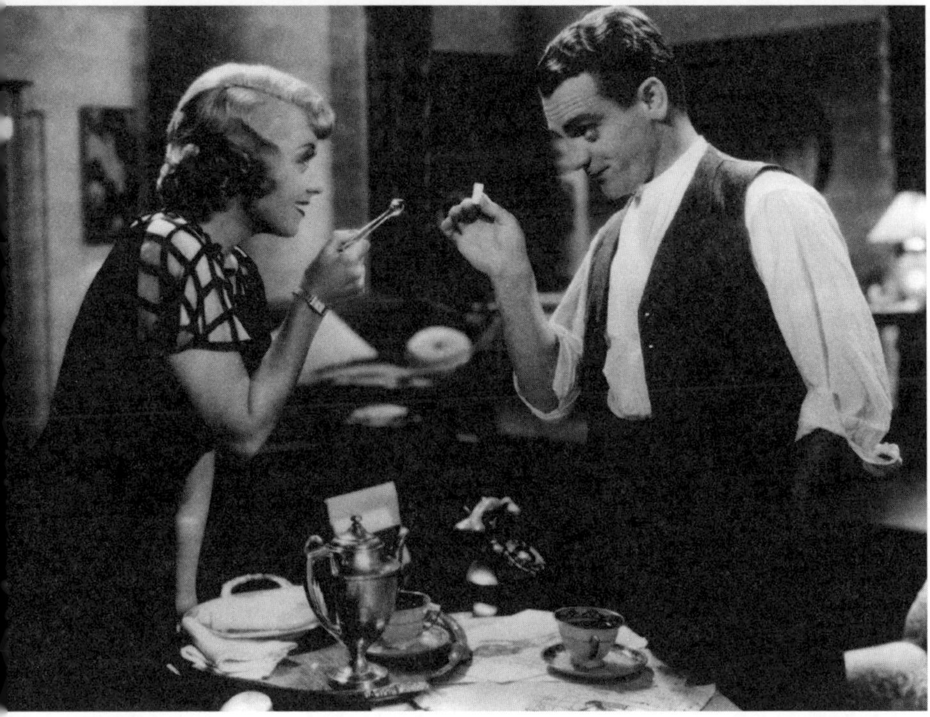

풋라이트 퍼레이드 Footlight Parade | 1933 | 104분

"버스비 버클리의 영화들은 기하학적으로 디자인된 바닥과
마치 빌딩을 쌓듯 건축물처럼 축조된 경이로운 패턴을 통해
가장 이례적인 몽환의 질감을 완벽하게 보여줬어요"

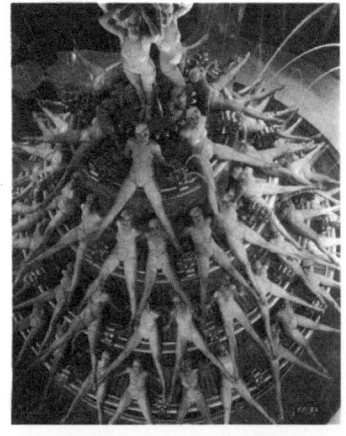

Revelations〉에 캐스팅했을 뿐만 아니라 이후에도 오로지 그녀를 위한 발레 작품들을 다수 만들어냈다는 것은 물론 재미슨에게 에일리를 처음 소개해준 것은 역시 영화였다. "〈카르멘 존스Carmen Jones〉를 열심히 살펴보면 그가 춤추는 모습을 볼 수 있습니다." 조르주 비제의 아리아를 해리 베라폰테와 도로시 댄드리지의 노래에 맡긴 오토 프레밍거 감독의 영화를 가리켜 재미슨이 말했다.

재미슨은 최근에 에드몽 그레비유의 프랑스 코미디 영화〈프린세스 탐탐Princess Tam Tam〉에 출연한 조세핀 베이커를 DVD로 보았다. 그리고 그녀가 '하얀 깃털을 달고 새장 속에서 노래하던 반짝이는 순간'을 생생하게 기억해냈다. "이 영화들은 환상적이고도 아름다웠어요. 그런 수준에 가장 근접한 최근작은 〈시카고〉예요. 우리 눈앞에서 빛을 발하는 무언가를 상상해내는 사람들이 있는데, 그건 무척 즐거운 일이지요. 그런 걸 목격하고 나서 현실 세계로 나가면 세상이 조금 다르게 보입니다. 사람들의 느낌이 바뀌는 거예요. 그게 바로 제가 무대와 무용을 좋아하는 이유입니다. 뭔가 리얼한 걸 찾는다면 그냥 다큐멘터리를 보세요."

성악가. 러시아 태생의 소프라노로 '21세기의 새로운 디바'라고 불린다. 상트페테르부르크 컨서버토리 재학 시절 청소원으로 일했던 마린스키 극장에서 데뷔 무대를 치름으로써 신데렐라 스토리의 주인공이 되었다. 탁월한 기량만큼이나 화려한 외모로도 유명하다.

안 나 네 트 레 브 코

Anna Netrebko

> *"러시아 사람들은 할리우드 뮤지컬을 좋아해요.*
> *볼 기회는 많지 않았지만 큰 영향을 주었죠."*

로스앤젤레스 오페라 극단의 2007년 프로덕션이었던 쥘 마스네의 〈마농Manon〉에서 안나 네트레브코는 18세기 프랑스의 코르티잔●을 스타에 열광하는 1950년대의 사춘기 소녀로 업데이트해놓았다. 오드리 헵번, 지나 롤로브리지다, 엘리자베스 테일러, 마릴린 먼로 같은 배우들에게 흠뻑 빠진 틴에이저로 말이다. 흔히 마리아 칼라스에 비견되곤 하는 이 열정적인 소프라노는 공산주의 러시아에서 성장했음에도 불구하고, 연기가 기지개 켜기보다 어려울 게 없다는 것을 알게 되었다. "엄마가 저를 가졌을 때, 〈로마의 휴일Roman Holiday〉을 보고는 오드리 헵번이 연기한 공주의 이름을 따서 절 안

● 주로 상류층 고객을 상대했던 프랑스의 고급 창녀를 이르는 말.

나라고 불렀대요.”

오페라 가수로서의 경력이라는 측면에서 1964년 오스카상 수상작 〈마이 페어 레이디My Fair Lady〉에서 헵번의 모습은 네트레브코에게 결정적인 영향을 끼쳤다. “당연하죠. 〈마이 페어 레이디〉는 제게 중요한 작품이었어요. 어린 시절에 이 영화를 봤어요. 아직 페레스트로이카개혁 이전 시대였죠. 대사는 러시아어로 번역됐고, 가사는 자막으로 처리됐어요. 그래도 단순한 멜로디와 아름다운 의상 덕분에 음악에 쉽게 빠져들 수 있었죠. 러시아 사람들은 할리우드 뮤지컬을 좋아해요. 볼 기회는 많지 않았지만 커다란 영향을 주었죠. TV에서 그런 영화를 상영할 때면 거리가 텅 비다시피 했을 정도니까요.” 고향 크라스노다르를 떠올리며 그녀가 말했다.

오페라하우스에서 일정이 없는 날이면 네트레브코는 이따금 뮤지컬 영화들을 즐긴다. “〈오페라의 유령The Phantom of the Opera〉은 음악이 아름답지요. 하지만 이야기가 너무 길어요. 저라면 짧게 줄일 거예요.” 네트레브코의 생각에 더욱 인상적인 것은, 팜므파탈이 하나도 아니고 둘이나 등장하는 〈시카고〉다. “전 록시 쪽은 아닌 것 같아요. 벨마 쪽에 가까운 것 같습니다.”

지휘자이자 작곡가. 핀란드 태생으로 작곡을 전공했으나 지휘자로 먼저 명성을 얻었다. 1989년 앙드레 프레빈의 뒤를 이어 로스앤젤레스 필하모닉의 음악감독 자리에 올라 오케스트라를 혁신해 격찬을 받았다. 현재 런던 필하모니아 오케스트라의 수석지휘자이자 예술고문으로 재임하고 있다.

에 사   페 카   살 로 넨

Esa-Pekka Salonen

"〈2001 스페이스 오디세이〉는 음악적인 형식과 전개를
구축하는 데 모범적인 작품으로 영향을 줬습니다."

"재미있는 뮤지컬 영화를 별로 못 봤어요." 에사 페카 살로넨이 단언했다. "다만 〈시카고〉는 재미있게 봤습니다. 어떤 집념이 있더군요. 노래를 부른다는 것을 빼고는 캐릭터들도 한결 현실적으로 느껴졌고요. 무대에서라면 사랑에 대해 노래한 것에 굳이 냉소적일 필요가 없습니다. 하지만 영화에서 단순히 누가 누구를 사랑한다는 얘기를 늘어놓는 일 따위는 따분하게 여겨지곤 하지요. 무대에서는 웅장한 느낌과 거대한 감정의 표현이 어떻게든 몸짓으로 표현이 되지만 영화는 그렇지 않으니까요."

그런 비판을 접어두고, 살로넨은 뮤지컬이 아니면서도 대단히 음악적인 영화 한 편에 찬사를 아끼지 않았다. "스탠리 큐브릭의 〈2001 스페이스 오디세이〉를 열 살 때 봤는데, 엄청난 인상을 받았

죠. 헬싱키의 유일한 와이드 스크린 영화관에서만 상영했어요." 더욱 인상적이었던 것은 영화의 엄청난 규모가 아니라 이미지와 음악을 매치한 감독의 탁월함이었다. "제 생각에 〈2001 스페이스 오디세이〉에는 모든 예술 장르를 통틀어 가장 위대한 작품 전개의 사례 가운데 하나가 나오는 장면이 있습니다. 유인원들이 뼈다귀를 도구이자 무기로 사용하는 방법을 습득하는 장면에서 죄르지 리게티의 〈레퀴엠〉이 흐르는데, 뼈다귀가 허공에서 원을 그리고 나면 큐브릭은 똑같이 원을 그리며 회전하는 우주정거장으로 장면을 커트하지요. 뼈다귀는 우주정거장으로 치환되고, 음악은 요한 슈트라우스 2세의 〈아름답고 푸른 도나우강 The Blue Danube〉으로 전환되는 겁니다. 대부분이 작곡가인 제 동료들도 〈2001 스페이스 오디세이〉가 음악적인 형식과 전개를 구축하는 데 모범적인 작품으로 영향을 주었다고 얘기하곤 하지요."

"사실, 우연찮게도 몇 달 전에 〈2001 스페이스 오디세이〉를 다시 봤습니다. 전에도 여러 번 봤지만요. 여전히 믿기 힘들 만큼 신선하더군요. SF 영화들은 대부분 급속도로 시대에 뒤떨어진 것이 되고 마는데, 〈2001 스페이스 오디세이〉에 담긴 1960년대 말의 기이한 시대적 관점은 다시 한 번 미래주의적으로 보이더군요. 10년 전만 해도 2001년은 뭔가 위험해 보였어요. 앞날이란 언제나 그렇게 보이기 마련이니까요."

살로넨은 히치콕의 영화 〈현기증〉과 〈사이코〉에 담긴 버너드 허만의 스코어에도 존경을 표했다. "그는 리하르트 바그너를 가지고 노닥거리지만, 결코 그만큼 나가지는 않지요. 다른 영화음악가와 마찬가지로 허만도 이미지와 음악을 이해하는 자신만의 독특한 방식이 있었어요. 특히 〈사이코〉에서 자동차 와이퍼를 가지고 만들어내는 것과 같은 경우 말이에요. 욕실의 살인 장면은 말할 것도 없고요. 음악이나 영화나 관건은 타이밍입니다. 최고의 작곡가들과 최고의 영화감독들은 결국 최고의 타이머였다고 할 수 있어요."

지휘자이자 작곡가. 1969년 보스턴 심포니 오케스트라를 통해 지휘자로 데뷔했고, 버펄로 필하모닉, 로스앤젤레스 필하모닉 등을 거쳤다. 현재 샌프란시스코 심포니의 음악감독으로 재임 중이며, UCC를 통한 공개 오디션으로 화제를 모았던 '유튜브 심포니 오케스트라'에 참여하기도 했다.

마 이 클   틸 슨   토 머 스

Michael Tilson Thomas

*"〈이브의 모든 것〉의 그 멋진 대사들이 없었다면
우린 어쩔 뻔했을까요?"*

그는 지휘하고, 작곡하고, 피아노를 연주한다. 그는 브로드웨이의 무대감독이었던 테드 토머스의 아들이고, 유태인 극장가의 스타였던 보리스와 베시 토마셰프스키 부부의 손자이기도 하다. 그런 탓에 마이클 틸슨 토머스의 마음에는 온통 무대 위 연기자에게 스포트라이트를 비추는 영화들이 담겨 있다. 설사 그 영화들이 〈천국의 아이들Les Enfants du Paradis〉과 〈이브의 모든 것〉처럼 서로 판이하게 다른 작품이라 해도 말이다.

"마르셀 까르네의 영화를 봤을 때 전 낭만적인 사춘기 소년이었는데, 등장인물들이 모두 예술가라는 발상이 좋았어요. 그런데 그들은 자신을 사랑하지 않는 여성과 사랑에 빠진 사람들이었지요." 그가 보기에 프랑스 고전 〈천국의 아이들〉의 등장인물들은 직업이 마임 배우든 창녀든 도둑이든 정치가든 간에 남녀를 불문하고 모두 연기자이다. "그들은 다양한 형태의 연기자들입니다. 여기서 장 루이스 바롤트는 오케스트라와 함께 마임의 세계를 구현해 보여주는데, 오늘날 우리가 마임을 이해하는 것과는 완전히 다른 방식이에요."

연예산업 종사자 집안 출신인 토머스는 조셉 맨키비치 영화의 배경 또한 아주 잘 알고 있었다. 베티 데이비스가 나이에 예민하게 반응하는 브로드웨이 스타로 출연했던 작품이다. "〈이브의 모든 것〉에서 맨키비치는 유쾌한 희화화와 철저히 사실적인 묘사의 양면을 통해 우리 업계에 실존하는 인물 군상들을 대본으로 써내는 데 성공했습니다." 토머스는 마치 자신의 의견만으로는 충분하지 않다는 듯 〈이브의 모든 것〉에 대한 자신의 할머니 베시의 평까지 인용했다. "한 세대에 한 편 나올까 말까 한 우아한 작품이야!" 그러나 최고의 해석은 결국, 토머스로부터 나왔다. 〈이브의 모든 것〉의 매력을 설명하면서 다음과 같이 말했을 때였다. "이 영화의 그 멋진 대사들이 없었다면 우린 어쩔 뻔했을까요?"

연기자의 세계에서 벗어나면 토머스의 영화 취향은 집착적이거나 부조리하다. "〈현기증〉을 열네 살에 봤습니다. 대단히 아름답고 불가사의한 데다, 실로 광적이더군요. 이 영화가 얼마나 편집증적인지 1996년에 복원판을 보기 전까지는 몰랐습니다. 그의 다른 영화에서와 마찬가지로 이건 히치콕 자신의 고백담이었어요." 히치콕의 정서적 대역인 제임스 스튜어트가 킴 노박과 함께 등장하는 이 영화에 대해 얘기하며 토머스는 스스로 다소 집착적인 모습을 보이기도 했다. "군청색 모티프가 여러 세부 장면에서 반복적으로 사용됩니다. 예컨대, 바바라 벨 게즈의 아파트에서 제임스 스튜어트가 현기증을 느끼는 장면을 보면 싱크대 아래쪽에 군청색 테두리의 상자들이 보입니다.*

게다가 토머스 같은 작곡가에게는 이 영화에 담긴 버나드 허만의 음악 또한 두드러진 존재감을 갖는 게 당연했다. "〈현기증〉에서 허만의 음악은 선율과 화음에서뿐만 아니라 특정 악기를 사용한 부분에서 무엇보다 특별합니다. 가장 깊은 심연에서 울려 나오는 듯한 콘트라베이스 클라리넷 같은 악기의 소리가 그렇지요. 그건 아르놀트 쇤베르크의 화려한 곡에서나 선호되는 특이한 악기거든요. 이 악기의 순수한 음향에는 조용한 위협이라고 할 만한 게 있어요."

콘트라베이스 클라리넷이 그를 소스라치게 하거나 혹은 세상에 희망이 없어 보일 때면, 토머스는 스탠 로럴과 올리버 하디의 〈뮤직 박스The Music Box〉에서 위안을 얻는다. 1932년 최초로 오스카상 단편 부문을 수상한 30분짜리 영화에서, 로스앤젤레스 실버 레이크 지역의 길고 높은 일직선 계단을 따라 피아노를 밀고 올라가는 장면의 '시시포스 신화적 이미지 그리고 완전한 몰입과 부조리'는 볼 때마다 토머스를 사로잡았다. 토머스의 견해에 따르면, 그 두 명의 위대한 코미디언도 대단하지만, 크레딧에 표기조차 되지 않은 폰 슈워젠호펜 교수 역의 성격과 배우 빌리 길버트야말로 자신에게 발작적인 폭소를 선사한 인물이었다. "로럴과 하디가 계단을 반쯤 올

---

* 역자가 수십 번을 반복해서 봤지만 군청색 테두리의 상자들을 확인할 수 없었다. 역자의 부주의가 아니라면 화자의 오류일 것이다.

이브의 모든 것 All About Eve | 1950 | 138분

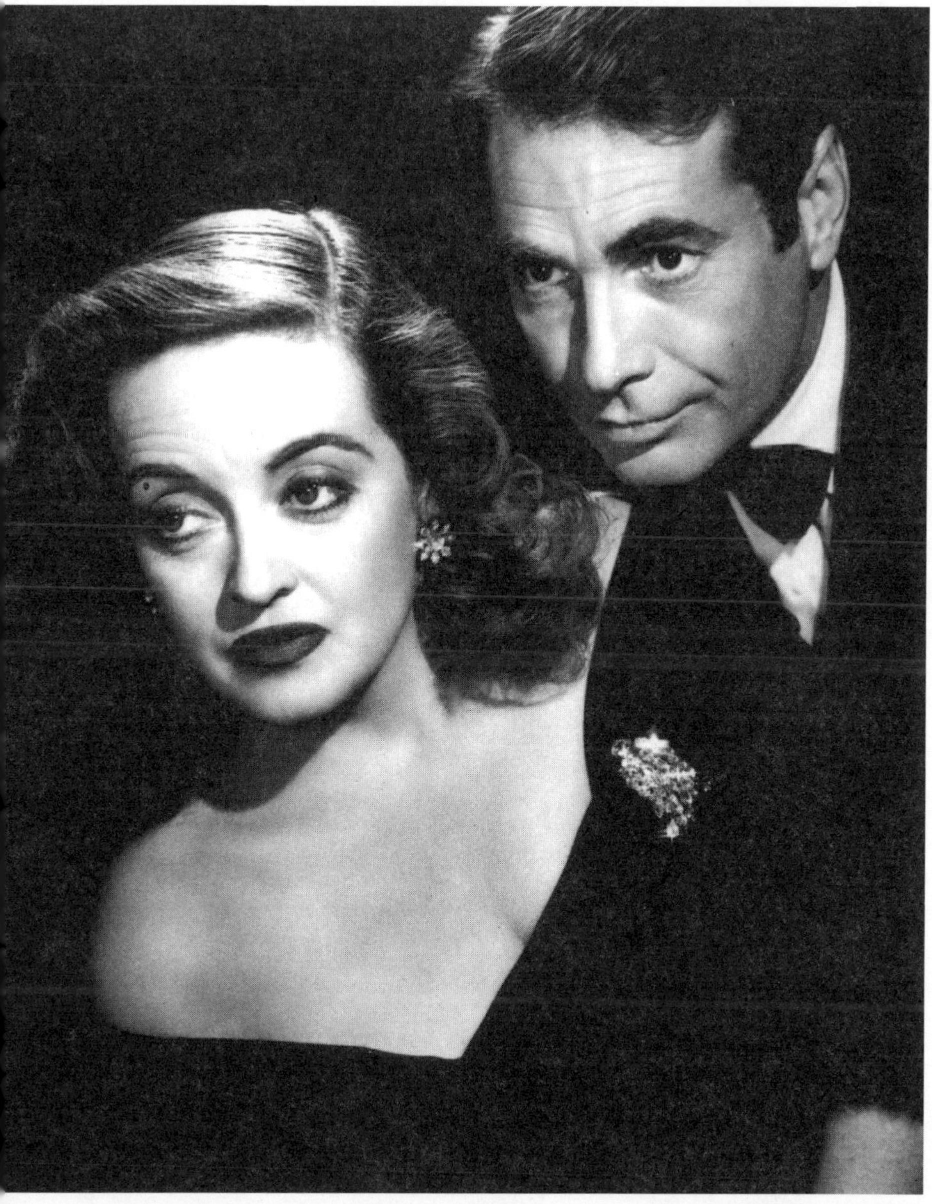

라갔을 때 만나게 되는 교수 역의 그는 정말 경이로웠습니다." 완벽한 독일 악센트로 다음 장면을 따라 연기하며 토머스가 말했다.

극중의 길버트가 묻는다. "언제쯤 내 앞길을 열어줄 셈이냐, 이 멍청한 녀석들아." 로럴이 답한다. "옆으로 돌아가지 그래요?" 그러자 길버트가 말한다. "나 말이야? 교수인 나보고 돌아가라고?!"

"그게 길버트의 특기였어요. 그는 성마른 사람이었지요. 버럭 화내는 연기가 특기였다니까요."

무용가. 1985년 아메리칸 댄스 시어터에 입단했고, 이듬해 '로잔 발레 콩쿠르'에서 수상한 최초의 미국인 발레리나가 되었다. 미하일 바리시니코프와 함께 주연을 맡은 〈지젤〉을 비롯하여 몇 편의 영화에 출연했으며, 2010년 영화 〈블랙 스완〉의 자문역을 맡기도 했다.

줄리 켄트

Julie Kent

"〈프린세스 브라이드〉 같은 영화를 보면,
다른 영화에서 잃어버린 순수함을 회복할 수 있어요."

영화 〈열정의 무대Center Stage〉의 출연자 선발을 위해 줄리 켄트를 인터뷰했을 때, 프로듀서 허버트 로스는 어떤 영화가 그녀의 인생에 가장 큰 영향을 주었는지 물었다. 이때 켄트는 보어 전쟁에 관한 영화 〈파괴자 모랜트〉를 거론하여 그를 놀라게 했다. 아마도 어머니가 뉴질랜드 태생이라는 사실이 켄트의 선택에 영향을 주었을 것이다. 어쨌거나 이 젊은 무용가는 영화의 중심부, 포로를 처형한 혐의로 호주 장교들이 사형 선고를 받는 재판 장면에 완전히 마음을 빼앗겨버린 터였다. 켄트의 상상력이 브루스 베레스포드의 영화에 담긴 복잡한 윤리적 문제의 영역에 깊이 감응했던 것이다.

"전에는 한 번도 이런 작품을 본 적이 없었어요. 실화를 바탕으로 한 이 영화에서 재판을 받은 사람들이 사격수들에게 총살을 당하지요. 이 영화가 순수의 상실이 시작된 계기라고 생각합니다. 하지만 자신의 일부가 떨어져나갈 때면, 그게 또 다른 여지를 두고 양심에 흔적을 남기는 것도 사실이지요."

또 한 편의 전쟁영화 역시 켄트를 뚜렷하게 변화시켰다. "제가 〈플래툰〉을 봤을 때 오빠가 해병대에 있었어요." 오스카상을 수상한 올리버 스톤의 베트남전 영화를 가리켜 그녀가 말했다. "이 영화는 매 순간 옳고 그름의 문제를 다룹니다. 그건 억지로 짜맞춘 이야기나 낭만적인 드라마 따위가 아니에요. 현실의 드라마예요. 〈플래툰〉을 봤을 당시 전 열여덟 살이었는데, 여전히 성장기였지요." 레오타드와 토슈즈 차림으로 발레를 하며 보낸 시절에도 켄트는 적어도 영화에 관한 한 마초 모티프에 대한 관심을 멈출 수 없었다. "클린트 이스트우드의 〈용서받지 못한 자Unforgiven〉도 옳고 그름 사이의 드라마라는 측면에서 제 마음을 움직였어요. 서부영화에 대해 아주 상반된 느낌을 많이 가지고 있지만, 이런 영화들은 기억에 남아요. 제겐 분명 의미가 있는 영화들이에요."

켄트는 태도를 바꿔, 앞서 언급한 혼란스러운 윤리적 결정들에 대한 피로회복제로 롭 라이너 감독의 로맨틱 판타지 〈프린세스 브라이드The Princess Bride〉를 즐겁게 떠올렸다. "이런 종류의 영화를 볼 때면 다른 영화에서 잃어버린 순수함을 전부 회복할 수 있어요. 제가 하는 일과 동일선상에 있다고 할 수 있지요." 〈잠자는 숲 속의 미녀〉, 〈신데렐라〉, 〈지젤〉, 〈백조의 호수〉 등 켄트는 자신이 주연했던 무용극들을 거론했다.

이 발레리나는 〈분홍신〉에서 〈웨스트 사이드 스토리West Side Story〉

까지 대규모 무용 장면이 등장하는 영화들 또한 본 적이 있다고 했다. 하지만 이 작품들은 그녀의 직업적인 일상과 지나치게 비슷해서, 일과를 마친 그녀에게 필요한 휴식을 제공해주지는 못했다. "전 이 영화들이 만들어지고 한참 뒤에야 TV를 통해 봤어요. 대형 스크린이라면 더 큰 인상을 받을 수도 있었을 텐데 말이죠."

지휘자. 줄리어드 음대를 졸업했으며 1974년 25살의 나이에 뉴욕 필하모닉 오케스트라와 협연한 최연소 지휘자가 되었다. 이후 독일 쾰른 오페라 수석지휘자와 프랑스 파리 국립 오페라의 음악감독을 역임했고, 현재 로스앤젤레스 오페라의 음악감독으로 재임 중이다.

제 임 스 콘 론

James Conlon

"〈대부〉는 뉴욕에 대한 제 소속감과도 같습니다."

사람들은 그를 가리켜 신동 혹은 천재 소년이라고 불렀다. 앨버트 피니와 조이스 레드만이 잘 익은 복숭아부터 껍질에 얹은 조개까지 오만 가지 음식을 먹어대며 선정적인 긴장감을 풍기는 장면으로 유명한, 토니 리처드슨의 오스카상 수상작 〈톰 존스Tome Jones〉를 처음 봤던 14살 무렵 제임스 콘론은 이미 모차르트의 오페라 다섯 편을 숙지하고 있었다. "이 영화는 어떤 한계를 초월한 것 같았어요." 저 섹시한 식사 장면을 가리켜 콘론이 말했다. "하지만 당시 전 아직 그걸 알아챌 단계는 아니었지요."

　고전 오페라 지휘자가 〈톰 존스〉를 가장 영향력 있는 영화로 꼽은 것은, 적어도 콘론의 설명에 따르면 완벽하게 논리적이다. "전 모차르트를 무엇보다 좋아해요. 그런데 이 영화의 정중한 매너와 은밀한 관계, 그리고 거창한 의상을 차려입은 사람들이 창밖으로 몸을 던지거나 옷장 속에 숨는 장면에도 저를 흔드는 어떤 울림이 있었어요. 살아 있는 것 같았습니다. 영화를 관통하는 하프시코드*선율의 테마는 기분 좋은 느낌인 데다 극적인 상황으로 축조된 고전 오페라를 닮은 구석도 있었어요. 그러다 아리아 혹은 듀엣곡 형식을 반영한 것 같은 순간이 등장하지요. 그게 아주 재미있었어요. 이 영화는 소설을 은막에 옮겨놓은 것인데, 불필요한 장면이 단 하나도 없다는 생각이 들 정도입니다."

콘론은 가장 좋아하는 영화를 통해 자신의 음악 이력 전체를 설명할 수도 있다. "전 잉마르 베리만을 사랑합니다. 그래도 그의 작품 가운데 한 편만 골라야 한다면 〈제7의 봉인The Seventh Seal〉을 꼽겠어요. 코미디부터 난해하고 우주적인 드라마까지 아우르는 이 영화의 양상은 극단적이지만, 한편으로 제 음악적 세계관을 반영하는 것이기도 합니다. 모차르트와 하이든을 지휘하다가, 이어서 말러와 바그너를 지휘하는 건 제게 아무 문제도 없으니까요."

베리만의 걸작을 언급하며 콘론은 이 영화가 자신을 크게 각성시켰다고 했다. "무엇보다 인간과 영혼, 우리의 복잡한 일상과 인생의 의미를 꿰뚫어보는 그의 시선 말이에요. 전 가톨릭 집안에서 성장했습니다. 그래서 침묵과 돌아오지 않는 대답, 그리고 신의 부재에 대한 이 영화의 이미지들이 제게 그토록 강렬한 인상을 주었던 거예요. 시각적인 면에서 중세를 좋아합니다. 낡은 양탄자와 중세인의

● 피아노의 원형이라고 할 수 있는 건반악기로 바로크 시대에 널리 사용되었다.

삶을 그린 그림 같은 거요. 아마도 그런 게 〈제7의 봉인〉의 매력 가운데 일부인지도 모르겠어요. 저승사자, 체스 게임 그리고 마지막에 등장하는 죽음의 무도 등의 이미지들이요. 그건 너무나 강력해서 환영에 시달리기까지 했지요."

콘론의 근원과 더욱 가까운 것은 프랜시스 포드 코폴라의 오스카 상 수상작 〈대부The Godfather〉다. 오페라 순회공연 차 유럽에 들렀을 때, 콘론은 자신의 고조부가 19세기 말 미국으로 이민 오기 전까지 살았던 남부 이탈리아의 작은 마을을 방문하기도 했다. "전 뉴욕에서 자랐고 브롱크스에서 고등학교를 다녔어요. 마이클알 파치노이 경찰 간부를 쏜 동네도 잘 알고 있었지요."

"어린 시절에 전 그 고가철도 아래를 수도 없이 걸어 다녔어요. 그래서 〈대부〉는 뉴욕에 대한 제 소속감과도 같습니다. 이민자들의 경험에도 감동을 받았어요. 이 영화는 묘사 대상에 대한 우리의 느낌과 관점을 뒤집어놨는데, 그건 창조적 예술가에게는 열린 기회라고 할 수 있지요. 어떤 예술가들은 그걸 전공 분야로 삼기도 했어요. 특히 작가 고어 비달의 경우가 그렇죠.《줄리안Julian》이나《버Burr》* 같은 작품에서처럼 그는 역사의 이면을 탐색하려 합니다. 그러면서 '아니다. 이것이 바로 그 이면이다. 이것이 실제다'라고 얘기하지요. 같은 맥락에서, 〈대부〉의 성공은 사회의 구성요소로서 범죄를 인간적으로 다룬 데서 비롯했다고 할 수 있습니다. 아버지말런 브랜도와 젊은 마이클의 진짜 비극은, 거기서 벗어나고 싶지만 결코 벗어날 수 없다는 데 있지요."

● 각각 로마 황제 율리아누스와 미국 건국 초기의 정치가 아론 버에 관한 소설이다.

"코미디부터 난해하고 우주적인 드라마까지 아우르는
이 영화의 양상은 극단적이지만, 한편으로 제 음악적 세계관을
반영하는 것이기도 합니다"

제7의 봉인 The Seventh Seal | 1957 | 97분

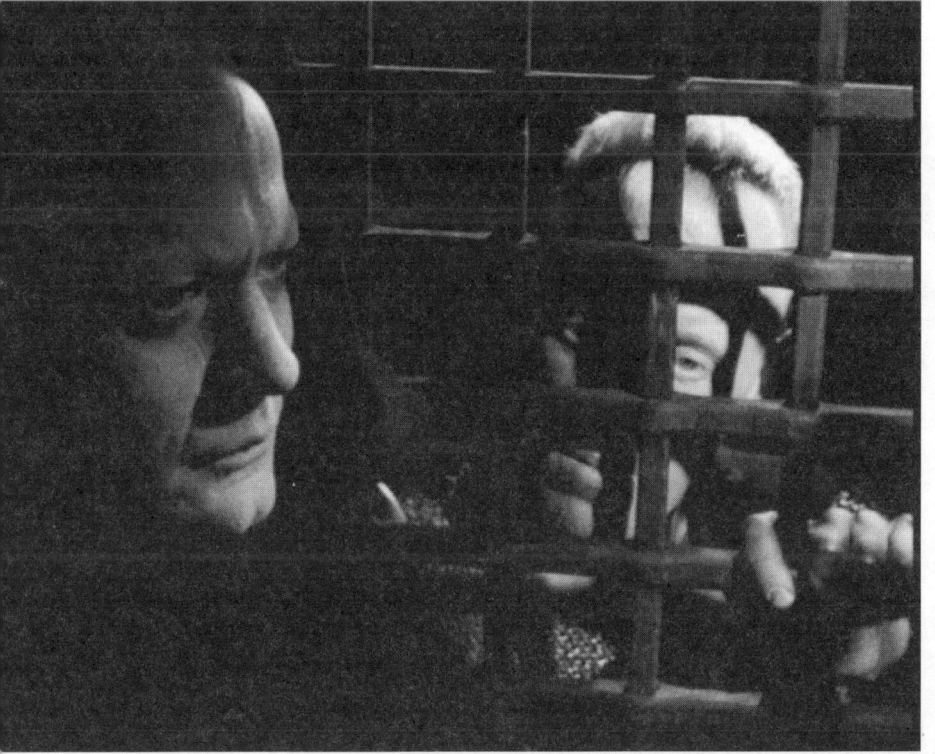

이 시대의

Chapter 07

만능
엔터테이너

"〈양키 두들 댄디〉에서 제임스 캐그니를 본 게 다섯 살 때였어요. 그의 다이내믹한
연기는 조금도 과장하지 않고 말해, 전율적이었어요. 그 정도의 카리스마와 울림과
매력을 전에는 본 적이 없었어요."
존 트라볼타

배우이자 가수. 줄리어드 스쿨 드라마학과를 졸업하고 1972년 배우 존 하우스먼이 설립한 극단 액팅 컴퍼니의 창단 멤버로 활동을 시작했다. 뮤지컬 〈에비타〉의 오리지널 프로덕션과 〈집시〉의 리바이벌 버전으로 각각 토니 여우주연상을 수상했다.

패티 루폰
Patti LuPone

> "〈로빈슨 가족〉을 보고 토미 커크의 상대역이 되리라는
> 결심을 안고 극장 밖으로 걸어 나왔어요."

패티 루폰은 디즈니의 〈로빈슨 가족Swiss Family Robinson〉을 처음 본 10살 때 탭댄스 경력 4년차였다. 그런데 이 영화가 그녀의 인생을 결정지어버렸다. "토미 커크의 상대역 여주인공이 되리라는 결심을 안고 극장 밖으로 신나게 걸어 나왔어요." 토미 커크, 존 밀스, 도로시 맥과이어, 제임스 맥아더, 케빈 코코런이 난파로 조난당한 가족으로 나오는데, 낙원 같은 열대 섬의 나무 위에 함께 모여 살던 그들은 미키마우스 모자나 너구리 모피 벙거지를 쓰고 다닐 나이를 지나기 시작한 어린이들에게 영감의 원천으로 자리 잡았다.

앤드루 로이드 웨버의 뮤지컬 〈에비타Evita〉의 브로드웨이 개막 무대에 섰고, 1993년에는 그의 뮤지컬 버전 〈선셋 대로〉에서 노마 데스몬드 역을 재창조해내는 등 그간 루폰은 무대에서 경력을 쌓아

왔다. 하지만 그런 그녀의 이력에 훨씬 더 큰 영향을 미친 것은 영화였다. "영화는 현실보다 더 대단해 보이기 마련이지요. 어렸을 때, 가장 예민한 나이에 제가 본 게 바로 그런 것들이었어요."

루폰의 인상적이고 영향력 있는 리스트에서 꼭대기에 올라 있는 두 편의 영화가 개봉한 것은 1960년대 초반이었다. "지금도 〈웨스트 사이드 스토리〉를 볼 때면 눈이 빠지게 울곤 해요. 레너드 번스타인의 음악과 스티븐 손드하임의 가사, 그리고 제롬 로빈스의 안무와 아서 로렌츠의 대본이라니. 극중의 노래를 나탈리 우드와 리처드 베이머가 직접 부른 게 아니라고 해도 상관없어요. 심지어, 이 영화를 처음 봤을 당시에 저는 〈로미오와 줄리엣〉에 대해서도 몰랐다고요." 〈웨스트 사이드 스토리〉의 원전 격인 셰익스피어의 작품을 거론하며 루폰이 말했다. "저는 순식간에 이 영화에 휩쓸려 다른 세상으로 떠밀려갔던 거예요."

공동 연출로 이름을 올린 로버트 와이즈와 제롬 로빈스는 이 영화로 오스카상을 수상했다. 그러나 1957년의 오리지널 브로드웨이 뮤지컬 버전을 구상하고 연출하고 안무했던 로빈스는 영화 제작 중에 해고당하고 말았다. 알려진 바에 따르면 그는 빡빡한 제작 일정을 견딜 수 없었다고 한다. 물론 그런 것 따위는 루폰에게 아무 문제가 되지 않는다. "그는 자기가 하는 일을 잘 알고 있었어요. 제롬 로빈스는 무대연출가였지요. 〈웨스트 사이드 스토리〉를 성공시킬 수 있었던 것도 그가 무대연출가 출신이었기 때문이에요. 스테이지 뮤지컬을 본 적이 거의 없는 영화 연출가들이 뮤지컬을 감독하려는 경우가 너무 많아요. 물론, 실패는 예정된 것이지요. 그러면 그들은 출연진을 탓하죠. 거참, 필름을 편집한 건 배우들이 아니라고요!"

〈로빈슨 가족〉의 모험과 〈웨스트 사이드 스토리〉의 낭만을 거친 뒤, 루폰은 흔히 1960년대 최고의 영화로 간주되곤 하는 작품을 만나고는 완전히 압도당했다. "이 사람들이 사막에서 벌인 일을 도저히 이해하지 못했어요." 데이빗 린 감독의 대서사시 〈아라비아의 로렌스Lawrence of Arabia〉를 가리켜 그녀가 말한다. "이 영화는 정치에 관심을 갖게 만들었어요. 오늘날의 혼란한 세상이야말로 1차 세계대전의 전리품 아닐까요? 〈아리비아의 로렌스〉에서 문제는 자업자득의 양상으로 나타납니다. 이 영화가 정말 가슴 아픈 이유가 거기 있어요. 영국 정부가 그를 사막으로 보낸 이유가 무엇이었는지 마침내 깨닫게 되었을 때 피터 오툴이 드러내는 표정에 그 모든 것이 담겨 있지요. 거기다 통일아랍공화국이야 어떻게 되든 신경도 쓰지 않고 등을 돌린 사막 부족들의 배신이 뒤따르지요. 제가 이 영화를 본 건 겨우 열두 살 때였지만, 여전히 그 메시지는 제 뇌리에서 떠나지 않습니다."

영화의 연출 기법 또한 루폰의 뇌리에 고스란히 남아 있다. "〈아라비아의 로렌스〉에는 낙타에 올라탄 오마 샤리프가 사막에서 등장하는 기나긴 장면이 있지요. 그건 분명 영화사상 최고의 등장 장면이에요!"

"〈아라비아의 로렌스〉는 정치에 관심을 갖게 만들었어요.
오늘날의 혼란한 세상이야말로 1차 세계대전의 전리품 아닐까요?"

아라비아의 로렌스 Lawrence Of Arabia | 1998 | 216분

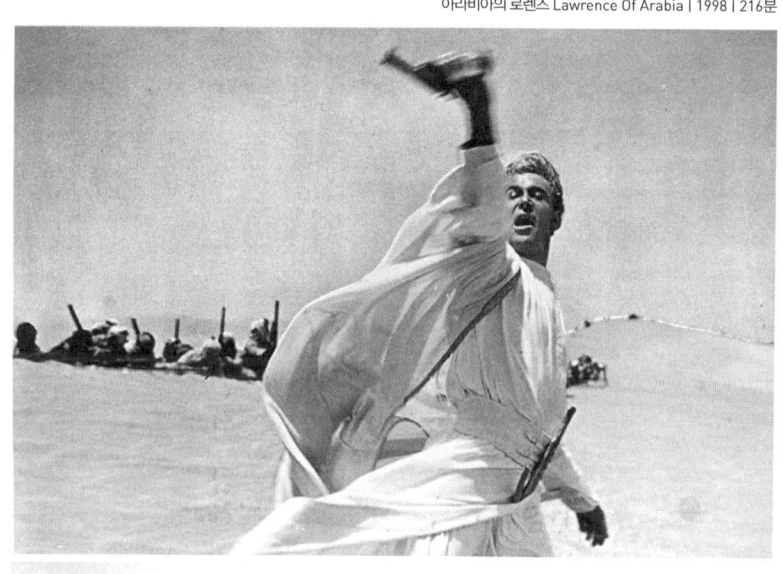

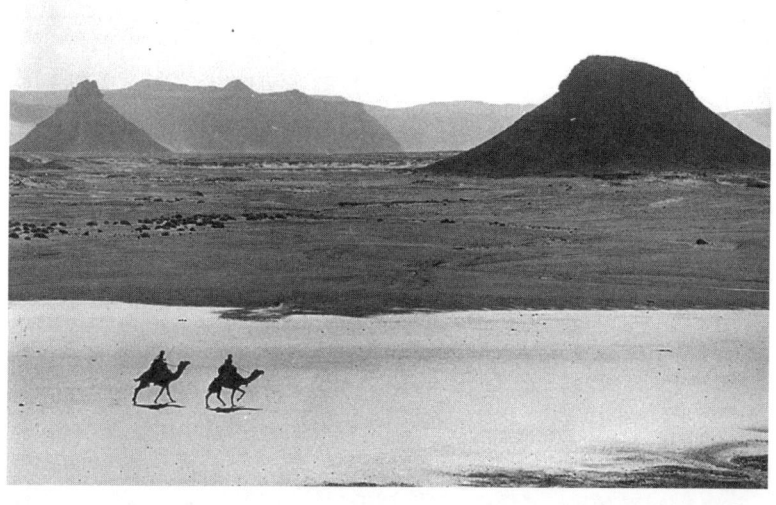

극작가이자 배우. 1982년 브로드웨이 무대에 올린 연극 〈금지된 습관〉으로 토니상을 수상하며 명성을 얻었다. 이후 〈새장 속의 광대〉, 〈케이터드 어페어〉 등의 뮤지컬 대본으로 비평적 찬사를 받았으며, 방송과 영화에서도 꾸준히 활동했다.

하 비 피 어 스 타 인

Harvey Fierstein

> "전 흑백영화의 세계를 진심으로 사랑한
> 브루클린의 뚱보 유태인 소년이었어요."

하나의 연극, 두 개의 토니상. 1983년 브로드웨이 최고 영예의 시상식은 〈금지된 습관Torch Song Trilogy〉의 연출과 연기를 담당한 하비 피어스타인에게 연극 부문 '최우수 작품상'과 '최우수 남우주연상'을 한꺼번에 안겨주었다. 토니 어워드에서 이 두 부문을 동시 수상한 사례는 그것이 역사상 처음이자 마지막이었다. 〈금지된 습관〉은 연예계와의 연관성을 보여주는 원제에서도 알 수 있듯, 어린 초등학생 피어스타인이 수학과 과학 공부에 열중해야 할 시간에 하루 종일 영화를 보지 않았던들 결코 쓰일 수 없었던 작품일지도 모른다.

"전 흑백영화의 세계를 진심으로 사랑한 브루클린의 뚱보 유태인 소년이었어요. 당시 뉴욕에는 〈100달러의 영화The Million Dollar Movie〉라는 TV 프로그램이 있었는데, 같은 영화를 하루에 다섯 번씩, 오전 9시, 정오, 오후 3시와 6시, 저녁 9시에 반복해서 보여줬어요. 캐서린 헵번, 진저 로저스와 루실 볼이 함께 출연한 〈스테이지 도어 Stage Door〉를 틀어주는 날이면 전 아프다는 핑계로 학교를 빼먹곤 했지요. 아, 그 여배우들이란! 도저히 학교에 갈 수가 없었어요. 전 그 톡톡 튀는 경쾌한 대사와 재기 발랄한 농담을 사랑했습니다. 브루클린 사람들은 그런 식으로 대화하지 않았거든요. 그 세련미가 저를 환장하게 만들었어요. 거기 등장했던 재치 있는 여성들은 또한 제 초기 희곡에도 많은 영향을 줬습니다. 숨 가쁘게 주고받는 대사들이 정말 죽여줬지요.”

그레고리 라 카바 감독의 영화가 그에게 수업을 빼먹도록 했다면, 무대 뒤편에서 벌어지는 배신의 이야기를 다룬 또 다른 영화, 조셉 맨키비치가 연출하고 베티 데이비스가 출연한 〈이브의 모든 것〉은 젊은 피어스타인에게 연극계에 대해 알아야 할 모든 것을 가르쳐주었다. 장차 그가 누구보다 잘 알게 될 세계에 대해서 말이다. “〈이브의 모든 것〉과 〈스테이지 도어〉는 모두 연예계에 관한 영화들이지요.” 퍼포머들의 이야기를 다룬 무대극을 통해 자신이 두 개의 토니 트로피, 〈헤어스프레이〉의 최우수 남우주연상과 〈새장 속의 광대 La Cage aux Folles〉의 최우수 극본상을 추가로 수상했다는 사실을 상기시키기라도 하려는 듯 피어스타인이 말했다. 게다가 〈스테이지 도어〉와 〈이브의 모든 것〉은 모두 배우 역할을 연기하는 강렬한 여성들이 등장하는 작품이기도 하다. 그러니 얘기는 다한 셈 아닌가?

“전 언제나 게이였습니다. 어린 시절에도 정체성의 혼란 따위는 겪지 않았어요. 인형을 가지고 놀았죠. 〈오클라호마!〉의 사운드트랙을 틀어놓을 때면 전 〈오, 왓 어 뷰티풀 모닝Oh, What a Beautiful Morning〉이 아니라 〈아임 저스트 어 걸 후 캔트 세이 노I'm Just a Girl Who Can't Say No〉를 따라 불렀습니다.* 전 모리스 슈발리에가 아니라 베티 데이비스였어요."

게이 정체성에 대한 또 하나의 관건은 젊은 피어스타인이 언제나 탁월한 취향을 과시해왔다는 사실인데, 그는 2류 게이영화들의 제단 앞에 무조건적인 경배를 올리기보다 작품성이 높은 쪽을 선호했다는 것이다. "만약 막스 브라더스와 마리아 몬테즈, 말하자면 〈코브라 우먼Cobra Woman〉의 마리아 몬테즈 가운데서 한 쪽을 선택해야 한다면 전 막스 브라더스의 재미있는 대사 쪽을 선택할 겁니다."

게이 문제는 거기까지다. 예를 들어, 20세기 폭스의 영화를 함께 보며 피어스타인에게 인생의 진실을 가르쳐준 것은 그의 어머니가 아니라 아버지였다. "그 아버지에 그 아들이었어요. 아버지는 최루성 영화를 좋아했습니다. 바바라 스탠윅과 제인 와이먼의 광팬이기도 했고요. 우리는 그들이 출연한 〈스텔라 달라스〉, 〈살인 전화Sorry, Wrong Number〉, 〈조니 벨린다Johnny Belinda〉, 〈푸른 면사포The Blue Veil〉같은 영화들을 나란히 앉아서 보곤 했지요."

그렇다고 어린 피어스타인에게 남자다움을 가르쳐준 영화가 없었던 것은 아니다. "카우보이와 인디언 놀이를 하기도 했어요. 영화 속의 카우보이들, 특히 랜돌프 스코트 같은 사람들은 섹시했으니까요! 그리고 어릴 때는 인디언이 되고 싶기도 했어요. 〈론 레인저Lone

---

* 남자 가수가 아니라 여자 가수의 곡을 따라 불렀다는 뜻이다.

Ranger〉TV 시리즈에서 톤토 역으로 출연했던 제이 실버힐스가 브루클린의 친구 아서네 집에서 가까운 곳에 살고 있었지요. 실버힐스는 차고 문을 인디언풍 디자인으로 장식했는데, 플랫부시 같은 동네에선 아주 이국적인 풍경이었어요."

붉은 피를 가진 미국의 모든 젊은이들이 그렇듯, 피어스타인도 눈앞에서 피가 튀는 장면들을 좋아했다. "피범벅 호러영화들에 완전히 매료된 때가 있었는데, 우리는 지하실에서 살인 추리극들을 틀어놓고 같이 보곤 했지요." 아직 성숙해지기 전의 피어스타인에게 영향을 준 영화들로는 〈플라이The Fly〉, 〈우주생명체 블롭The Blob〉, 〈헌티드 힐House on Haunted Hill〉 등이 있었고, 조금씩 나이가 들면서는 〈베이비 제인에게 무슨 일이 생겼나?Whatever Happened to Baby Jane?〉와 〈더 헌팅The Haunting〉을 좋아했다.

피어스타인은 어린 시절 할리우드에 관해서라면 싫어하는 게 아무것도 없었다고 했다. 그러나 어른이 되어서는 아니었다. "친구들을 설득해 리암 니슨이 출연한 〈더 헌팅〉의 리메이크판을 보러 갔는데, 온통 특수효과뿐이더군요. 영화를 그렇게 망쳐놓다니, 할리우드에 화가 났지요."

가수이자 배우. 2004년 TV 오디션 프로그램 〈아메리칸 아이돌〉의 세 번째 시즌 우승자로 인기를 모으기 시작했으며, 데뷔 싱글 〈I Believe〉로 빌보드 차트 1위를 차지하면서 순식간에 스타덤에 올랐다. 2006년 〈컬러 퍼플〉의 브로드웨이 뮤지컬 버전에 출연하며 연기 분야까지 활동 영역을 넓혔다.

판 타 지 아

Fantasia

> "〈레이디 싱스 더 블루스〉를 보면서 절대 여주인공처럼
> 인생을 마감하지 않을 거라고 다짐했어요."

백색대로Great White Way* 쪽으로부터 〈컬러 퍼플The Color Purple〉에 출연해달라는 부름을 받기 전까지, 판타지아가 가장 열렬히 사랑해 마지않았던 브로드웨이 뮤지컬은 무엇이었을까? "그녀는 〈컬러 퍼플〉 공연에 초대받기 전까지 평생 브로드웨이의 어느 극장에서도, 어떤 뮤지컬도 관람한 적이 없었어요." 뮤지컬 〈컬러 퍼플〉의 수석 프로듀서 스코트 샌더스의 답이다.

판타지아 배리노를 무대와 친숙한 존재로 만들어준 계기는 그녀가 우승을 차지한 2004년 〈아메리칸 아이돌〉 오디션과 뒤이은 제이미 폭스와의 순회공연이 전부였다. 그때의 경험을 제외하면 그녀

● 브로드웨이의 별칭.

는 배우 수업을 받은 적도 없을 뿐만 아니라 연기를 해본 경험조차 없었다. 그렇다고 그녀가 앨리스 워커* 소설의 착취당하는 여주인공 셸리 역으로 2007년 브로드웨이에 데뷔하는 데 영화가 아무런 예비 역할도 하지 않았다는 뜻은 아니다.

"제가 성장하면서 봐왔던 영화들은 노래와 아주 밀접한 관계가 있어요." 사우스캐롤라이나에서 보낸 어린 시절에 대해 판타지아는 말한다. "빌리 홀리데이의 생애를 다룬 〈레이디 싱스 더 블루스Lady Sings the Blues〉에서 다이애나 로스의 연기를 봤던 게 기억나요. 거듭 반복해서 보곤 했죠. 전 빌리 홀리데이가 어떻게 그 모든 일들을 감당해냈는지 궁금했어요. 결국 아름답게 끝나진 않았지만 말이에요. 언제나 그런 영화를 보고 싶어했던 것 같아요. 어느 때건 정신을 바짝 차리고 있기 위해서라도 항상 주변에 좋은 사람들을 가까이 두기 때문일 거예요. 빌리 홀리데이는 정말 뛰어났고 정말 아름다웠어요. 온 세상이 그녀의 손바닥 안에 있었어요. 그런데도 그런 최후를 맞이하다니, 어떻게 그럴 수가 있었을까요? 〈레이디 싱스 더 블루스〉를 보면서, 저 여성들을 사랑하지만 절대로 그들처럼 인생을 마감하지 않을 거라고 다짐했어요."

판타지아에게 경각심을 불러일으킨 또 하나의 이야기는 안젤라 바셋이 남편 아이크 터너에게 학대받는 부인으로 출연한 영화 〈어제 오늘 그리고 내일What's Love Got to Do With It〉이다. "티나 터너 여사에게도 빌리 홀리데이와 비슷한 사태가 벌어졌던 거예요. 그녀는 경

● 〈컬러 퍼플〉의 원작자인 미국의 흑인 여류소설가.

이로운 여성이긴 했지만 분명 문제가 있었어요. 그녀가 그토록 큰 사랑을 주었는데도 남자는 그녀를 전혀 존중하지 않았죠. 하지만 알다시피 그녀는 마침내 떨치고 일어납니다. 제가 반복해서 보곤 했던 또 한 편의 영화가 바로 이 작품이에요. 신에게 음악적 재능을 선물받은 특별한 여성들이 닫힌 문의 저편에서는 어떤 일들을 겪어야 했는지 전에 우리는 미처 알지 못했지요."

극작가. 콜럼비아 대학에서 중세 예술을 전공하고 뉴욕대학원에서 연출을 공부했다. 1991년 처음 선보인 연극 〈엔젤스 인 아메리카〉의 극본으로 퓰리처상과 토니상을 수상했다. 이 작품은 뒤에 TV 미니시리즈와 오페라로 제작되기도 했다. 〈뮌헨〉의 시나리오로 영화계에도 진출했다.

토 니 쿠 시 너

Tony Kushner

"〈추운 곳에서 온 스파이〉를 처음 본 건 중학생 때였는데,
리처드 버튼의 연기를 보면서 가슴을 졸였어요."

퓰리처상을 수상한 토니 쿠시너의 에이즈 관련 드라마 〈엔젤스 인 아메리카Angels in America〉는 윌리엄 잉지와 하비 피어스타인, 게다가 탈룰라 뱅크헤드까지 망라하는 레퍼런스에서도 알 수 있듯, 게이 세계에 대한 입문서와 같다. 한편 에릭 로스와 함께 쓴 〈뮌헨 Munich〉의 시나리오는 브로드웨이의 작품들을 제쳐두게 만들긴 했지만 쿠시너의 무시하지 못할 영화 이력을 끌어낸 작품이기도 하다.

1972년 뮌헨올림픽 테러 사건의 가해자들이 차례차례 암살당하는 내용을 담은, 검은 9월단 사건의 여파를 폭로하는 스티븐 스필버그의 영화를 준비하면서 쿠시너는 존 러카레이의 소설을 마틴 리트가 영화로 옮긴 가혹한 스파이 이야기를 찾아 40년의 시간을 거슬러 올라갔다.

"〈추운 곳에서 온 스파이〉는 제가 사랑하는 영화예요. 그리고 제가 〈뮌헨〉의 시나리오 작업을 하는 동안 구체적으로 염두에 두고 있었던 유일한 영화라고도 할 수 있지요. 왜냐하면 이 영화는 모호하고 복잡하고 암울한 상황 가운데 처한 인간의 분열상을 다루고 있기 때문이에요. 이 영화를 처음 본 건 중학생 때였는데, 리처드 버튼의 연기를 보면서 가슴을 졸였어요. 이 작품에 대해 기억하는 건, 영화가 진행될수록 점점 더 음산해지고 점점 더 냉정해졌다는 겁니다. 바로 거기에 감명을 받았지요."

〈엔젤스 인 아메리카〉 외에도 쿠시너의 희곡 〈홈보디/카불 Homebody/Kabul〉과 〈슬라브스!Slavs!〉는 선전 선동을 예술의 경지로 끌어올렸다는 찬사를 받았다. 그는 명시적 메시지를 믿는다. 그건 자신의 영화 편력에서 가장 좋아하는 작품 가운데 하나에서 얻은 교훈이다. "〈알제리 전투〉를 정말 사랑해요." 알제리 혁명을 다룬 질로 폰테코르보의 영화. "지금까지 여러 번 이 영화를 봤는데, 공정한 시각을 유지하면서도 명료한 반식민주의의 정치적 메시지를 관철하는 방식이 좋아요. 더불어, 아주 조그만 이야기들과 아주 거대한 담론들을 동시에 서술해나가는 방식 또한 좋아합니다."

배우이자 가수. 1998년 연극 〈밸리 송〉으로 데뷔와 동시에 평단의 주목을 받았고, 2003년 뮤지컬 〈캐롤라인, 오어 체인지〉로 토니상을 수상했으며, 2006년 영화 〈드림걸즈〉로 대중적인 지명도를 얻었다. 이후 무대와 스크린을 오가며 활발히 활동하고 있다.

아 니 카 노 니 로 즈

Anika Noni Rose

> *"〈페임〉을 보고, 그 학교에 가고 싶어졌어요.*
> *식탁 위에서 노래하고 춤추다니!*
> *그보다 더 신나는 일이 뭐가 있겠어요?"*

영화 팬들에게 아니카 노니 로즈는 비욘세와 제니퍼 허드슨을 제외한 '드림걸스'의 나머지 한 명으로 인지된다. 그러나 브로드웨이 관객들에게 그녀는 근래 가장 경이로운 연기 변신을 선보인 여배우로 기억되고 있다. 토니 쿠시너의 대본과 지닌 테소리의 음악이 합작한 〈캐롤라인, 오어 체인지 Caroline, or Change〉에서 사춘기 소녀 에미를 연기해 토니 트로피를 받았던 그녀는 불과 4년 후, 테네시 윌리엄스 원작의 〈뜨거운 양철 지붕 위의 고양이 Cat on a Hot Tin Roof〉에서 관능적인 여인 매기 역을 소화해낸 것이다.

어린 시절 보았던 〈오즈의 마법사〉와 〈위즈 The Wiz〉 같은 영화들이 로즈에게 배우의 꿈을 심어준 것은 아니었다. 그렇다고 〈오페라의 유령〉 같은 브로드웨이 뮤지컬을 보고 배우가 되겠다고 결심한 것도 아니었다. "과학을 좋아했어요. 수의사가 되고 싶었거든요." 코네티컷 주 블룸필드에서 보낸 성장기를 떠올리며 로즈가 말했다. 그런데 영화 〈페임Fame〉이 뉴잉글랜드가 낳은 딸에게서 두리틀 박사의 후예가 될 기회를 앗아가버렸다. "〈페임〉을 보고 그 학교에 가고 싶어졌어요. 맙소사. 거리에서, 식탁 위에서 노래하고 춤추고 공중제비를 돌다니! 그보다 더 신나는 일이 뭐가 있겠어요?"

영화의 마법에 사로잡히긴 했지만 로즈는 배우가 되는 일에는 여전히 무관심했다. 어머니가 〈페임〉의 사운드트랙을 사주기 전까지는. "우리 학교에서 브로드웨이 버전의 〈페임〉을 공연하게 됐을 때 전 그 노래들을 벌써 알고 있었던 거예요. 그래서 생각했죠. 제가 할 수 있겠다고. 그러고는 영화에서 아이린 카라가 연기했던 코코 역을 따냈어요. 그때 감염된 거예요. 전에는 결코 느끼지 못했던 뭔가를 감지했죠. 무대 위에 선다는 건 놀라운 느낌이더라고요. 정말 눈이 번쩍 뜨이는 경험이었어요."

영화 〈페임〉은 오디션 입문서로 기능했을 뿐만 아니라 로즈에게 커다란 확신을 주기도 했다. "〈사인필드Seinfeld〉와 〈프렌즈Friends〉도 굉장했어요. 하지만 그 드라마의 주인공들은 뉴욕에 살면서도 흑인 친구가 없더군요. 〈페임〉에는 모든 사람이 다 있었어요. 아이린 카라와 데비 엘렌이 있었고, 라틴계와 유태인이 있었죠. 그게 바로 뉴욕이었어요! 그게 바로 절 흥분시켰어요! 모든 사람이 뒤죽박죽으로 엉켜 있었던 거지요."

〈페임〉의 임팩트는 〈위즈〉에 의해 증폭되었다. 줄거리는 로즈도 이미 잘 알고 있었다. "해마다 TV를 통해 〈오즈의 마법사〉를 봤어요. 제가 가장 좋아하는 뮤지컬이었지요. 아빠는 저를 위해 사자 흉내를 내며 노래를 불러주곤 했어요. 그러면 전 아주 쓰러졌죠." 누구도 본뜨지 못할 버트 라어의 목구멍 넘어가는 소리를 따라 하며 그녀가 말했다. "그르그르글! 그런 식으로 노래를 부르리라고 누가 생각이나 했겠어요?" 로즈는 아버지가 허수아비나 양철인간 흉내를 내려고 시도하지 않았던 이유가 정확히 무엇인지는 모른다. 아마 사자가 가장 재미있는 캐릭터이기 때문이었을 거라고 짐작할 뿐이다. "사자는 걸걸한 목소리에 덩치는 산만 한 계집애였어요. 그저 애완용 고양이가 되고 싶고, 숲에서는 살고 싶지 않은 녀석이었지요."

로즈가 〈위즈〉에서 도로시로 출연한 다이애나 로스와 허수아비로 출연한 마이클 잭슨을 본 것은 그 다음의 일이다. 1978년 시드니 루멧이 연출한 이 뮤지컬 영화가 비평가들에게 외면당했다는 사실은 중요하지 않았다.

"마이클 잭슨은 아름다웠어요. 그리고 저도 저 세계의 일원이 될수 있을 것 같았지요. 그건 정말 경이로운 판타지였어요. 그러니까 〈위즈〉를 통해 우리도 판타지를 가질 수 있게 허락된 거였어요. 저와 닮은 사람들을 영화에서 보노라면 어떤 소속감 같은 것을 느낄수 있으니까요." 로즈는 여전히 〈오즈의 마법사〉를 즐긴다. "그 여정이 좋아요. 반면에 〈위즈〉는 제 가족과 닮은 사람들이 함께 하는 다른 종류의 여행이지요."

배우. 고교 시절부터 연극, 영화, TV를 오가며 경험을 쌓았고, 1977년 영화 〈토요일 밤의 열기〉로 당대 최고의 청춘 스타 자리에 올랐다. 1980년대를 지나며 슬럼프를 겪기도 했지만 1994년 쿠엔틴 타란티노의 히트작 〈펄프 픽션〉을 통해 재기에 성공했고 현재까지 왕성한 활동을 하고 있다.

존 트라볼타
John Travolta

> "〈양키 두들 댄디〉에서 캐그니의 다이내믹한 연기는
> 조금도 과장하지 않고 말해, 전율적이었어요."

30년이 넘는 연기 경력에 단 두 편의 뮤지컬 영화, 〈그리스Grease〉와 〈헤어스프레이〉에 출연했을 뿐이지만, 존 트라볼타는 〈토요일 밤의 열기〉, 〈도시의 카우보이Urban Cowboy〉, 〈펄프 픽션Pulp Fiction〉 등 그의 가장 인상적인 작품들에서 춤추는 장면을 성공적으로 수행해냈다. 영화 아이콘으로서 자신의 위상에서 춤이 일정 부분을 차지한다는 사실에 그는 놀라움을 느끼고 있을까?

"전혀." 트라볼타의 대답이다. "〈양키 두들 댄디Yankee Doodle Dandy〉에서 제임스 캐그니를 본 게 다섯 살 때였어요. 그의 다이내믹한 연기는 조금도 과장하지 않고 말해, 전율적이었어요. 누나가 에델 머만과 함께 〈집시Gypsy〉에 출연한 후부터 저는 최상 수준의 연기를 볼 수 있는 뮤지컬 공연을 수도 없이 접했어요. 하지만 여기서 캐그

니의 연기는 그야말로 초자연적이었습니다. 그 정도의 카리스마와 울림과 매력을 전에는 본 적이 없었어요. 그러고 나니까 〈웨스트 사이드 스토리〉나 〈집시〉 같은 공연도 가능하다는 것을 알 수 있었고, 그게 저를 감탄하게 했지요. 특히, 〈집시〉에 등장하는 스트리퍼 캐릭터인 마제파가 〈유 갓 어 해브 어 기믹You Gotta Have a Gimmick〉을 부르는 모습에 완전히 사로잡혔던 기억이 납니다. 그러니까 춤이 제가 하는 일과 동격이라고 말해도 전혀 놀랍지 않아요. 전 일차적으로는 배우지만 항상 노래와 춤을 같이 배우고 있었어요. 그에 대한 열정이 있었거든요. 춤은 사람들을 즐겁게 하는 제 능력의 일부였던 셈이죠."

영화계가 그를 발견하기 전까지, 트라볼타는 〈오버 히어!Over Here!〉와 〈그리스〉 같은 브로드웨이 뮤지컬에서 연기를 하고 있었다. 그러다 1971년 〈지저스 크라이스트 슈퍼스타Jesus Christ Superstar〉 오디션에서 프로듀서 로버트 스틱우드가 그를 처음 주목했다. "저 친구는 스타가 될 거야." 트라볼타에게 배역을 주지 않았음에도 스틱우드는 그렇게 예견했다. 그리고 그 말은 나중에 실현되었다. 1977년 스틱우드와 알란 카가 〈그리스〉를 영화로 제작하려고 준비하고 있을 때, 트라볼타는 '록 허드슨과 엘비스 프레슬리의 그 새까만 머리칼'을 자신이 차지할 수 있을지 물었던 것이다. 30년이 흐른 지금도 그는 머리색에 괴상하게 집착했던 것을 기억하고 있을 뿐만 아니라, 그렇게 집착했던 이유를 설명해주기도 했다. "어렸을 때 록 허드슨과 엘비스 프레슬리의 영화를 보면서 그들의 초현실적으로 새까만 머리칼이 마음에 들었어요. 그들은 거의 만화처럼 보이는 외양을 갖춘 사내들이었죠. 사진으로 보면 검은 머리에 푸른빛이 감도는데, 전 그게 진짜 1950년대적인 매력이라고 생각했던 겁니다."

뮤지컬 영화로는 두 번째였던 〈헤어스프레이〉에서 트라볼타는 자신이 맡은 캐릭터의 외모에 전보다 훨씬 큰 관심을 기울였다. "사람들이 저를 진짜 여자로 생각하게 만들려고 노력했어요." 볼티모어의 주부 에드나 턴블래드 역을 가리켜 그가 말했다. "새로운 영역에 진입하기 위해 애썼지요." 그건 영화사의 전례를 보아도 흔치 않은 임무였다. 1988년의 오리지널 〈헤어스프레이〉에 출연했던 디바인은 리버 시티에 정주한 방문판매원을 속여넘길 형편조차 아니었고, 피터 위어의 〈가장 위험한 해The Year of Living Dangerously〉에서 빌리 콴 역을 했던 린다 헌트의 경우 여자가 남자 역을 하는 정반대의 성 역할 전환이었다. 그리고 〈투시〉에서의 더스틴 호프먼이나 고전 〈뜨거운 것이 좋아〉에서의 잭 레먼과 토니 커티스는 그저 여장 남자였을 뿐이다. "그 영화들에서는 아무것도 가져오지 않았어요."

〈헤어스프레이〉에서 트라볼타는 여성이었고, 실제로 그렇게 보였다. "에드나는 덩치가 큰 여자이기 때문에 그렇게 믿도록 만들기가 쉬웠어요. 몸집이 불고 나이가 들면, 실제로도 남녀의 차이가 그리 커 보이지는 않으니까요."

트라볼타가 더스틴 호프먼이나 다른 남자 배우들에게서 방식을 빌려오지 않았던 것은 솔직히 말해 "영화 속에 등장했던 환상적인 여성들 가운데 이미 수많은 선택의 여지가 있었기 때문"이라고 한다. "제 명단에는 아니타 에크베르그, 소피아 로렌, 엘리자베스 테일러, 그리고 델타 버크가 생생하게 살아 숨쉬고 있어요. 그들은 여전히 아름답지요. 아직도 젊은 시절의 체형을 유지하고 있어요. 그렇지만 90킬로그램쯤 살이 붙는다고 해도 그들은 여전히 본 체형을 유지하지 않을까 싶어요. 제인 맨스필드나 메이 웨스트도 그럴 테고요. 에드나를 연기하면서 저는 어느 정도의 섹슈얼리티를 유지함으로써 캐릭터의 여성성을 더욱 강조할 수 있을 것 같았어요."

만약 트래볼타가 영화 속 여장 남자에게 영향을 받은 바가 있다면, 그건 〈투시〉의 도로시 마이클스 캐릭터를 구현하기 위해 더스틴 호프먼이 활용했던 남부 억양일 것이다. "남부 억양이 본래 좀 여성적이거든요. 전 볼티모어의 억양이 본래 좀 높다는 걸 발견했어요. 코의 뒷부분에서 나는 소리죠. 그런 설정이 보다 여성적인 음조를 내주는 것 같았습니다."

극작가. 뮤지컬 작가로 경력을 시작했으며, 1975년 토니상을 수상한 〈강도 신랑〉으로 성공 가도에 들
어섰다. 이후 1987년부터 1998년 사이 이른바 '애틀랜타 3부작'으로 찬사를 받았다. 오스카상, 퓰리
처상, 토니상을 수상한 유일한 극작가이기도 하다.

앨 프 리 드   유 리

Alfred Uhry

> *"어린 시절 제게 강한 인상을 남긴 건*
> *브로드웨이 작곡가들의 전기영화였어요."*

유명한 '애틀랜타 3부작', 〈드라이빙 미스 데이지Driving Miss Daisy〉,
〈라스트 나잇 오브 발리후The Last Night of Ballyhoo〉, 〈퍼레이드Parade〉
로 앨프리드 유리는 오스카상, 퓰리처상, 그리고 토니상 두 개를 거
머쥐었다. 자신의 작품에 등장하는 주인공들처럼 유리 또한 미국
남부의 유태인으로 성장했는데, 어린 시절 빠르게 흡수한 영화들은
그가 자신을 둘러싼 비유태적 문화 "우리는 부활절 달걀과 크리스마스 트리를 모두 갖고
있었지요."에 동화되는 데 적지 않은 역할을 했다.

　"앤디 하디* 영화들에 등장하는 고만고만한 사내아이들 말이에
요. 제가 꽤 닮고 싶어했던 인물이었어요. 영화에서 본 유태인들이

* 미키 루니가 주연한 영화 시리즈에 등장했던 가상의 캐릭터.

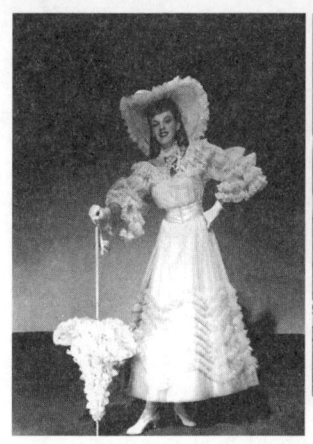
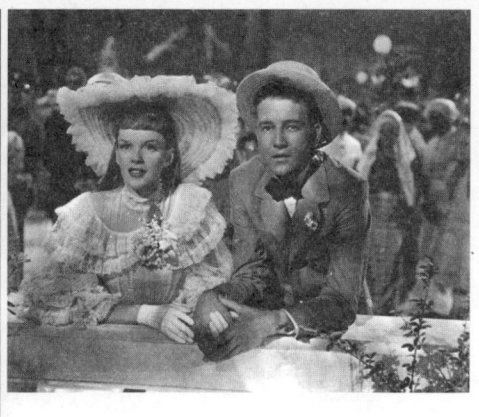

"〈세인트루이스에서 만나요〉는 제 글쓰기에 진정한 영향을 미쳤어요.
무대 뮤지컬 대본 쓰기의 첫 번째 수업이었지요."

세인트 루이스에서 만나요 Meet Me In St. Louis | 1944 | 112분

신사협정 Gentleman's Agreement | 1947 | 118분

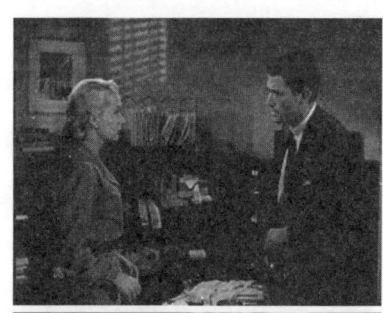

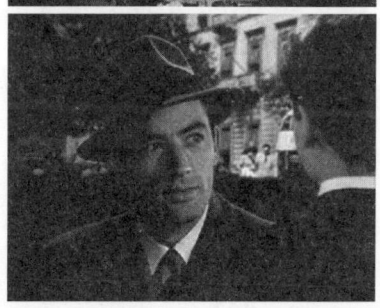

라곤 그늘 속에서 살아가는 알 졸슨° 같은 사람들뿐이었죠. 조지아주 애틀랜타에서 성장하며 제가 만난 유태인들은 하나같이 컨트리 클럽에서 골프를 쳤는데, 그래서 전 마음속으로 수영 선수 에스터 윌리엄스와 함께 헤엄을 치곤 했던 밴 존슨 같은 사람으로 성장하길 바랐어요. 그렇게 되고 싶었습니다."

그러는 가운데 영화는 유리에게 그가 미래에 갖게 될 직업을 소개해주었다. "어린 시절 제게 강한 인상을 남긴 건 브로드웨이 작곡가들의 전기영화이었어요. 저는 삶이 〈밤과 낮Night and Day〉의 콜 포터나 〈워즈 앤 뮤직Words and Music〉의 리처드 로저스와 로렌즈 하트와 같으리라 기대했어요. MGM이 만들어낸 그 작곡가의 전기영화가 제게는 가장 매혹적인 세상으로 비췄던 겁니다. 영화 속에 묘사된 브로드웨이와 사랑에 빠져버린 거지요. 당시에는 브로드웨이란 단어가 세련미를 나타내는 유행어와 같았어요. 그곳이야말로 제가 속하고 싶었던 세상이었습니다. 우디 앨런의 〈카이로의 붉은 장미The Purple Rose of Cairo〉에 등장하는 인물처럼 영화 속의 세계로 도피하고 싶었던 거예요."

무대 뮤지컬 대본 쓰기의 첫 수업도 영화를 통해서였다. "〈세인트루이스에서 만나요Meet Me in St. Louis〉를 봤을 때 저는 여덟 살이었습니다. 주디 갈랜드가 커튼 옆에 서서 노래〈더 보이 넥스트 도어The Boy Next Door〉를 부르는 장면이 있었는데, 사실 제대로 된 노래는 아니었어요. 자기의 생각을 노래 형식으로 말하고 있었던 거지요. 전 그게 항상 흥미로웠습니다. 바로 그런 것이 제 글쓰기에 진정한 영향을 미쳤어요."

그런 모든 환상적 도피주의에도 불구하고, 영화는 그의 혈통을 둘러싼 편견을 상기시키기도 했다. 유리는 반유태주의를 다룬 고전 〈신사협정 Gentleman's Agreement〉을 어린 시절인 1947년 개봉 당시에 본 적이 있는지는 정확히 기억하지 못했다. "성인이 돼 이 영화를 보면서 그런 장면을 마주쳤습니다. 존 가필드의 동료 부대원이 부상을 당해서 위생병을 애타게 찾는데, 위생병이 '누가 저 매부리코 녀석**을 좀 돌봐줘'라고 하지요. 뭔가 퍼뜩 뇌리를 스치더군요. 그게 얼마나 살벌했는지 결코 잊지 못할 겁니다."

● 브로드웨이와 할리우드를 오가며 활발하게 활동한 유태인 엔터테이너로 20세기 초 최고 인기 연예인 가운데 한 명이었다.
●● 외모의 특성으로 유태인을 비하하는 표현.

건축가이자 디자이너. 보드빌 댄서였던 어머니의 영향으로 어린 시절부터 무대와 가깝게 지냈다. 시
러큐스 대학에서 건축을 공부한 뒤 디자인회사 로크웰 그룹을 설립하여 성공을 거두었으며, 건축과
인테리어는 물론 극장 무대와 영화 세트까지 광범위한 영역에서 활발한 활동하고 있다.

데 이 비 드   로 크 웰
David Rockwell

> "〈마천루〉는 디자인에 대한 제 관심에
> 엄청난 영향을 미친 영화였습니다."

데이비드 로크웰은 〈금발이 너무해Legally Blonde〉와 〈헤어스프레이〉
의 브로드웨이 프로덕션부터 라스베이거스의 팬텀 극장과 아카데
미 시상식이 열리는 할리우드의 코닥 극장까지, 모든 것을 디자인
했다. 로크웰이 레스토랑을 디자인하면 극장처럼 보이고, 무대를
디자인하면 사람들이 그걸 먹고 싶어한다는 얘기가 있을 정도이다.
하지만 음식이건 극장이건, 이 건축 디자이너에게 모든 것의 시작
은 영화였다.

 "〈마천루The Fountainhead〉는 디자인에 대한 제 관심에 엄청난 영향
을 미친 영화였습니다." 아인 랜드의 캠프 소설을 스크린에 옮긴 킹
비더 감독의 영화를 거론하며 로크웰이 말했다. "더할 나위 없이 진
부하긴 했지만 말이에요." 그는 〈마천루〉에서 본 장면이 1964년 세

계박람회를 관람하기 위해 처음 뉴욕을 방문한 경험과 맞물림으로써 "여기야말로 내가 살고 싶은 곳이란 걸 즉각 알 수 있었다"고 말한다. 로크웰이 뉴욕 구겐하임 미술관을 설계한 프랭크 로이드 라이트를 우상으로 섬기도록, 그리고 현대 건축이 〈마천루〉에 찬사를 보내도록 만든 건 바로 뉴욕이라는 도시였던 것이다.

군이 말하자면 로크웰을 제대로 낚아챈 것은 영화 속 도시의 거대한 풍경이었다. "특히 창밖으로 맨해튼을 내다보는 장면이 그랬습니다. 거기에는 놀랄 만큼 멋진 사무실들이 있었어요. 그리고 게리 쿠퍼가 고층 빌딩의 축소 모델로부터 장식 따위를 벗겨내는 장면이 있습니다. 그 또한 인상적이었어요." 아인 랜드 소설의 고독한 주인공 하워드 로아크를 사모한 사람이 비단 로크웰만은 아니었다. "당시 건축과 대학생들이라면 넷 중 한 명꼴로 자신의 애완견에게 로아크라는 이름을 붙일 정도였어요."

맨해튼은 다른 영화에서도 살아 있었는데, 그중에서도 버스비 버클리의 호화판 뮤지컬 작품들은 로크웰에게 영감으로 작용했다. "〈42번가〉에서 브로드웨이를 양식적으로 차용한 게 마음에 들었습니다. 카메라의 움직임 또한 무대 세트만큼이나 제겐 커다란 관심사였지요. 공간에 대한 제 흥미는 사람들의 영화적인 동선에 있었어요. 머리로는 공간을 완전히 인지할 수 없습니다. 오히려 그 속에서 움직여보는 게 나아요." 예컨대, 라디오 시티 뮤직 홀Radio City Music Hall의 경우. "조그만 입구에 이어서 계단이 있는 거대한 수직적 공간에 이르는 구조는 〈42번가〉의 그 어떤 장면만큼이나 멋지게 연출된 광경이라고 할 수 있습니다."

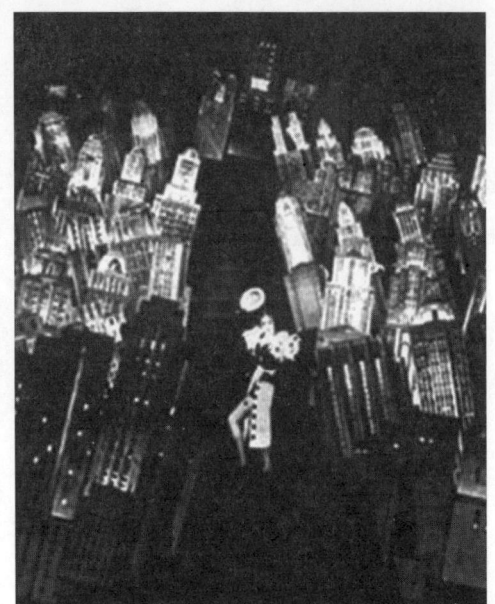

42번가 42nd Street | 1933 | 89분

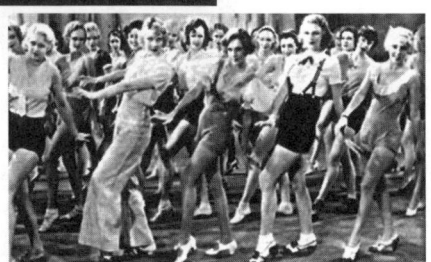

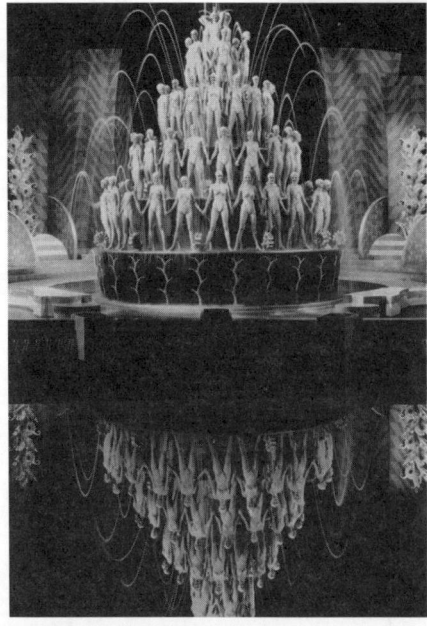

옛날 영화 속의 미래주의는 어린 로크웰에게 즐거움이 되어준 또 다른 작품들에서도 드러난다. 초기 제임스 본드 영화 〈닥터 노Dr. No〉 와 〈골드핑거Goldfinger〉의 프로덕션 디자이너였던 켄 애덤의 작업물 들이 그것이다. "그는 화려함과 세련미를 과장된 리얼리티와 결합 해냈지요. 경이로운 공간들을 축조해 이국적 세상과 환상적 세계를 하나로 합쳐놓았습니다. 디테일에 대한 그의 세심함에 저는 충격을 받았어요. 모든 부속물마다 저마다의 사연이 깃들어 있거든요."

배우. 고교 시절 연극 무대에서 활동을 시작했고, TV 드라마 〈켓 리얼〉로 주목받기 시작했으며, 영화 〈프린세스 다이어리〉로 일찌감치 스타덤에 올랐다. 2000년대 중반 〈브로크백 마운틴〉과 〈악마는 프라다를 입는다〉에 연이어 출연하면서 성인 배우로서의 입지를 다졌다.

앤 해 서 웨 이

Anne Hathaway

> "어린 나이에도 전 〈프리티 우먼〉의
> 동화 같은 면모를 이해할 수 있었어요."

'앤 해서웨이의 영화'라 함은 곧 패션이 두드러진 작품을 의미한다. 〈악마는 프라다를 입는다〉에서 스타일리스트 패트리샤 필드는 초과근무를 해야 했고, 〈브로크백 마운틴〉에서 해서웨이는 거의 매 장면마다 가발을 바꿔 쓰고 나오기도 했다. 패션에 대한 해서웨이의 집착은 이미 어린 시절부터 시작된 것이다. 자신에게 가장 큰 영향을 준 영화 목록에서 〈올 댓 재즈〉와 함께 줄리아 로버츠의 상징적인 작품 〈프리티 우먼〉을 첫손에 꼽은 것을 보라.

"어린 나이에도 전 〈프리티 우먼〉의 동화 같은 면모를 이해할 수 있었어요. 영화의 성적인 측면에 대해서는 아는 바가 없었지만요." 콜걸의 로맨스를 다룬 이 영화를 그녀는 게리 마셜 감독과 〈프린세스 다이어리 The Princess Diaries〉를 촬영하기 직전에 다시 봤다. "열일

곱 살 무렵에 영화를 한 번 더 보고서야 깨달았죠. '어머나, 저 장면은 오럴 섹스를 하는 거잖아'라고 말이에요. 전에는 결코 이해하지 못했죠." 해서웨이는 〈프리티 우먼〉의 매력이 나이와 관습에 관계없이 누구에게나 보편적인 이야기라는 점에 있다고 믿는다. "인생은 더 좋아질 수 있다. 이건 대부분의 사람들이 공감할 수 있는 얘기잖아요."

반면에, 밥 포시가 연예계에 보낸 쓰라린 경험담의 밸런타인데이 카드와 같은 영화 〈올 댓 재즈〉는 해서웨이의 제2의 자아에 직접 와 닿았던 작품이다. "그게 바로 세상이었고, 그게 제가 언제나 꿈꿔왔던 무대의 현실이었어요. 굳이 구분해서 말하자면 제 어린 시절의 꿈은 아직 이뤄지지 않았어요. 영화에서 거둔 성공에 감사하지 않는다는 얘기가 아니라, 제가 브로드웨이의 댄서를 꿈꿨다는 걸 말하는 거예요. 전 언제나 무대 위에 올라가 노래하고 춤추는 일을 하고 있을 거라고 생각했기 때문이에요." 언제 기회가 있을까? "그 꿈을 이루지 못해서 좋은 점이 있다면, 창피당할 뻔한 걸 모면했다는 거예요. 전 아주 열정적으로 춤추는 쪽이지만 썩 잘 춘다고는 할 수 없거든요."

상상의 세계를
만드는

Chapter 08

애니메이터

"〈사랑은 비를 타고〉는 위대한 SF 뮤지컬입니다. 왜냐하면 그건 소리의 발명에 관한
영화이고, 그 발명이 할리우드의 역사를 어떻게 바꿔놓았는지 보여주는 영화이기
때문이에요."
레이 브래드버리

극작가이자 영화감독. 캘리포니아예술학교를 졸업한 뒤 디즈니에서 잠시 일했고 TV로 영역을 옮겨
〈심슨스〉 등의 프로젝트에 참여했다. 이후 워너 브라더스에서 〈아이언 자이언트〉를, 픽사에서 〈인크
레더블〉과 〈라따뚜이〉를 제작하여 거대한 성공을 거뒀다.

브 래 드 버 드

Brad Bird

> "히치콕은 세상에 이런 영화를 만드는 사람도
> 있다는 사실을 가르쳐준 인물입니다."

근년에 가장 높은 평가를 받은 애니메이션 영화 세 편, 〈아이언 자
이언트The Iron Giant〉, 〈인크레더블The Incredibles〉, 〈라따뚜이Ratatouille〉
의 각본가이자 연출가인 브래드 버드이기에, 그가 워너 브라더스의
전설적인 카툰 스토리 작가 마이클 몰티즈와 〈아라비아의 로렌스〉
의 대본을 쓴 로버트 볼트 모두에게 극찬을 보낸다 해도 과히 놀랄
일은 아니다.

애니메이션 영화로 오스카상 각본상 후보 지명을 받은 극소수의
인물 가운데 한 사람인 버드 는그는 〈인크레더블〉로 후보가 된 바 있다. 〈라따뚜이〉
를 통해 몰티즈의 기발한 천재성과 볼트의 고귀한 야망을 결합해냈
다. 하지만 그는 애니메이션 대본 쓰기에 관한 어떤 논의도 불편하
게 여겼다. 자신의 신념을 천명하는 것이 아니라면 말이다. "좋은 대

272

본은 말 그대로 좋은 대본입니다. 애니메이션 대본에 관한 질문은 하나같이 편향된 것들이에요. 만화영화와 실사영화 사이에 아주 대단한 차이 따위는 없어요. 등장인물과 이야기와 주제가 필요한 건 마찬가지예요. 좋은 대본이라고 부르면 그뿐인 겁니다."

버드는 애니메이션 영화 대본 쓰기에 대한 상이한 입장이 오해에서 비롯된 것이라고 느낀다. 요컨대, 만화작가들에게서는 진지한 작품이 나오지 않을 거라고 생각하는 이들과 만화영화작가로 경력을 시작하지 않았다면 누구도 그 매체의 속성을 제대로 구현해낼 수 없다고 생각하는 애니메이션업계 내부인들 사이의 견해차 말이다. 버드는 애니메이션업계에서 경력을 시작했음에도 "저는 작업이 스토리보드 작성 단계에 들어가기 전에 대본부터 씁니다. 하지만 동시에 애니메이션으로 구현해낼 수 있는 게 무엇인지도 알고 쓰지요"라고 말했다.

장르를 구분하는 경계선 따위는 없다는 관점을 명백히 한 데 더하여, 버드는 만화영화와 실사영화 양쪽 진영에서 자신에게 영향을 준 예술가들을 상세히 언급했다. 먼저, 디즈니의 작품들 가운데서 버드는 '탄탄한 이야기의 울림과 잘 서술된 캐릭터'를 갖춘 서사의 사례로 〈레이디와 트램프Lady and the Tramp〉, 〈피노키오〉를 거론했다. 더불어 그는 〈월러스와 그로밋Wallace and Grommit〉으로 유명한 닉 파크에 대해 "독특한 관점을 가진 예술가"로, 〈이웃집 토토로〉의 미야자키 하야오에 대해 "위대한 서사의 거장"으로 각각 존경을 표했다. 그리고 나서 그는 픽사Pixar의 동료 작가들을 언급했는데, 버드는 그들을 '홈팀'이라고 불렀다. 〈토이 스토리Toy Story〉의 힘은 다층적인 행위 아래 놓인 죽음에 대한 이야기로부터 나온다며, 버즈는 이 영화의 진짜 메시지가 "삶을 능동적으로 활용할 것인가, 아니면 삶을 연장시키느라 버틴 끝에 그 속에 매몰돼버릴 것인가?"에 있다고 말했다.

버드에게 말티즈는 '워너 브라더스 단편 만화영화의 제왕'이다. 그에 따르면 척 존스*의 전성기 작품들 가운데 95퍼센트에 말티즈가 참여했다. 그리고 실사영화의 측면에서 버드는 볼트가 쓴 〈아라비아의 로렌스〉의 극본에 대해 열변을 토하기도 했다. "저는 어린 시절에 이 영화를 봤어요. 제대로 이해하지 못했음에도 불구하고 저를 완전히 압도해버린 작품이었어요. 세상은 제가 상상했던 것보다 훨씬 복잡한 곳이라는 사실을 이 영화가 얘기해줬지요."

브래드 버드는 한 사람의 위대한 연출가를 위해 자기만의 '영화 천재 만신전'에 특별히 한 자리를 마련해두었다. "히치콕이야말로 세상에 이런 영화를 만드는 사람도 있다는 사실을 가르쳐준 인물입니다. 어려서 저는 우연찮게도 그의 영화들을 계속해서 보게 됐는데, 언제나 오싹한 느낌을 받았지요." 〈의혹의 그림자Shadow of a Doubt〉에서 〈사이코〉에 이르는 일련의 작품들을 아우르며 버드가 말했다. "그러면서 그의 이름도 계속해서 보게 됐어요. 그러고는 '아하, 내게 이런 오싹한 느낌을 준 사람이 동일인이었구나'라고 생각했지요. 그의 이름은 히치콕이었습니다."

● 워너 브라더스의 애니메이션을 대표했던 만화작가이자 연출자.

만화가. 오하이오주립대 재학 시절 학보에 만화를 연재하며 경력을 시작했고, 당시 창조한 캐릭터들을 바탕으로 자가 출판한 《본》 시리즈를 통해 유명해졌다. 1991년부터 2004년까지 장수한 《본》 시리즈 이후, 마블 코믹스의 《캡틴 마블》 시리즈를 작업했다.

제 프   스 미 스
Jeff Smith

> "〈백설공주와 일곱 난장이〉는 애니메이션이 아닌
> 다른 방식으로는 결코 만들어질 수 없는 작품입니다."

"애니메이션은 꿈을 꾸는 것과 비슷해 보입니다." 10년 넘게 장수해온 장편만화 시리즈 《본Bone》의 창작자 제프 스미스의 말이다. "애니메이션이 평면화되는 과정이나 그 속에서 사물이 움직이는 방식은 사람이 백일몽을 꿀 때 머릿속에서 떠올리는 이미지와 비슷해 보이지요. 그게 바로 있음 직하지 않은 것들에도 생명을 불어넣어요."

제프 스미스가 보기에 애니메이션의 예술적 가능성을 가장 잘 구현해낸 두 거장은 월트 디즈니와 미야자키 하야오다. 그는 네댓 살 경에 디즈니 만화를 처음 보았다면서, 최초의 장편 만화영화 〈백설공주와 일곱 난장이Snow White and the Seven Dwarfs〉는 애니메이션이 아닌 다른 방식으로는 결코 만들어질 수 없는 작품이라고 했다. "당시

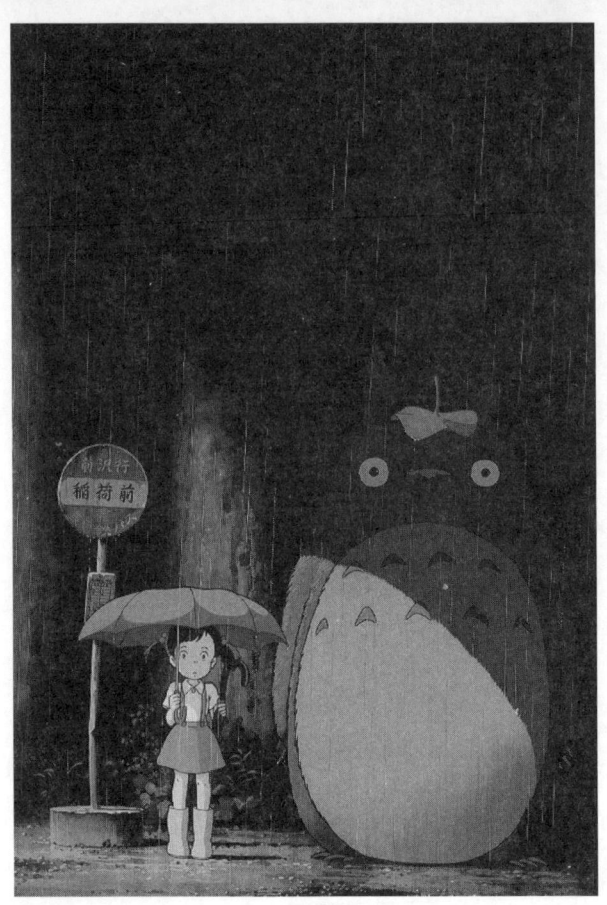

이웃집 토토로 | 1998 | 87분

"《본》 시리즈를 4년쯤 해왔을 때 〈이웃집 토토로〉를 처음 봤는데,
정말 엄청난 자극을 받았어요."

만 해도 그 완벽하게 비현실적인 만화 캐릭터들이 인간과 소통하는 내용을 담아낼 수 있는 또 다른 매체란 존재하지 않았으니까요."

말하는 동물들처럼 초현실적 요소들이 증거하는 디즈니의 몽환적 상상력은 월트 디즈니 사후에도 면면히 이어졌는데, 스미스가 좋아하는 또 다른 작품 〈라이온 킹 The Lion King〉도 그 가운데 하나다. "아주 흥미롭게도, 이 작품은 시간적 배경도 드러나지 않고 인간도 등장하지 않는 유일한 디즈니 영화예요. 〈밤비〉에서도 인간의 모습을 전혀 볼 수 없긴 하지만, 총성이 들리는 장면이나 캠프가 설치된 장면을 보면서 영화가 현대를 배경으로 하고 있다는 것 정도는 눈치챌 수 있거든요. 그런데 〈라이온 킹〉에서 묘사하는 '생명의 순환'이란 언제 어디서든 일어날 수 있는 일이라는 거지요."

1970년대 스미스의 상상력에 날개를 달아준 것은 사실 애니메이션으로 제작되기 전에 나온 만화 원작 《헤비 메탈 Heavy Metal》 시리즈였다. 거기에 〈죠스〉와 〈스타 워즈〉 같은 실사영화들이 더욱 큰 가능성을 펼쳐 보여주었다. "제가 마주하고 있던 시각적 서사에 엄청 흥분했지요." 스미스는 1990년대 중반에 발견한 미야자키 하야오의 작품에 대해서도 비슷한 경외감을 느꼈다. "《본》 시리즈를 4년쯤 해왔을 때 〈이웃집 토토로〉를 처음 봤는데, 정말 엄청난 자극을 받았어요." 이 작품은 판타지의 요소들을 매끄럽게 통합시키고 두 여자 어린이와 친구가 되는 자애로운 숲의 정령을 등장시켜 어린이의 존재감에 대해 이야기하는 영화이다. "미야자키 하야오가 어떻게 그 많은 아이디어를, 그 많은 주제의식과 감성을 그처럼 짧은 영화 속에 담아낼 수 있는지, 정말 모르겠어요. 더구나, 그런 중에도 그는 조용히 풍경을 담아내는 여유까지 보입니다. 〈이웃집 토토로〉에 담긴 그런 고요한 순간들, 구름이 나무를 지나쳐 가거나 올챙이들이 개울을 헤엄치는 장면들을 보는 게 저로서는 믿을 수 없을 만큼 경이로웠어요."

그와 같은 세부묘사에 주목함으로써 디즈니의 2006년작 〈부그와 엘리엇Open Season〉도 그에게 깊은 인상을 남겼다. "예술적으로 보자면, 이 작품은 아마 현재까지 만들어진 가장 뛰어난 컴퓨터 애니메이션 영화일 겁니다. 그래픽 기법으로 1940년대와 1950년대 디즈니의 전성기에 필적할 만한 작품을 만들어냈어요. 여기 나오는 멋진 풍광들은 2차원적 그림 배경처럼 보이다가도, 어느 순간 입체적으로 움직이지요."

스미스는 모든 종류의 영화를 좋아하지만, 가장 뛰어난 작품은 많은 웃음을 담고 있는 영화들이라고 주장한다. "채플린은 완벽한 비주얼 아티스트입니다. 채플린은 모든 대상을 인간적으로 보이게 함으로써 웃음을 자아내지요. 디즈니와 미야자키 하야오도 마찬가지라고 생각해요. 그들의 영화를 보고 웃는다면 그건 관객이 완전히 거기에 동화되기 때문이에요. 《본》 시리즈의 제 유머감각도 당황스러움과 혼란스러움을 기초로 했는데, 그 두 가지야말로 세상에서 가장 웃긴 거라고 생각해요."

그래피티 아티스트이자 디자이너. 뉴욕 SVA에서 일러스트레이션을 전공했다. 뉴욕 시내의 광고판과 정류장 등에 독특한 개성의 그래피티를 그려 넣으면서 알려지기 시작했고, 1990년대 후반 플라스틱 장난감 등을 디자인하며 세계적인 명성을 얻었다.

커즈

KAWS

"15살에 처음 구입한 비디오테이프 중 하나가 〈아키라〉였는데, 그걸 계속 반복해서 봤어요."

처음에는 광고였고, 다음은 커즈였다. 뉴욕을 기반으로 활동하는 그래피티 아티스트 커즈의 본명은 브라이언 도넬리. 그는 공중전화 부스와 버스 정류장에 부착된 DKNY, 캘빈 클라인 등의 패션 광고를 문자 그대로 '훼손'했는데, 모델들의 얼굴 사진 위에 자신의 트레이드마크인 해골과 뼈를 그려 넣었던 것이다.

그의 해골 문양 얼굴은 '미키 마우스', 그리고 다음에는 '심슨 가족'의 몸통을 빌려가며 승승장구했다. 2006년 커즈는 도쿄에 자신의 매장 '오리지널 페이크Original Fake'를 열기도 했는데, 애니메이션 캐릭터들의 세계적인 인지도를 이용하기 위해 의도적으로 그것들의 외형을 타깃으로 삼았다고 한다. "전 그런 캐릭터들이 이미 사람들의 일상에 깊숙이 파고들어 있다는 사실이 좋아요. 일본에서조차

'도!D'oh!'* 라고 하면 사람들이 무슨 뜻인지 다 알아들을 정도니까요. 정치인이나 다른 사람들 가운데 그만큼 널리 알려진 인물을 꼽기는 정말 힘들어요."

커즈의 작품은 애니메이션을 레퍼런스로 삼고 있긴 하지만, 그가 매력을 느끼는 것은 만화의 줄거리가 아니라 그 상징적 이미지라고 한다. "열다섯 살에 처음 구입한 비디오테이프 중 하나가 〈아키라Akira〉였는데 그걸 계속 돌려가며 반복해서 보곤 했어요." 도쿄를 파괴하려는 음모를 가상한 오토모 가쓰히로의 애니메이션 영화를 가리켜 그가 말했다. "그런 데다 돈을 쓴다는 건, 그 나이의 저로서는 꽤 큰 일이었지요. 그림이 그야말로 환상적이었거든요. 그 엄청난 원근의 전환이라니."

실사로 구현한 SF 혹은 호러영화에 관해서라면, 커즈는 리처드 켈리 감독의 〈도니 다코Donnie Darko〉에서 제이크 질렌할이 커다란 토끼복장을 한 인물과 벌이는 한판 대결이 '일종의 각성'과도 같았다고 말한다. 커즈는 이 영화를, 그로서는 아주 드물게도 극장에서 두 번 봤다. 그리고 오래지 않아 그는 분홍 토끼 장난감인 '어컴플리스공범' 캐릭터를 만들어냈다. 〈도니 다코〉는 2001년 10월 28일 뉴욕에서 개봉했다. "아마 그날이 9·11 테러 이후 제가 처음 집 밖으로 나온 날이었을 거예요. 그래서 모든 게 어딘가 달라진 분위기였어요. 거대한 비행기 엔진이 집을 뚫고 추락하는 영화의 설정은 초현실적으로 느껴질 정도였습니다. 영화가 제대로 핵심을 강타했지요." 그런 분위기에 조응이라도 하듯, 커즈는 소름이 끼친 듯한 열변을 토해냈다.

그런 정도를 제외하면 영화에서 스릴을 느낀 경우가 많지 않다고 커즈는 고백했다. 자신에게 큰 인상을 남긴 영화는 많지 않다면서도, 그는 로이 리히텐슈타인이나 만화가 로버트 크럼 같은 미술가를 다룬 다큐멘터리 영화에는 약하다고 말한다. 특히, 테리 즈위고프의 다큐멘터리 영화 〈크럼〉은 그에게 명백한 반향을 불러일으켰다. "선반 위에 놓인 온갖 작고 친밀한 사물들을 가로지르는 카메라의 패닝을 통해 한 예술가의 세계를 탁월한 내면적 시각으로 담아낸 영화라고 생각했습니다."

● 〈심슨 가족〉의 가장인 호머 심슨 특유의 감탄사.

만화가. 1971년 서울 태생으로 6살에 부모를 따라 미국으로 이민했다. 간호대학을 졸업했으나 전공
과는 무관하게 만화 창작의 길을 택했다. 정규 미술교육을 받은 적이 없음에도 독자적인 스타일을 개
척하여 주목을 받았고, 마블 코믹스의《마이티 어벤져스》와《헐크》등에 참여해 명성을 얻었다.

프 랭 크   조

Frank Cho

> *"지금까지 가장 뛰어난 슈퍼 히어로 영화는*
> *〈인크레더블〉이에요."*

《리버티 메도우즈Liberty Meadows》의 작가 프랭크 조는 대한민국 서
울에서 태어나, '일러스트레이터 노먼 로크웰이 세상을 떠난 해여
서 온갖 신문과 잡지마다 그의 작품이 넘쳐나던 때'에 미국으로 건
너왔다. 독학으로 만화 일러스트레이터가 된 그는 로크웰의 영향을
받아 작가가 되었지만, 한편으로 텍스 에이버리의 만화에도 맥을
못 춘다고 고백했다.

하지만 애니메이션 영화에 관해서라면 프랭크 조가 가장 선호하
는 작품들은 현대의 고전 쪽이다. 그는 브래드 버드가 연출한 복고
적 로봇 영화 〈아이언 자이언트〉를 사랑하고, 픽사의 〈니모를 찾아
서Finding Nemo〉를 최고로 꼽는다. "이건 감성적으로는 무거운 이야
기예요. 생각해보세요. 오프닝 시퀀스에서 니모의 아빠는 부인과 아

이들을 잃습니다. 부모의 입장에서 저 또한 심금이 울렸던 것 같아요."

최근까지 프랭크 조는 마블Marvel사의 인기 슈퍼 히어로 시리즈인 《마이티 어벤저스The Mighty Avengers》를 집필해왔다. "할리우드가 탁월한 슈퍼 히어로 영화를 제작할 수 있는 테크놀로지를 갖춘 건 불과 5년여밖에 되지 않았다고 생각합니다. 제 생각에 지금까지 가장 뛰어난 슈퍼 히어로 영화는 〈인크레더블〉이에요." 브래드 버드가 연출한 또 다른 영화를 가리켜 그가 덧붙였다. "픽사가 제대로 해냈다고 생각해요."

그러나 자신의 작품과 가장 직접적인 연관이 있는 것은 모두 실사영화들이라고 프랭크 조는 말한다. 프랭크 대러본트의 〈쇼생크 탈출The Shawshank Redemption〉은 하도 많이 봐서 지금까지 도대체 몇 번이나 봤는지도 잊어버렸을 정도다. "인물 중심의 이야기, 그러니까 플롯 중심의 이야기를 어떻게 풀어가야 하는지 알아내기 위해 이 영화를 수도 없이 반복해서 봤습니다. 군더더기가 전혀 없어요."

소설가. 고등학교를 졸업하고 가판대에서 신문을 팔며 사회생활을 시작했다. 20살 무렵 첫 단편을 발표했고, 1950년작 《화성연대기》로 명성을 얻었다. 이후 장르를 넘나드는 500여 편의 작품을 쉴 새 없이 발표하여 SF 문학의 거장으로 발돋움했다.

레 이   브 래 드 버 리

Ray Bradbury

"〈사랑은 비를 타고〉는 위대한 SF 뮤지컬입니다.
그건 소리의 발명에 관한 영화이기 때문이에요."

그는 SF 장르의 거인이다. 그러므로 레이 브래드버리가 "가장 좋아하는 SF 영화는 〈미지와의 조우Close Encounters of the Third Kind〉입니다. 철학적이고, 종교적이기 때문이지요. 우주의 편린에도 들어맞아요"라고 말한다면, 그건 그만 한 의미가 있는 말이다.

그런 자신의 의중이 무엇인지 설명하면서, 《화씨 451 Fahrenheit 451》의 작가는 한 치의 주저함도 없이 속사포처럼 말을 이어나갔다. "시스티나 성당의 천장화를 보면, 신이 우주를 가로질러 팔을 뻗어 아담의 손에 닿고 또한 아담은 손을 들어 신을 향해 내밂으로써 접촉이 이루어집니다. 스티븐 스필버그의 영화가 탁월한 점이 바로 그거예요. 우리는 우주의 다른 부분과 접하고 있고, 그러므로 우주의 두 부분은 서로 연계가 되는 것이지요. 이 영화를 보고 나면 생각하는 게 바쁩니다. 이제껏 제가 겪어본 가장 놀라운 영화적 경험 가운데 하나였어요."

브래드버리는 영화에 대한 애정을 조금도 감추려 들지 않았다. 그러면서 영화, 특히 론 체이니의 영화가 자신의 인생에 커다란 자극을 주었다고 강조했다. 체이니의 무성영화들을 거론하면서 브래드버리는 그것들이 마치 어제 처음 개봉한 작품들인 양 얘기를 풀어나갔다. "체이니의 〈노틀담의 꼽추The Hunchback of Notre Dame〉를 세 살때 봤습니다. 〈빰 맞는 남자He Who Gets Slapped〉를 봤을 때는 네 살이었고요. 그리고 다섯 살에 〈오페라의 유령〉을 봤지요. 그 영화들이 제게 영감을 주었어요."

그런 영화들이 브래드버리에게 상상력의 기원이 되었다면, 공룡에 대한 그의 애정을 추동한 〈잃어버린 세계The Lost World〉와 〈킹콩〉의 오리지널 버전은 뒷날 그에게 시나리오 작가로서 영화에 참여하는 계기를 마련해주기도 했다. "《뱃고동The Foghorn》이라는 공룡에 대한 이야기를 썼는데, 존 휴스턴이 그 책을 읽고서는 저를 〈백경Moby Dick〉의 시나리오 작가로 기용한 거예요. 믿을 수 없는 일이었지요. 영화로만 보던 공룡이 제 인생을 바꿔놓은 거였으니까요."

어울리지 않게도 에이해브 선장 역에 그레고리 펙을 출연시킨 존휴스턴 감독의 영화 작업에 참여하기 전, 브래드버리는 〈사랑은 비를 타고〉의 열렬한 팬이었다. 그는 이 영화를 '위대한 SF 뮤지컬'이라고 칭했다. "왜냐하면 그건 소리의 발명에 관한 영화이고, 그 발명이 할리우드의 역사를 어떻게 바꿔놓았는지 보여주는 영화이기 때문이에요." 브래드버리는 스탠리 도넌과 진 켈리가 만든 이 뮤지컬 영화에 너무나 열광한 나머지, 댄서, 배우, 감독인 켈리에게 단편 〈블랙 페리스The Black Ferris〉를 써주고 영화로 만들자고 했을 정도였다. 불행히도 켈리는 제작비를 마련할 수 없었고, 이에 브래드버리는 이야기를 확장해 미국의 소읍을 배경으로 사악한 유랑극단이 몰고 온 사건을 다룬 판타지 소설의 고전《무언가 위험한 것이 이리로 오고 있다Something Wicked This Way Comes》를 완성했다. 그리고 소설은 뒷날 마침내 영화로도 제작됐다. "아름다웠어요." 잭 클레이튼 감독이 연출한 영화를 가리켜 브래드버리가 말했다. "제 소설과 대본을 충실히 따른 영화예요."

"제가 가장 좋아하는 SF영화는 〈미지와의 조우〉입니다.
철학적이고, 종교적이기 때문이지요. 우주의 편린에도 들어맞아요."

미지와의 조우 Close Encounters Of The Third Kind | 1977 | 138분

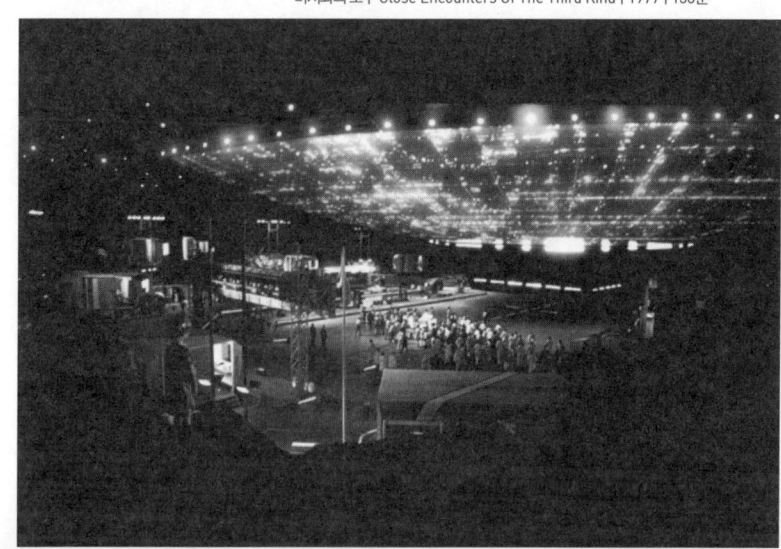

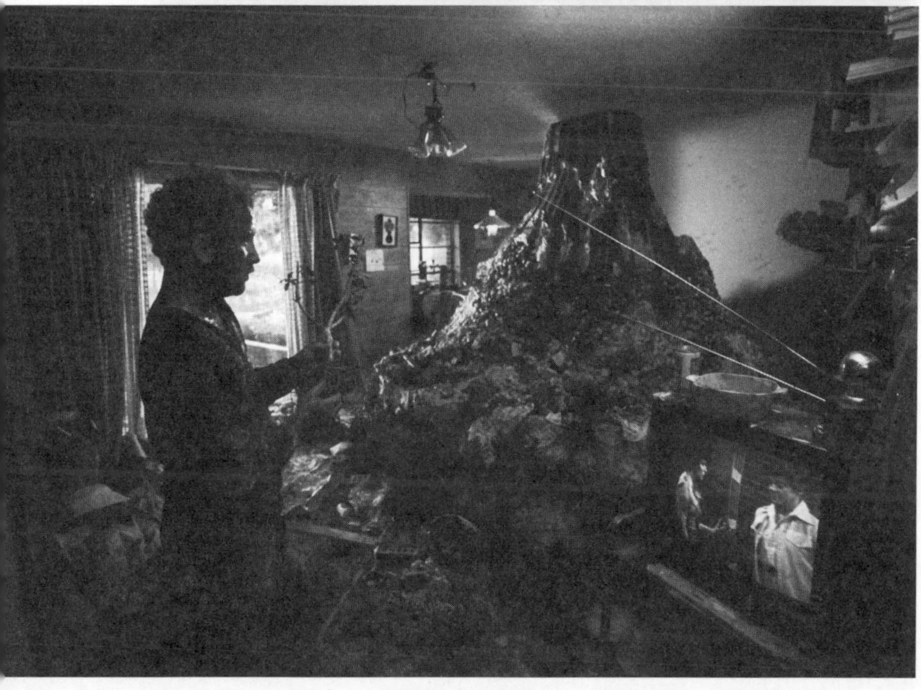

내인생의 영화 미국편
: THE MOVIE THAT CHANGED MY LIFE

ⓒ 로버트 호플러 2009

초판 1쇄 인쇄 2012년 5월 11일
초판 1쇄 발행 2012년 5월 17일

지은이   로버트 호플러
옮긴이   박은석
펴낸이   이기섭
편집장   이성욱
책임편집 송수진
디자인   모보형
마케팅   조재성 성기준 정윤성 한성진
관리   김미란 장혜정

펴낸곳   한겨레출판(주) www.hanibook.co.kr
등록   2006년 1월 4일 제313-2006-00003호
주소   121-750 서울시 마포구 공덕동 116-25 한겨레신문사 4층
전화   02)6383-1602~1603 팩스 02)6383-1610
대표메일 cine21@hanibook.co.kr

ISBN 978-89-8431-500-6 03810